[加拿大]
卡罗尔·希尔兹 著
Carol Shields

名奖作品·互文

刘云波 译

拉里的家宴
Larry's Party

外语教学与研究出版社
北京

京权图字：01-2022-4514

Copyright © 1997 by Carol Shields.
Published in agreement with Random House of Canada Limited, A Penguin Random House Company, through The Grayhawk Agency.

图书在版编目（CIP）数据

拉里的家宴／（加）卡罗尔·希尔兹（Carol Shields）著；刘云波译. ——北京：外语教学与研究出版社，2022.9
（名奖作品·互文）
书名原文：Larry's Party
ISBN 978-7-5213-3916-1

Ⅰ.①拉… Ⅱ.①卡… ②刘… Ⅲ.①长篇小说－加拿大－现代 Ⅳ.①I711.45

中国版本图书馆 CIP 数据核字（2022）第 143470 号

出 版 人	王　芳
项目策划	张　颖
责任编辑	何碧云
责任校对	黄雅思
装帧设计	范晔文
出版发行	外语教学与研究出版社
社　　址	北京市西三环北路19号（100089）
网　　址	http://www.fltrp.com
印　　刷	三河市北燕印装有限公司
开　　本	889×1194　1/32
印　　张	11
版　　次	2022年9月第1版　2022年9月第1次印刷
书　　号	ISBN 978-7-5213-3916-1
定　　价	58.00元

购书咨询：(010)88819926　电子邮箱：club@fltrp.com
外研书店：https://waiyants.tmall.com
凡印刷、装订质量问题，请联系我社印制部
联系电话：(010)61207896　电子邮箱：zhijian@fltrp.com
凡侵权、盗版书籍线索，请联系我社法律事务部
举报电话：(010)88817519　电子邮箱：banquan@fltrp.com
物料号：339160001

目录

第一章
拉里·韦勒生命中的十五分钟 1977 /001

第二章
拉里的爱情 1978 /013

第三章
拉里的父母 1980 /037

第四章
拉里的工作 1981 /057

第五章
拉里的词汇 1983 /077

第六章
拉里的朋友 1984 /097

第七章
拉里的阴茎 1986 /119

第八章
拉里公司 1988 /145

第九章
迄今为止的拉里 1990 /163

第十章
拉里的孩子 1991 /185

第十一章
拉里对美好事物的追求 1992 /205

第十二章
拉里的服装 1993—1994 /231

第十三章
拉里其人 1995　/ 249

第十四章
拉里的生命组织 1996　/ 265

第十五章
拉里的家宴 1997　/ 287

第一章
拉里·韦勒生命中的十五分钟1977

拉里·韦勒错拿了别人的哈里斯花呢上衣，直到他把手塞进口袋里时，才发现不对头。

他把手径直伸进柔滑的口袋里，五个指头使劲向下摸，想在他熟悉的旧上衣口袋里寻找揉成团团的纸巾、镍币、银币以及他和多丽最近看过的所有电影的入场券的存根，还有那些像陨砂一样，一旦钻进衣缝就再也不会掉出来的小绒絮片片。

这个口袋——今天的这个口袋——却大不相同：里面干干净净，犹如一个滑溜溜的空谷。他在口袋底部摸到的针脚也不像他上衣口袋的针脚。现在，他的指尖像是在一个美丽的衬里的小海里滑行。他用手去抓纽扣。纽扣是皮的，实实在在。还有，那上衣的袖子足足长出来半英寸。

这件上衣的价格要比他的那件高一倍。瞧那料子，瞧那衣缝！看得出来，这件上衣是经常被送到洗衣店干洗的。还有一点，从那高挑的肩部就可以看出，这件上衣夜间是挂在粗粗的木衣架上的，就在一排擦得锃亮的皮鞋上方，以便使花呢的经纬线重新吸收氧气。

他本该跑回咖啡店，去看看自己的上衣是否还皱巴巴地搭在椅子背上，可是现在已经五点四十五分了，多丽还等着和他在六点整见面呢。再说，这会儿正值交通高峰，附近又没有公共汽车站。

嗨！——他想——有什么了不起呢？不就是一件上衣吗？一个人光顾像卡普里咖啡屋这样的地方，几乎等于宣布他的上衣不想要了。这样看来，今天发生的一切无非是交换一下上衣而已。

他决定不乘公共汽车。他要步行，穿着这件漂亮的新哈里斯花呢上衣溜达。他伸伸肩膀，好使困在袖子里的肩膀放松一下。他先把右肩往前耸，然后又耸左肩，想使自己的胳膊抡得圆一点，好让指头露出来。喂，大人物来了！小心大人物哟！

衣袖轻轻地摩擦着手背，痒痒的，但不是痒不可支。

后来他看到，袖口上的纽扣也是皮的，比前襟上的扣子小一号，但样式是相同的。那是一种十字交叉图案，就像一个山核桃馅饼被切成四瓣，只是小扣子上的各瓣是相互叠压的。你可以用手指摸到图案的凸起部分：四块扇形皮子互相叠压，皮子的边沿在扣子的内圈呈波浪状。这些波浪相交于扣子的中部，然后下沉，在一个黑色的中心消失。扣子上有一个黑孔，像一个数字o。

打从十一年级时上几何课以来，扇形一词拉里大约有十年没有想到过了。

上衣的颜色是几种浓淡不同的棕褐色的混合：浓重的烟草色底色上点缀着淡淡的橘红色斑点。斑点的颜色非常淡，绝不会有人说："嗨，这家伙的上衣上到处是橘红色的斑点。"一英寸[1]开外这些斑点就看不到了。

拉里不喜欢橘红色，起码不喜欢衣服上有橘红色。他记得他

---

[1] 英制长度单位，1英寸约合2.54厘米。——译者注，本书注释如无特殊说明均为译者注

在麦克唐纳中学读高中时,他的泳裤是橘红色的,而且大了两个尺码。当时他老是担心自己那个容易勃起的部位露出来。这恰恰与大多数的孩子相反,他们故意展示那个部位。他家里的人素来羞怯,他的妈妈、爸爸,还有他的姐姐米姬,都是如此。羞怯一旦渗入血脉,就无法摆脱。而多丽呢,她洗澡时走来走去,居然连浴室的门都不关,真是这个家庭里的另一种典型。

他也穿过橘红色的袜子,鲜艳的橘红色,但没有穿多久,很快他又重新穿起了白袜子。那是一种运动袜,有三种图案可供选择:袜子上部带有红色条纹的、带有蓝色条纹的,或不带条纹的。就连拉里和他的朋友比尔·赫舍尔这些不参加体育活动的孩子,也是每天穿着厚厚的运动袜。这种袜子一买一包,一包三双,大约穿一个星期就烂得全是窟窿。你还老在想:嗨,真便宜!这么低的价钱能买三双!

在拉里的一生中,他穿白袜子穿了好长时间,有整整一个时代那么长。

他通常是不扣上衣扣子的,可是今天,走着走着,他突然想把那些皮扣子扣上一颗,中间的那一颗。结果感觉很好,正好遮住肚子,又不算太紧。那人的块头肯定跟他差不多,胸围四十英寸,胖瘦适中,正该他走运。比如说,如果那个人捡起了拉里的那件旧上衣,明天他非把它扔进垃圾堆里不可。不过,起码今天他不会只穿一件衬衫在温尼伯转悠,因为这个季节的夜晚还很冷。再说,据预报今天还有雨呢。

哈里斯花呢实际上是不透水的,这一点知道的人并不很多。你也许会认为,那么厚的毛料肯定会像海绵一样吸水。其实不然,雨水会直接从表面滑落下来。这是在赫克托服装店男装部做事的一位见多识广的老人告诉拉里的，那还是十来年前赫克托服装店停业以前的事。拉里知道，那不仅仅是一种促销宣传。那人的上衣翻领上佩着一枚圆形小徽章，上面印着"本年度最佳销售员"。那人说，他们的那些绵羊身上长着一层特殊的、涂了油似的长毛，可以防水。这下拉里明白了：绵羊白天黑夜待在雨地里，靠的就是这层毛保护。

多丽一直想让他买一件卡其布风衣，可他不需要。有了哈里斯花呢上衣，还要风衣做什么？人走路的时候是不愿意穿得臃肿的。他经常步行，那是他思考问题的时刻。他总爱把他的想法像哼小曲一样哼出来，而且还带着一种迪斯科的节奏：我的名字叫拉里·韦勒。我是个花卉图案设计师，年方二十六。我在沿着圣母大街步行，在加拿大国，在温尼伯市，年份是 1977 年，月份是 4 月。此刻我正在使劲地想，想着饥饿，想着迟到，又想到下半夜的销魂时刻。我在想，穿着别人的哈里斯花呢上衣，我心里的感觉是多么舒坦。

小轿车呼啸而过，撒下一串喇叭声；大卡车每两秒钟便驶过一辆；人们互相喊叫着。四周一片喧嚣。然而，就在这喧嚣声中，拉里仍能听到自己身上发出的一种微弱的滑动声。拉里听到这种声音已经有两分钟了。哧啦，哧溜，哧啦，哧溜。这声音是从拉里·J.韦勒的身上发出的。他并未觉得这种声音多么令人讨厌。事实上，他很喜欢这种声音。他只是想知道到底是什么在响。

他匆匆走过三倍价值商店，走过葡萄牙人殡仪馆，走过橱窗里摆满滑雪设备的大迈克商店。那家商店里挤满了身着春装的顾客，斜纹粗布上衣、宽松裤，等等。然而他们已经在提前考虑冬天了。他们头脑里想的是冬天的大雪，而不是漂亮、炎热的海滩。

这正是拉里欣赏多丽的原因之一——她是一个只考虑眼前的人。下雪的时候她想的是雪；春天的时候——就像现在这样——她想的是再买几双凉鞋。

这不，此刻她就在做这件事——趁着鞋店买一送一的促销买凉鞋。拉里知道，这时她很可能已经拿定了主意，可是她曾告诉他说她要等他来商店以后再买。她想弄清楚拉里是否喜欢她挑的凉鞋，尽管对拉里来说凉鞋就是凉鞋，不过是一堆带子而已。

多丽可知道钱该怎么花才最有效。她把庞德罗萨公司优惠五十分的赠券积攒起来——凭那些赠券省下的钱可以买一大片牛里脊肉、烤土豆和沙拉，总共有一元零六十九分呢。她听到一个谣传：下星期鞋价将削减一半。于是她对鞋店的人说："喂，您能不能把这些赠券给我保留到下星期三、星期四或别的什么时候，让我按那时的价钱买鞋？"

拉里终于知道那到底是什么声音了。那是他走路时上衣的衬里来回摩擦肩膀的声音，也有上衣的衬里在他的衬衣袖子上上下滑动的声音。他走得慢时声音就小，他抬起手臂朝街对面那个他连认都不认识的人挥手时声音就大。街对面那人也向拉里挥挥手，他在竭力回忆拉里是谁——嘿，那边那个身穿非常漂亮的哈里斯花呢上衣，大步流星往前走的人到底是谁呢？

实际上，除了拉里，街上再没有穿哈里斯花呢的人了。事实上，那些人从来没有穿过。拉里认识的人里也没有谁穿过。这种料子就像一种戏装，几乎是老古董了。曾经发生过这样一件事，那是拉里即将从雷德河学院（他拿花卉艺术毕业文凭的地方）毕业的时候。那一届只有两名男生和二十四名女生。毕业典礼不是在礼堂，而是在自助餐厅举行的，要求非正式着装。那么，穿什么才算不正式呢?套装或者别的什么?结果呢,姑娘们穿的都是平时的便装,而两个男孩子则选择了夹克衫和长裤。

有一天,拉里随母亲去了赫克托服装店,他母亲对那家商店非常信赖,他们就是在那里发现哈里斯花呢的。这种疙疙瘩瘩、凹凸不平的毛料既光滑又粗糙,既重又轻,看起来像纸币,摸起来像麻袋,表面有许多柔软的小毛毛。售货员说:"嗨,穿这种料子的上衣到总理府参加宴会都成。"拉里过去从未听说过哈里斯花呢,可售货员说它是一种传统产品,还说它永远也不会过时,像铁做的一样耐穿。接着,他的母亲插话了,说这种料子如何如何耐脏。售货员说,咬咬牙,减价百分之二十。就这样成交了。

拉里几乎天天上身穿着哈里斯花呢上衣,下身穿着牛仔裤去花人商店上班。那衣服简直穿不烂,从来都不显皱,也从来都不显脏——起码直到今天拉里错穿了别人的上衣之前是这样。哈哈!怪不得哈里斯花呢哈里斯花呢的,果然名不虚传。

拉里从事花卉图案设计纯属偶然,也是一种侥幸。拉里离开学校后闲了几个星期,直到有一天他母亲给雷德河学院打电话,要学校给她寄一份有关火炉修理课程的小册子。她想,火炉人人离不了,尽管经济状况时好时坏,炉子总是必须得买的好东西。哎呀,肯定是因为哪位老先生玩忽职守,结果阴差阳错,小册子竟是从花卉艺术系寄来的,讲的是花卉,而不是火炉修理。拉里的母亲多特坐在那里一边翻看小册子一边跺脚,一边又不住地对着小册子上常春藤图案的糊墙纸点头,似乎在说:对呀!对呀!花卉图案设计的确有前途。

然而,拉里的父亲并没有过分高兴。拉里知道,父亲是在想,花呀草呀,那是女孩子的事,而不是大小伙子的事。就好像他的独生儿子可能是个同性恋者，现在才刚刚开始显露出来似的。他的确出席了在自助餐厅举行的拉里的毕业典礼，可眼睛却不知道往哪里看。就连斯塔尔太太给拉里戴玫瑰花环，以表彰他得了平均分第一名的时候，拉里的父亲还坐在那里低着头看地板呢。

拉里很快便在花人商店找到了工作，一直干到现在。去年10月份，拉里负责为市长举办的宴会设计餐桌中心的花卉装饰。电视13频道甚至还播放了宴会的实况。市长站在那里发表演讲，餐桌上摆放着麦穗、桉树枝和小兰花。兰花！对一般的纳税人来说实在太昂贵了。但花人商店有一项规定：假如他们的顾客事后不拿走的话，他们可以把花送到医院的病房里去。所以，这的确不能算是浪费。这是一种联系社会道德观的纽带，也是对职业作风的强调。商店要求雇员仪表整洁。男雇员的头发最长只能到肩部，长四分之一英寸都不允许；领带打不打随意，但上衣必须得穿。拉里的哈里斯花呢上衣就是到这儿工作时买的。

拉里不禁想：这样崭新崭新的上衣，他们为什么只顾埋头干活而不肯抬头看看呢？

也许不是那么回事，也许他们根本就没有注意到。自己拿起来穿的时候就没有注意，为什么人家就非得注意呢？那天他到柜台去要卡布奇诺咖啡。他并不是真的想喝咖啡，可现在却天天去喝，而且一要就是两杯。这是怎么回事呢？原先，下班之后，他总要到酒吧去喝几杯啤酒。多丽担心他喝酒太多。她确信，他的脑细胞正在被酒精杀死。细胞一个一个地消失，就像圣诞节的一串电灯泡一个一个地熄灭一样，却没有任何别的细胞可以用来替换。

"你为什么不改喝咖啡呢？"她说。打那时起，拉里便开始光顾卡普里咖啡屋。那个咖啡屋离花人商店很近，拐过街角就是。

那地方并不起眼,但他们把卡布奇诺咖啡引进了这座城市。开始,大家都不知道那是什么东西,有些人——像拉里店里的同事——到现在也不知道。可拉里去尝了,现在已经成了习惯,一喝喝两杯。人们见他五点半钟一进门就要咖啡,也都开始喝起卡布奇诺咖啡来。

他喜欢自己在咖啡里加肉桂。他喜欢看着肉桂在整个泡沫区扩散成薄薄的一层,而不是黏成一团悬浮在杯子中央。这时候,你拿起振荡器,从杯子右侧大约两英寸的地方轻轻叩打两次,轻轻地,空气中就会出现一股柔和的肉桂雾气——你简直可以看到雾气悬浮在那里——然后,肉桂便会均匀地沉入杯子,覆盖整个杯底,就像温尼伯去年夏天的尘暴,用它美丽的、均匀分布的尘土覆盖了所有的岩石,所有的树叶,所有的牵牛花花瓣。

许多咖啡店已改用一次性的塑料杯子,而卡普里咖啡屋却仍然使用旧式的带绿边的白杯子和碟子。拿这样的杯子往嘴边一放,你就会觉得它的确太厚了,简直跟舌头和嘴唇一样厚。嘴唇和杯子一碰,就像接吻似的,顾客们很欣赏。他们对这种正统的杯碟非常喜欢,临走的时候总要把空杯碟送到柜台。拉里肯定也是如此:把空杯子送回柜台,放上五十五分现钱,然后拿起椅子背上的上衣。不过,这一次却是另一个人坐过的椅子,要不就是那人已经穿上拉里的上衣走了。错误可能是双方造成的。当时,拉里很可能正一心想着和多丽见面,想着他们打算当晚看的电影《马拉松运动员》——这是他们第三次在一起看电影——想着看完电影后要到她那里去。想到此,他的那玩意儿开始骚动起来。

他们刚开始在一起的时候,两人躺在她的床上。她说:"来,咱们操吧,操,操,一直操下去。"

认识她两个月之后,拉里对她说:"难道你非得那样说不行吗?干吗不直截了当地说'做爱'呢?"

她表现出受到伤害的样子,脸上的一些部位开始变形,尤其是嘴。"是你说的'操',"她对拉里说,"你一直在说'操'。"

"没有。我才没说呢。"

"你敢说没有!你总是说'操'这'操'那的。"

"好好好,可能我说过,可我说的不是字面意思。"

"什么?"她困惑不解地问。

"不是字面意思。"

"你又来了,"她说,"满嘴学院派的话。"

拉里目不转睛地瞧着她。她真的以为花卉学会就是学院呢。

这两个人是阴差阳错走到一起的。有一回,拉里带着另一位姑娘去圣安东尼大厅出席一个万圣节晚会。她——那位姑娘——身穿海盗服,戴着眼罩,佩着大刀,全副武装。她还用描眉用的铅笔或别的什么东西给自己画了个小胡子。这可惹烦了拉里。他马上转过脸去,盯着一位戴着小胡子的姑娘的脸。据说,服装能够改变一个人,但也有过头的时候。那天夜里,拉里装扮成了小丑。他穿着一双大鞋,戴着一顶大帽子,涂了个大白脸,还画了个红鼻子。谁愿意跟一个红鼻子一起玩呢?桌子旁边还坐着一位姑娘——多丽。她是跟她的几位女友一块儿来的。她打扮得像个火星人,但仅仅是有点像而已。现在你对她有了个大概印象,但你跟她跳舞的时候绝不会想到她是个古怪的外星人。她虽然穿着租来的火星人服装,却是一位柔弱、灵活、美丽的姑娘。

"你爱上那位多丽了?"两个月前拉里的父亲问他。当时,他们正坐在冰球场的看台上。像往常一样,喷气机队又要赢了,周围的人们发疯似的欢呼。拉里的父亲转过脸来问拉里:"这么说,你爱上那个姑娘了?那个叫多丽的?"

"什么?"拉里问。他的眼睛一直看着孤零零地站在冰面上的守门员。那人的块头跟日本的相扑运动员差不多,戴着面罩和护腿板。当冰球落到冰面上时,他正表演踢踏舞呢。

"我说的是爱情,"拉里的父亲说,"你听见了。"

"我喜欢她。"几秒钟后拉里回答道。他不知道除此之外还能说些什么。父亲的问题在他的思绪周围设置了一道防线,挡住了这些天来日日夜夜折磨他的烦恼,使得那些烦恼一时间离他而去。

"可你还没有爱上她?"

"我想没有。"

"仅仅是喜欢她?"

"是的,但很喜欢。"

"你已经二十六岁了,"拉里的父亲说,"我跟你妈结婚的时候二十五岁。"

听他的口气,好像拉里已错过了最后的期限。

"不错,二十六岁了,"拉里说,"大老爷们儿还住在家里。"

他感到自己那清瘦的面庞一下子表情慌乱起来。他喜欢这种慌乱。它是如此出乎意料,充满刺激和危险。爱情哟,爱情!

"住在家里没什么错,"拉里的父亲有点生气,背过脸去说,"我说过你住在家里错了吗?"

拉里穿着偷来的哈里斯花呢上衣,一边用心里的那面银镜子照着自己,一边沿着圣母大街往前走的时候,又把他和父亲的谈话在脑海里回味了一遍。花呢上衣在他身上摇来荡去,重心随着他的步伐在两个肩膀上来回移动。它像是个活物,在他体内,又在他体外。那上衣好像是一套住房,他可以搬进去住,弄一个新电话号码,再买一套新餐具。

这时候,他意识到他爱上了头脑迟钝、容貌漂亮的多丽。他在恋爱,真的是在恋爱。知道这个事实的感觉就像是撞上了火墙,还是迎面直扑上去。这使他吃了一惊,但并没有吓得惊慌失措。你一个人就可以坠入爱河,用不着站在那里去讨好别人。你自己就可以。你沿着一条大街迎风走去。一帮你不认识的人从你身边走过,差一点撞上你,可你并不介意,因为你正处于精神恍惚的状态。他突然忘记了多丽那么小的一张脸边何以会有那么多头发,也忘记了他何以经常会对那些脸盘儿较大、头发多少适中的姑娘们产生情欲。

他看了看表,心里犯了愁。他知道她现在还站在那里,手里捏着钱,怀里抱着鞋子。她会先发两秒钟的火,接着,一看到拉里的上衣,她会用手上上下下地抚摩布料,拨弄纽扣。

然而,麻烦的是明天。但愿明天拉里和他的新上衣不会惹出麻烦来。他可以穿着这件上衣去上班,但五点钟时他却无法再去卡普里咖啡屋。人们一看见他进去马上就会抓住他。嗨,伙计,正找这件上衣哩。人家报案了。

等一等!这是个误会。

一个误会会引起另一个误会,再引起又一个误会。人们随时会产生误会。误会太多了,也就不再是误会了。于是,误会便成了主动和被动的指责,将你推来搡去,弄得你身不由己,就像好运和厄运一样,也如同你在毛骨悚然地穿过一条隧道,隧道拐弯你也得拐弯。

拉里记得,在市长的那次宴会之后,他往温尼伯慢性病疗养所送鲜花时见过一位病人。那人四肢皆无，浑身长满小肉芽。他就是一个可怕的误会，怎么看都像是一个放在床沿上的肉体食盐瓶。拉里把鲜花放在他旁边的一张桌子上。那人向前凑了两英寸，用额头蹭蹭鲜花，闻了闻，然后又伸出舌头舔了舔叶子和花瓣。他的两只眼睛一直看着拉里，好像是在使眼色，又好像不是。拉里也轻轻地舔了舔，他发现桉树叶的味道像是给马吃的药，而兰花则根本没有味道。

夕阳正在下沉。此时，拉里已走到街角上，离鞋店还有半个街区。那里放着一个巨大的垃圾箱，上面写着：请协助保持我们城市的清洁。

拉里解开哈里斯花呢上衣的扣子，匆匆将它脱下来，卷成一小团，塞进垃圾箱里。他得把那件上衣塞进去。他说不清楚扔掉那件上衣是对还是错，他不在乎，反正那件上衣得扔掉。

这时他才知道风有多冷，风把他衬衣的两只袖子吹得像两个气球。突然，他浑身的肌肉都胀了起来，活像一个超人，接着又突然收缩。他用衬衣紧紧裹住手臂和胸脯，把身子蜷缩起来。接着，衬衣又被风吹开，鼓得圆圆的。就这样，裹住了吹开，吹开了再裹住。这座城市是这个北美洲国家里最爱刮风的城市，真的。

许多双眼睛都在看着他，看得他浑身起鸡皮疙瘩。两分钟后会有人把那件哈里斯花呢上衣从垃圾堆里掏出来穿在身上。不过，到那时拉里想必已经转过了街角，径直迎着即将发生在他身上的另一件事走去了。

第二章
拉里的爱情1978

冬季的一个星期三,拉里到萨金特大街的一家理发店理发。他一反常态,板着面孔喃喃地对理发师说:"一般发型。"他留了十年的披肩长发。半个小时后他从理发店出来时,已是齐耳露脖子短发了。甚至连头发的颜色也似乎变了——更黑了,更浓了,阴影不见了。那是一种叫不上名字的颜色。

理发之后的好几个小时里他冻得直打哆嗦,那纯粹是因为去掉了长发。他缩着脖子,但他感到自己更健壮、更勇敢了。新的面貌使他总想像职业拳击手那样握紧拳头或两臂交叉抱在胸前。他站在浴室里的镜子前面做各种动作,动动嘴,耸耸眉毛,试图定格在一种亲切的表情上。

跟拉里一起在花人商店工作的维维安和马茜齐声称赞。商店经理维维安说拉里的新发型使他显得"更年轻、更健康了"。这使得拉里开始想象他原先在人们心目中的形象。他才二十七岁,从脸上和身上应该还看不出老来。难道他真的老了吗?他本人的看法是:由于他每天步行上下班,加上每周末和他的朋友比尔·赫舍尔到伯兹山徒步旅行,因此他的体形相当好。这时马茜插话说他的新发型使他看起来更"时髦"了。"现在是1978年,"她说,

"六十年代已经过去了。"

她懂什么,拉里想——她还是个十七八岁的黄毛丫头呢。

二十七岁的拉里仍跟父母斯图和多特住在埃拉街的平房里。不过这是最后一周。他终于决定星期五搬出去住了。斯图和多特都很喜欢儿子的新发型。他们喜欢什么时可不会手舞足蹈,而是会装出一副漠不关心的样子。"又到那该死的时间了。"拉里的父亲说。接着他便开始絮叨他要多少次打开浴池的排水管并清理出所有的头发和污垢。"哎哟哟,我的儿子再漂亮不过了。"多特一边说,一边伸出手来试试拉里新理的头发的蓬松程度。她很长时间没有摸过儿子的头顶了,事实上已经有好多年了。这一次她好像有点不能自制。"如果说这是受了多丽的影响的话,"她说,"那我可得多给她点权力。"

星期五下午狂风怒吼,大雪纷飞。拉里和他的亲属,他的女朋友多丽,还有多丽的亲属,一起到闹市区的法院办理结婚登记手续。于是,多丽(多拉)·玛丽·肖和劳伦斯[1]·约翰·韦勒变成了韦勒夫妇,变成了丈夫和妻子。星期六上午,新郎新娘便登上一架加拿大航空公司的喷气式客机到英国伦敦去了。

飞机上的大多数旅客都穿着牛仔裤和毛衣,而多丽却为她的旅行选择了一套崭新的玫瑰色聚酯混纺套装。她对拉里说她现在后悔了。套装的直裙很约束人,使她无法放松地享受旅行的乐趣。此外,大腿上方裙子的死褶也让她烦恼。她真该花钱买一个折叠旅行熨斗,她见过有卖的。她没有想到带清除上衣翻领上污垢的去污剂。这下可好,等到了英国,衣领上的污垢非黏死在上

---

[1] 即拉里。劳伦斯(Laurence)为拉里(Larry)这个名字的正式形式。

面不可。飞机上的食品都加有色素，染成了肉汁似的深褐色，看起来更有营养，更能刺激胃口。这是一位和她一道在曼尼托巴汽车公司工作的推销员告诉她的。他还对她说，不要喝飞机上的碳酸饮料，里面有气体。他对她说，飞机上的人老放屁，这跟气压有关。还有，陆地上的一瓶酒精饮料等于空中的三瓶。这可是重要情报。

要是有人预先告诉她坐飞机旅行时应该穿什么衣服，那该多好啊！她过去从来没有坐过飞机——拉里也没有——不知怎的，她产生了这样的想法：坐飞机旅行时衣着要讲究，特别是到国外旅行时，比如去英国伦敦这样的地方。她对拉里说过，她以前穿衣服是很随便的。她喜欢穿宽松舒适的衣服，这拉里知道。她问过拉里：难道你就没有想到，人们到一个重要的地方去的时候会努力打扮得漂亮点吗？

"并非人人都是去度蜜月的。"他提醒过她。

就在这时，他们听到飞机上的扩音器开始广播一个特别通知。座舱里响起了驾驶员那亲切而又顽皮的声音："女士们，先生们，我想诸位一定想知道，我们今天的班机上有一对新婚夫妇。大家一起为曼尼托巴省温尼伯市的拉里·韦勒夫妇鼓鼓掌好不好？"

一位女乘务员立刻端着一瓶香槟酒和两个杯子来到新郎新娘身边，还把一枝鲜花别在多丽的肩上，以表达加拿大航空公司对他们的祝贺。

"啊！"多丽发出一声尖叫，脸上泛起一片红霞。她在座位上愉快地扭动着。"这太不可思议了。你们怎么知道？小玫瑰！我就喜欢小玫瑰。瞧，和我的套装多么匹配！太棒了！"

"快把我给窘死了。"两星期后他们回到温尼伯时，多丽会对拉里的母亲说,"我敢打赌,我浑身上下都羞红了。大家都在看我们俩,然后就欢呼,鼓掌,从座位上盯着我们瞧。有的人干脆站起来,好看看我们是谁,长什么样。我真庆幸自己穿了新的粉红套装,拉里也改了发型。瞧我们这一对新婚夫妇!"

喝过香槟酒后多丽很快就睡着了。她的腿蜷曲着放在座位上,头靠着拉里的肩膀。玫瑰花的香味——现在已经渐渐地淡了——在人们低沉单调的说话声中,在机舱里昏暗的灯光下,在飞机划过夜空时产生的平稳而又令人困倦的震动中扩散着。

拉里有点喝醉了。在这新旧日子交替的时刻,在飞向另一片大陆的时候,身边有这样一位安然入睡、心满意足的伴侣,他自然有权感到惬意。他和多丽是怀着大松一口气的心情上飞机的。先是婚礼,然后又在德尔塔饭店举办婚礼午宴,接着又往多丽的公寓里搬东西。一天下来,弄得他筋疲力尽。他们还感到心力交瘁——整整一夜疯狂地做爱,接着五点十五分闹钟响,临走时又要收拾东西,接着拉里的父母来了,而且又来得特别早,要开车送他们去机场。这么折腾下来,他们真有这种感觉。要做的事情太多了。然而现在,这种意想不到的报偿到来了。这报偿是送给他本人的,也是送给他的妻子多丽的。妻子,妻子。他对着前面座位上的橡胶靠垫默念着这个词——妻子。

他突然感到一种心满意足的茫然。这种感觉令人麻木,又似乎是命中注定的。他使劲摇摇头,想让头脑清醒一下。由于在过去的几小时里过分激动,他居然忘记自己已经换了发型。过去他一摇头,柔软的长发就飞舞起来,然后嗖地一下弹回来,贴着脖子垂下。如丝的柔发随意地、轻轻地拍打着面颊,非常舒服。现在一摇头,他感到的是脸上猛地一阵冷。在微弱的灯光下他脸上没有一根头发,暴露无遗,显得那么傻气,那么呆板。

一个钟头以前他感到困倦,可现在他竭力使自己保持清醒。这一决定里不乏悲壮的成分,可能是一种原始的豪侠式的悲壮。熬夜是他应尽的义务的一部分,是他所扮演的角色应尽的义务的一部分。仅仅三十六个钟头之前,他在自己的亲属和多丽的亲属的注视下站到了法院婚姻专员面前,从而开始担任丈夫的角色。"婚姻这道门可不是轻易能进的。它要求你们真诚并互敬互爱。"这些话是世俗结婚仪式中的一部分,法院送给他和多丽的小纪念卡上印着呢。

他现在是一位丈夫了。他那喋喋不休、烦躁不安的多丽亦不再是他的女朋友,而成了他的妻子。此刻,她正侧卧在他的怀里安睡着。她面色沮丧,身心俱疲。睡眠给她的嘴巴贴上了封条。他感到,她每呼吸三四次,肩膀就要向上耸一下,以一种动人的、不规律的节奏起伏着,好像睡梦已使她获得了能力,可以抵御一种令人困惑的新型疲惫。她很快就会习惯这种新型的疲惫的。

为了她他不能睡着。他要守卫她。在不惊动她睡眠的前提下,他尽量在座位上把身子挺直些。他要像个丈夫的样子,双唇紧闭,要忍耐,要宽容。他在黑暗中睁大眼睛,想以此将恐惧拒于千里之外。现在他需要做的是用目光压倒浮在窗户玻璃上的那个黑影,那个被切断的、表情迷惑不解、面色红润的陌生人的形象,尽管那人的形象带点幼稚的孩子气,但可怕的是,他的侧影老使他想起一个人。他像——像谁呢?

他的父亲。对了,就是他。

"他真像他的母亲。"人们谈到拉里·韦勒时总爱这样说。瞧那相同的蓝眼睛、带雀斑的皮肤、多特式的姿态，还有那张嘴巴。

拉里想不起来有谁说过他像父亲。他是他母亲的孩子。他继承了母亲的肉体和思想，也继承了她的悲伤和欢喜。

然而现在，在活了二十七年半之后他才发现，父亲已经潜入了他的骨髓。瞧他脸上那叫不出名字的部位——那个，下巴靠近耳朵下部的衔接区域。他现在明白他以前飘逸的头发下隐藏着什么了。那就是：父亲的基因在他身上活着。这一点甚至从他的耳垂，从肥大的耳垂和它的颜色都可以看出来。什么颜色呢？一种草莓色从耳朵沿着静脉扩展到面颊。他的面颊跟他父亲的一模一样：在一张硬邦邦的男人脸上，那弧形的面颊竟是惊人地柔软。

父亲那结实、红润的形象涌入了他的脑海。它来得那样突然，那样令人震惊，而且在他和多丽度蜜月的两个星期里，它一直待在他的心中。在他们住过的每个陈设朴素的旅馆里，他每天早晨刮脸时都会在镜子里见到它。这是一种什么样的幻觉呢？他慢慢抬起头来，将目光自下而上移向镜子。那位老人的形象又会出现在镜子里，而且不像原先那样只是简单地在镜子上飘忽闪动，它变得更大，更真实。他父亲那柔软而又松弛的皮肤紧紧地贴在镜面上。那是一个全身的形象，他打着哈欠，慢慢睁开惺忪的睡眼。他穿着工作服，口袋上别着汽车厂的徽章：空中骑士。他宽大的肩膀和后背在拉里的睡衣下向外隆起，两只红色的大手向外伸着，每一根手指上都有他在工厂做弹簧垫时留下的伤疤。拉里还可以听到声音——他父亲那高亢的抱怨声。尽管他已在加拿大生活了二十七年，他说话时仍带着英国兰开夏郡的腔调。

斯图·韦勒，汽车车厢装修师傅，多特的丈夫，米姬和拉里的父亲。

正是斯图在征得多特的同意后提出了这一主张：让新婚夫妇参加由旅行社代办的英国之旅。这是他们生硬而唐突地送给两位年轻人的新婚礼物。"你姐姐结婚的时候就是这样。"

对于米姬和她丈夫两年前离婚的事，斯图一点儿也不介意。事实证明，那个叫保罗的家伙更爱男人，而不是女人。

本来，多丽很想到洛杉矶或者像墨西哥那样气候炎热的地方度蜜月，找一个海滩上的漂亮旅馆住下。然而，不掏钱的机票谁会拒绝呢？一切费用全包，飞机票，外加森布莱特旅行团十二天的汽车旅行费、早餐、正餐，一直到奔宁山脉，然后到兰兹角——英格兰的西南端，再返回伦敦过最后三天。几年前，斯图和多特曾参加过类似的旅行社代理旅行。那是他们送给自己的结婚二十五周年纪念礼物。多特称之为"寻根旅行"，尽管他们两人真正的根都在北方的工业重镇博尔顿，而不是在凌乱延伸的、翠绿的英格兰乡村。

拉里和多丽到达那里时，那里的确是一片翠绿，绿得令人难以想象——那种青翠斑驳的绿色使拉里不由想起了汤菜[1]。他们动身之前人人都说："什么？——你们三月份去英国？疯了？"

可他们真的来了，徜徉于英格兰的青山，泛舟于狭窄的翠谷，小憩于树木葱郁的古老村庄的停车场。村庄里的城堡带有粗大的塔楼，在森布莱特旅游公司低矮的长途汽车上投下了绿色的影子。（刚才他们的车子正沿着公路的左侧行驶，一辆汽车轰隆隆地径直朝他们冲来，可把他们吓坏了，他们现在才定下神来。）

他们的旅途从伦敦开始，往东北延伸。下雨了。刚出发时，

---

1. 一种可食用的球芽甘蓝的球芽，呈青绿色。

灿烂的斜阳一直陪伴着他们,不一会儿便下起雨来。倾盆大雨扑打着光秃秃的树木和树篱,光线突然变暗,似乎天有什么重要的话要说。他们在萨夫伦沃顿停下来,这个地方的风景经常被印在明信片上。导游领着他们在弯弯曲曲的老街道上匆匆转了一圈,然后在一个名叫希尔肯卡特的茶室吃了午饭。多丽狼吞虎咽地吃了一顿牛排和腰子馅饼,盘子里只象征性地留下几片菜叶以示斯文。

"请注意屋顶的这些横梁。"导游提醒他们说。导游的名字叫亚瑟,是个宽脸盘的矮胖子,伦敦人,由于常喝啤酒,说起话来嗓音嘶哑,但讲解起来像学校的教师一样耐心:"这是十五世纪末留下来的,也可能还要早。"

多丽从手提包里掏出一个小旅行日记本,把这一资料记了下来——"十五世纪末"。

拉里发现妻子记笔记的动作很动人,也很令人惊奇。那个小笔记本是从哪里弄来的呢?红色皮封面,页面上印着窄窄的格子,页边刷着金。肯定是曼尼托巴汽车公司里她的一位女友送给她的蜜月礼物,连她自己都不会想到,一万年也想不到。这使得拉里开始像审视女学生一样看待多丽。多丽停住笔,像是在选择用词,接着又写起来。她写的字很小,很整齐。她要把这些琐碎的历史资料都记录下来——十五世纪末——她记下这些资料是为了他,也是为了他们的共同生活。多丽的这一举动拨动了拉里爱的心弦。

然而,他回忆起在学校里学过的知识:十五世纪不就是一四几几年吗?写成十五世纪多让人迷惑啊!他不知道多丽是否了解二者的区别,也不知道该不该向她说明这一点。可是,晚了,她已经合上了日记本,套上了笔帽。她抬头看看他,两人目光相遇。她红红的小嘴一噘,给了他一个飞吻。

第一夜，旅行团下榻诺里奇的一家旅馆（十六世纪的建筑，横梁更多）。据说，爱德华七世至少来过这里一次，还带了个"女朋友"。旅馆的前庭花园里盛开着雪花莲。三月里居然有花。拉里琢磨了一会儿。三月份不可能有花，但这里真有。在加拿大现在是零下二十度。多丽问明白这花叫什么名字后，就在笔记本上写下了"雪花莲"。

"雪花莲才是开头，"亚瑟对拉里和多丽说，"我们的旅行结束以前，还能看到黄水仙呢。"

后来他们才知道，这个旅行团里只有一半人是预先登记的，其他游客大多是退休的新西兰人和澳大利亚人。还有一对年迈的罗马尼亚聋人夫妇，两人一直拉着手不肯松开。"都是那么老。"多丽对拉里耳语道。她动不动就会失望。这不，此刻她又皱起了眉头："除了咱们俩，个个都是那么老，那么肥。"

这话正确，或者说接近正确。那男男女女十八位旅客都对浑身海绵似的赘肉满不在乎。人一到中年后期都是如此。那些妻子们电烫的白发，她们的丈夫们红红的秃顶和骨架突出的脸庞都惊人地相似，起码在拉里眼里是这样。那一张张脸肌肉松弛，轮廓模糊，五官则融化成了一种油灰。

"我敢断定，就我们两个能整夜做爱，"多丽向四周看了看说，"如果他们还会做爱的话。"

"很可能。"他低头对她笑笑说。

"注意，这回我说的是'做爱'，而不是'操'。"

"祝贺你。"

"我现在是结了婚的女人，正派的女人。"

"哎。"他仍然在笑。

"哎什么哎呀！"

有一对来自美国亚利桑那州的白发老夫妇是签约旅行的。他们正在英国度休假年[1]。她——那位妻子——说"休假年"一词时，发音就像串珠子一样。多丽从未听说过休假年。她对多丽解释说，她和爱德华兹博士——她的丈夫——"上一次"去了泰国，在那以前还去过加利福尼亚州的伯克利。"我们把这些假期看作七年一次的自我补充的机会，"她说，"进进货。"

每天一大早，敲门声就会把住在各个冰冷的旅馆房间里的旅客叫醒。接着，亚瑟便快活地喊道："早上好！"

"啊，天哪！"多丽从毛毯下面爬出来。

拉里刮胡子，洗脸，尽量避开镜子里父亲的那双眼睛，避开那个在水蒸气覆盖的镜面上游动的魔鬼似的形象。他试着用肥皂泡沫将那张脸遮住，等他完全穿好衣服——两件毛线衫外加一件上衣，他发现他干得非常成功。

他和多丽照例是最后下楼走进餐厅的。每天早晨，欢迎他们的总是那几声戏弄似的喊叫："度蜜月的来了！""又迟到了！""祝福新郎新娘！"多丽低着头，紧绷着嘴唇，匆匆溜到椅子上，又是高兴，又是窘迫。男人们则拍拍拉里的背，或对拉里竖竖大拇指。

餐厅里供应热的熏猪肉、香肠和鸡蛋，而多丽则宁可以茶和烤面包充饥，因为她感到有点"不舒服"。早餐后，成员们又回到汽车上，各就各位，向当天的目的地进发。那几位新西兰人和澳大利亚人——希瑟和格雷戈里、琼和道格拉斯、玛乔里和布赖恩

---

[1] 西方国家每隔七年给予若干高等院校教师一年或半年的假期，称为休假年。

（对他们拉里从来不直呼其名）——提出要到车前部坐。他们互相开着友好的玩笑，只有亚瑟提醒他们注意看某个景点时，他们才安静地坐在那里观看。两个罗马尼亚人坐在汽车后部，每天都在那两个座位上。拉里和多丽坐在中间——多丽挨着窗户。她认为她比拉里矮，就应该靠窗坐，还因为她感到靠窗坐不那么容易晕车。

爱德华兹夫妇坐在过道的另一边。他们的腿上摊着地图和旅行指南。"我们不想漏掉任何一个景点。"爱德华兹太太对他们说。她不信任亚瑟，她说他很懒，还说他是在"背诵"，而不是在"讲解"，路途中的许多景点他都漏掉了，比如说旅游指南上明明标着一个十二世纪的教堂。她还说她回家以后要给森布莱特旅游总公司写信投诉亚瑟。

"得了，得了，亲爱的。"爱德华兹博士拍着她的手说。

爱德华兹博士让拉里管他叫罗宾。他问拉里从事什么职业，在研究什么"学科"。拉里向他谈起温尼伯花卉研究人员的花人连锁店，并说他已开始在当地一所大学进修花卉艺术课程。"啊，植物学，"爱德华兹博士说，"或许应当算作园艺学？"他不自然地把身子向拉里靠靠，等待他的回答。"两者都沾点边吧，"拉里想了想说，"但都不完全是。"

爱德华兹博士是一位社会学家，研究人口问题和城市模式。他对拉里说他在园艺方面是一个彻头彻尾的笨伯，连樱草花和百合花都分不清，而且一直也没有培养出兴趣来。他没有那个闲工夫。他和爱德华兹太太住在图森市的一座公寓里。那里什么花都有，不需要自己种。但他说退休以后他也许会钻研钻研，作为一种业余消遣。人需要不断学习，是不是？

"也许我也应该学学社会学，作为一种消遣。"拉里说。他只不过是开个玩笑,然而爱德华兹博士却大吃一惊,身子马上缩了回去。

一天下午,汽车突然在一块被踩成路的农田旁边停了下来。那是一个古罗马时期的城镇遗址。平坦的红砖在草地上清晰地勾勒出房子、庙宇和公共空地的轮廓。多丽在房基的一个角落里坐下,在笔记本上写下"二世纪",又在下面划了两条线,然后抬起头来,茫然地看着拉里。他知道,她真的很难相信这个废墟曾经是一个熙熙攘攘的城镇。

她对拉里说她很冷。她觉得一天走这么远就够了,足够了。后来拉里又想起了那个疲惫的时刻:多丽蜷缩在一座古罗马时期房屋的房基上,与他们的蜜月是那么格格不入。

时间一天天过去。导游领他们参观城堡、教堂,参观富丽堂皇的房屋以及坍塌了的什一税仓库。一天上午,他们还在灰蒙蒙的细雨中沿着约克市中世纪的古城墙行走。那天,他们在一个大博物馆里看到了古代的家具和农具,以及摆放在一个巨大玻璃柜里的五十多种羊毛剪刀。在拉里看来,历史不过是留下的许许多多奇奇怪怪的实物而已,有些是毫无意义的,例如奇特而笨拙的小装置,已经变得毫无用处的工具,形状怪诞的日用品,稀奇古怪的拐角以及数目惊人的死胡同。

不过,随着汽车向北越驶越远,室外的英格兰又令拉里大吃一惊,并使他的心里充满了某种热望。最后他确信,这种热望乃是一种涌动的幸福感。啊,碧绿的英格兰!这个岛上似乎没有一个地方不长植物,没有一寸土地裸露着或不适合某种植物扎根、生长。他们的导游亚瑟开玩笑说，利兹的小鸟早上醒来都会咳嗽。但即使是在那里，在工厂和被浓烟熏得污迹斑斑的房子之间，在冬天，拉里也看到了冬天里橡树和栗树的树干。这些还没长叶子的树干直插黑沉沉的天空，欲与喷射着浓烟的烟囱比高。在拉里看来，它们是那样雄伟，那样富有尊严和权威，而他家乡的白杨树是那么柔弱，短叶松是那么瘦小，云杉是那么低矮。它们在不同的气候条件下竟生长得那么缓慢，树形又是那样歪歪扭扭，令人讨厌。想到此，拉里的心里一阵悲怆。

然而，最令他惊叹的还不是这些树木，而是英格兰的树篱。这种灰暗稠密的树篱犹如画家的软铅笔描绘着整个英格兰。父母曾伴随着这些令人惊讶的东西一起长大，为什么他们从前就没有向他提到过呢？树篱随处可见。在乡下，它们把农田和牧场分开，起伏蜿蜒于倾斜的地表，或互相交错，或任性地拐着弯，延伸至视野的尽头，或将一块绿地与另一块绿地分开，在牛群、羊群和鹅群之间竖起一道道屏障。亚瑟解释说，这些树篱可以保护牲畜，就是说，羊钻不过去——像石头墙或带刺铁丝网一样有效。有的树篱已经生长了好几百年。

在城镇里，经过修剪的树篱被用作家庭与家庭之间的篱笆墙，或用来弥补绿地之间的缺口，保护和遮掩小庭院。这些树篱生长茂盛，造型美观，犹如一件件精美的雕塑。眼下正值温和的冬末，树篱浓密的枝条裹上了一层毛茸茸的淡绿色叶芽。花蕾三月份似乎不可能有，因为新叶才刚刚开始舒展。

在家乡，你难得看到树篱。即使有，亦不过是普通的绣绒菊或像蕨类植物一样的丛生的锦鸡儿，几乎难以修剪整齐。拉里的父亲曾在埃拉大街的房子周围安装过锁链篱笆，绝对是第一流的——那是多少年以前的事了。锁链安装在房子的旧护墙板顶部，就像铝制披叠板一样，结果很起作用，房子的维修费成了零。

"这些树篱是什么做的？"拉里问亚瑟，说着，还向后甩了一下已不复存在的长发，"我是说，它们是用哪些种类的植物做成的？"

亚瑟不知道。他熟悉历史资料，他知道他们的国王和王后都是谁。可他是伦敦人，不懂得绿色植物。

在曼彻斯特一家灯火通明的书店里，拉里在减价书箱子里发现了一本关于树篱的书。该书通过一百幅装订粗劣的彩色插图讲述了鹅耳枥、假叶树、月桂、柏树、桧树、欧椴、山楂、水蜡、冬青、山桂、紫杉、矮黄杨以及埃及榕等植物的品种、用途、栽种方法、施肥方法以及修剪技巧，还有如何将一种植物与另一种植物互相盘绕以培植出更茁壮、更美丽的树篱。这种人为地将多种植物混绕在一起的方法叫作"编结"。当汽车掉头向南朝德文郡和康沃尔郡驶去的时候，拉里研究了英格兰和苏格兰树篱那几页。一两天工夫，他就能够透过车窗辨别不同种类的树篱了。如此轻易地便掌握了这方面的知识，使他颇为惊喜。但接着他便回忆起来，他在上花卉艺术课时就曾经在班里获过奖。一位教师赞扬过他的非凡记忆力，另一位教师则赞扬过他观察事物的能力。

他确定树篱种类的方法是观察灌木丛的密度和分布情况、叶子的形状以及生长方式。每认出一种树篱，他就叫出它的名字，然后写在书封面的内侧。他就是这样一个人，总是渴望了解他不需要了解的事物。在过去的两三年里他居然忘记了这一点。

坐在他身边的多丽显得无精打采。她说她想家，成天和这些老母鸡们泡在一起，她腻烦透了。一到早餐时她们就起哄戏弄她，老是那一套。她开始生气,发疯了。

外面的植物一天比一天绿。两星期的旅行过了一半,一天上午,亚瑟从汽车前面的座位上跳起来,激动地指着窗外一片长长的坡地上的黄水仙说:"女士们,先生们,我不是向你们保证过这次旅行能看到水仙花吗?怎么样?"除了爱德华兹太太,所有人都挤到车窗边往外看。爱德华兹太太则正在呼呼大睡,头向后仰着,张着大嘴。

多丽从手提包里拿出笔记本,只在上面写了一个词"黄水仙"。(几年后拉里无意间翻看这个小本子的时候,发现有四分之三的页面是空白的。"黄水仙"是她写的最后一个词。)

就在他们看到水仙花的同一天,爱德华兹博士为拉里买了一品脱啤酒——那是他趁傍晚的十分钟休息时间在一家小酒店买的。他出人意料地说:"实际上,再过两年我们也不到休假年,是爱德华兹太太在给病人按处方发药时出了问题,在出售非处方药物时也出了问题。这件事非同小可,而且事情会越来越糟糕。所以我们想,还是溜之大吉为好。"

拉里注视着杯子里剩下的无沫黑啤酒。他希望此刻他是站在擦得发亮的吧台的另一端。那几对新西兰和澳大利亚夫妇正在那里哈哈大笑,争论着离巴斯的旅馆还有多远。他们互相开着玩笑,高声谈论着几维鸟和大袋鼠的相对优点,谈论足球队和政治,充满了竞争气氛和友好感情。拉里为他们高昂的情绪所吸引,但在他们面前又感到羞怯,特别是在那几位男士面前。他们笑得豪放,闹得开心,与爱德华兹博士狡黠、生硬的提问方式大相径庭。

然而,爱德华兹博士,那个罗宾,居然认为将自己的不幸处境透露给拉里——一个年轻得足以做他儿子的陌生人——是合适的。

"她把药片藏起来了。你知道,药片那么小,很容易藏。"

"她已经离不开那些药片了?"拉里觉得这个问题提得很愚蠢,因为答案是显而易见的。可他觉得自己总得有所反应才是。

"当然是的,成瘾了。她不能自制了。"

"那太可怕了,肯定很难——"

"看到你们小两口真叫人振奋。"爱德华兹博士说。他竭力想把谈话向更有益的方向引导:"你们刚刚步入生活,自由得像一对小鸟似的。"

拉里咽下最后一口啤酒。"我们快有孩子了,"他说,"我是说我妻子。"

爱德华兹博士很有礼貌地听拉里告诉他这一消息。"我明白了。"他说。他用手指转动着雨衣上的一个扣子。

"也许您已经注意到了,她感觉不太舒服,"拉里说,"尤其是早晨。"

"这我可没有注意到。"

"妊娠晨吐。"

他和多丽曾经商定,怀孕的事要暂时保密,起码在回去告诉双方家人之前要保密。听到"怀孩子"几个字如此随便地从自己口里说出来,他着实吓了一跳。自离家以来,他还很少想到过"孩子"这件事。他很少想到自己是丈夫,更不用说是父亲了。所以,每天早晨,他一边避开镜子里父亲的鬼影,一边念叨着提醒自己:丈夫,丈夫。镜子里叠映出一张又一张丈夫的面孔,理直气壮又洋洋得意,但却总难摆脱惊奇的表情。

拉里发现,只要满脑子装着那一排排葱绿的树篱,就能驱散那张脸的形象，就像电视换了频道一样。于是，冬青、欧椴、山楂、黄杨，这一连串的名字就像流行歌曲大合唱一样涌入脑海。他让它们丛生的形象，还有它们柔和的、呆板的、庄严的形状以及完美无缺的整体美压迫着自己的神经。

"我们本打算等6月份再结婚的，可是后来——出了这种事，我们就来了。3月份。"

他看得出来，爱德华兹博士对他说的话失去了兴趣。当然，他也失去了就爱德华兹太太的麻烦对博士说几句安慰话的机会。

"啊。"爱德华兹博士说。这时他说话非常轻快，不像是一位社会学教师，倒更像是体育节目播音员。"我们该回到车上去了，不然会被丢下的。"

"我们俩来往一年多了，"拉里紧握着啤酒杯解释说，"我们过去讨论过结婚的事，并且已经决定了。所以这实际上没有什么两样。"

爱德华兹博士皱起眉头。他把手放在拉里的肩膀上，用指尖使劲地按着。"关于我的妻子呢？"他说，"如果你能把我对你说的话看作对你的信任，那我将十分感激。"

"什么？"多丽对拉里叫道，"你为什么要把咱们的事告诉那个老教授呢？"

现在他们是在德文郡班斯塔布尔市的国王旅馆里。他们的房间在旅馆的正面，下面是热闹的商业街。

"我也不知道是怎么了。"拉里说。

"我们不是说好不告诉任何人的吗？别嫌我说话难听。我爱说就说。"

"我不知道怎么就说出来了。我们俩在谈话，我一不留神就随口说出来了。"

"连我妈都不知道,那可是我的亲妈,可你却告诉那个老怪物。你真的以为他不会告诉他那个下贱的老婆吗?她对我说起过我的'身体状况',说以我现在的'身体状况'不应当喝啤酒。现在一车人都快知道了。我敢打赌,他们已经知道了。"

"那有什么关系?"

"当然有关系,因为我们正在度蜜月。要知道,我们是多情的蜜月新人。现在可好,那小新娘子怀孕了。"

"没有人会那么想的。"

"是吗?那你爸爸妈妈呢?他们就会那么想。"

"他们想什么你怎么知道?"

"他们会认为谁也配不上他们的宝贝儿子小拉里,尤其是那些不哼不哈肚子就大了的姑娘——他们就是这么想的。"

"他们慢慢就会看得惯的。"

"好像都是我的错,好像跟你一点关系也没有,是不是?"说着,她一屁股坐到床上哭了起来,头摇得像拨浪鼓似的,"你爸会盯着我看,我受不了。好家伙,瞧他那目光!好像在说:'你有没有头脑?为什么不服避孕药?'"

"我们一回去就告诉他们。他们会有一两天不痛快,仅此而已。然后他们就会习惯的。"

她转过头来狡黠地看了他一眼问:"那你呢?你什么时候会习惯?"

"我已经习惯了。"

"是吗?我说你也得习惯。这些日子我天天坐在汽车上想名字,想女孩儿的名字,想男孩儿的名字。我想,要是生个女孩儿呢，就叫维多利亚；要是生个男孩儿呢，就叫特洛伊。我天天都在想这个。你倒好，成天坐在汽车上侧着身子看灌木丛，然后再写下来。你关心的就是这个。那该死的混账灌木丛。"

他把她拉到自己身边，前后摇晃她，手轻轻地拍打她的头发。

他突然吃了一惊。他意识到那是因为拍打，那分文不值、毫无感情色彩的拍打。这表明有人心烦了，困倦了。至于丈夫的拍打，他曾经看到过，在母亲情绪低落的时候，父亲就是这样拍打她的。拍打和抚摸其实并不是一回事。拍打一个人就像自动驾驶一样，你只需伸出手来轻轻拍一下就行了。他悄悄看看表，好了！好了！快到晚餐时间了。他拍打着，抚摸着，拍打着。

她平静下来，倒在他身上。他们躺在床上，有气无力地互相搂抱着，什么话也没说。十分钟以后就该下楼吃饭了。他饿坏了。

旅行还剩下最后一天。这一天，他们要去参观一处更重要的古迹——汉普顿宫。

"这座宫殿无与伦比，"亚瑟一边让人们围成一个小圈一边说，"因为它保存得十分完好。"他指着安妮·博林大道、天文钟（两年前已改为电动的）、城墙、喷泉宫和带有雕刻复杂的屋顶的皇家教堂说："瞧这工艺！诸位现在看到的乃是一座英国最优秀的艺术家和工匠的丰碑。"

旅行团成员事先已凑好了一笔捐款，头一天晚上他们买了一副银链扣[1]送给了亚瑟。他打开珠宝盒一看，惊讶地眨巴眨巴眼睛，抬头看看那一张张期待的面孔。一位澳大利亚人唱道："因为

1.银链扣，装在衬衫袖口上的装饰品。

他是个快乐的好家伙。"那人的名字叫布赖恩，长得五大三粗，慈眉善目，大光头上一根毛也没有，给亚瑟捐的钱就是他收的。他还为亚瑟准备了一张感谢卡，让大家传递着签名。他想领大伙儿一起唱，可他起的调子颤颤巍巍的，谁也跟不上。

令人吃惊的是，多丽走到前面，重新起调，用她那嘹亮的嗓音带领大家唱起来。她出身于音乐世家，父亲在警察合唱队唱男中音，母亲在喝了几杯酒之后能演唱伤感恋歌《你照亮了我的生命》。尽管多丽个子很小，体重只有一百磅[1]，她唱起歌来却感情真挚，雄壮有力。

因为他是个快乐的好家伙，

这一点谁也无法否认。

此时此刻，拉里发疯似的爱着她，爱他纤弱的多丽。他把她此刻的形象冻结在他的脑海里。他必须记住这一形象。在唱到最后几个词时音调下降，她侧扬起下巴，使了个小技巧：她把手缩回来，插进雨衣口袋里，然后两手在口袋里向前一伸，径直引入第二个合唱。在那一两秒钟的短暂时刻，她好像真成了森布莱特旅行团里的协调小姐。

爱德华兹太太对送给亚瑟链扣是否恰当提出了质疑。她小声对丈夫、拉里和多丽说："看来他这个人并不特别喜欢法国链扣。"但今天上午拉里跟着亚瑟去汉普顿皇家花园时，分明瞧见亚瑟的手腕上闪了一下银光。亚瑟向前指指，对他说："你的眼前就是英国现存最古老的树篱迷宫。"

什么？拉里从未听说过还有树篱迷宫。

---

1. 英制质量或重量单位，1磅约合0.4536千克。

"我们还有四十五分钟时间，"亚瑟乐呵呵地宣布，"假如你迷路了，只要喊一声就行。我们来救你。"

后来，拉里记住了穿过迷宫的口诀。谁愿意听，他可以轻而易举地背诵出来：进阵向左拐，然后右拐，右拐，再向左拐，左拐，左拐，再来个左拐，就进了阵中心。出阵的时候倒过来，向右拐，再来三个右拐，然后在后面的两个转弯处向左拐两次就出来了。然而，第一次参观汉普顿皇宫迷宫那天——1978年3月24日——这位来自加拿大中部，没有远足过的年轻的花卉图案设计师，怀儿子赖安四个月的多丽·肖的新婚丈夫却屡屡拐错弯。事实上，他是那天旅行团成员中最后一个狼狈出阵的人。

多丽穿着漂亮的蓝雨衣站在外面等着。"叫我们好担心哟。"她生气地对他说。接着她又说："看起来你头晕了。"

真是如此。错综复杂的迷宫真把他搞得头晕目眩。那是在一大清早，有霜冻，天冷得能看得见嘴里哈出的气。然而那些柔弱的针尖儿似的嫩叶居然能抵御如此严寒，实在是不可思议。周围是高高的绿墙，无法从上面看。谁会想到树篱会有这么高，这么密呢？原先他没有预料到会有与世隔绝的感觉，也没有预料到自己会越走越心慌。他想，走错了可以纠正嘛。于是，他不知不觉地放慢了脚步，落在了别人后面。他情愿迷路，情愿一个人走。他能看见爱德华兹太太和多丽肩并肩地走在狭窄的通道里，就在他的前面。两个人头抵着头在说话，爱德华兹先生在后面紧跟着。拉里看见这三个人向右一拐，消失在一簇树叶后面。

他不知道一个人怎么会迷路，在海上迷路，在树林里迷路。致命的迷路！

"看起来你在想心事。"他最后一天到花人商店上班时维维安曾对他说。那是他和多丽结婚的前一天。当时他正在商店后面,两眼直瞪瞪地望着被染成蓝色的、鲜艳的康乃馨出神。他对她说:"我在想——"她懒洋洋地对他莞尔一笑。"想跟商品谈心对不对?"她拍拍他的衣袖说,"我一直在那么做。"

他眼睛盯着装有蓝色缘饰的花瓣,心里却在想着爱情,想着他那婚姻并不完美的父母居然能够互敬互爱、平平稳稳地过了这么多年,也在想他和多丽并不称心的爱情。他在回忆他对她的爱情是如何产生和发展的,他何以会时时发现自己爱她,又时时发觉自己不爱她。

此刻,他正被困在迷宫里,迷了路,又找到了路。整个情况似乎是这样:在他意欲放弃的时刻,竟会产生一种误打误撞的意外欣喜。

他听见远处有一位旅行团成员嬉闹地用澳大利亚口音喊道:"走这边!走这边!"他避开了那个声音,避开了那有节奏的鼓舞和欢闹。他想钻进灌木丛的深处,使自己深深陷入这个封闭而又设计巧妙、广阔无边的迷宫中。他观察自己的脚是如何一次次违背本能的方向感转向错误的一边,兜圈子,走回头路,这一次又是如何让他极度兴奋的。有一个比他年长,也比他健壮的人,摆脱了性格和责任的束缚,在他的体内踱步。在他的回忆中,有一个短暂的时刻,时间似乎凝固了,周围鸦雀无声,空气纹丝不动。这一小时迷宫内的独游像是一件礼物,礼物的一部分是贪婪的老语法规则在他耳中扑动:错了,又错了,全错了!他感到,他十四天的婚姻正在向后坍塌,变成一件虚假的人工制品,一个被扭曲的空间,而他必须学会适应这个空间。爱情是没有保护层的,不,没有。它像其他所有东西一样赤裸裸地暴露在外。

亚瑟给了他们四十五分钟时间，而拉里·韦勒则在绿墙内徘徊了整整一个小时。

"叫我们好担心哟。"多丽责备地说。

他随她回到汽车上，开始返回伦敦。

"你怎么会迷路呢？"她不停地问。第二天，他们登上一架飞机。飞机穿过辽阔的海洋，飞过广袤空旷的拉布拉多半岛，掠过安大略省阳光明媚的城市和乡村，没完没了地飞了整整一个下午。冰封的湖泊和林地在飞机的下方延伸。接着，湖泊和林地越来越稀疏，大地越来越平坦，变成一长溜白雪覆盖的农田，最后是熟悉的弯弯曲曲的黑色铁路和屋顶。迎接他们的则是一片片升腾的寒冷的云彩。

一个甜蜜的女高音反复提醒旅客注意。安全带系好了，小桌板收起来了。飞机开始放起落架。接着是一套严格的机械操作程序。多丽激动而疯狂地捏了捏拉里的手，意思是说：快到家了。事实上，他们马上就要回到那熟悉的街道、熟悉的房子、他们所选择的生活或者说选择了他们的生活中去了。

他当时并不知道，出发和到达这两股力量会像一对螺栓一样紧紧地夹持住他——其间会有片刻的清醒带来的平静和窒息。他的生活操在他自己手里。

第三章
拉里的父母1980

刚过三十岁生日不久,拉里总算攒够了钱,现款买下了利普顿街上的一所小房子。那是一所专供干杂活的人住的房子,只有五个房间和一个玻璃围着的前门廊。现在,他晚上和周末大部分的时间都用来收拾房子。他和他的妻子是两个月前搬来的。她一直帮他在厨房铺设新瓷砖。以后浴室里的辅助设施也要更换。冬天到来之前也许还得做点顶棚保温的活儿。需要干的活可以拉一个手臂那么长的清单。然而,这个夏天他却一直在利用一切空余时间整治院子。有时候他的朋友比尔·赫舍尔过来帮帮他,但更多的时候还是他自己干。拉里说,不妨趁天气还好的时候把活儿干完。他想把院子搞成全封闭的,这样明年春天赖安就可以不用人照看,能自己在院子里玩了。

今天他本来还要干活儿的,只是他的父母邀请他和多丽带孩子过去参加生日庆祝活动。星期天吃晚餐时,他按照惯例打开从家里带来的礼物,吹灭蜡烛。现在是1980年,已经快进入衰退的十年了,然而他并不知道。其实谁也没意识到。他感到他的胸膛里几乎还像从前一样充满活力。在去他父母家的路上,多丽一直在说,到了那里他们很可能又得在可恶的大热天晚上吃一顿热饭、热肉汁什么的。她认为，大热天应该吃上一大碗冰淇淋，喝一杯冰茶。

最近几个星期，他们两人又陷入了令人压抑、难受的沉默之中。

仅仅三年以前，他还是个只穿着衬衫在温尼伯的大街上游荡的年轻人。他记得当时的感受：没有妻子，没有孩子，没有房子，没有院子。可如今，整个画面改变了。变就变吧，特别是他有了儿子赖安。还有一点，一想到年过三十他应当感到情绪低落才是，可他没有。他很独特，但又是凡人。这一点他很清楚。如今他有了可爱的小儿子，有了房子，还有慢慢成形的院子。院子的各个角落都栽上了从卡门的批发商那里买来的灌木。院子里还种了些花草和几棵甜椒，但他最喜欢的还是灌木。多丽一直称它们为树丛。他一直纠正她。"你患上灌木癖了。"她说。可她说这话时嘴唇是笑着的。"你想当宇宙灌木大王是不是？"

也许是的。也许他真的想把自己的院子变成灌木展览馆。拉里不知从哪里听说过：世上的每个人一生中都有一分钟出名的机会，也可能是一小时。

有一回，拉里的父亲斯图·韦勒上了报。《温尼伯论坛》在周末专栏里报道了他收藏开塞钻和开瓶器的情况。记者来采访他的时候，他已经收集了六百件。打那以后他几乎又将这一数字翻了一番。去年，拉里的姐姐米姬在美术馆抽彩时赢了一千元——足够她带一个女朋友去夏威夷旅行一趟。事实上，她在电视13频道上露面时，既谈到了她中奖后多么惊讶，又谈到了彩票赢得的钱她通常是不会乱花的，除非有正当的理由，比如用以扩大美术馆的展览面积等。

拉里自己露脸的机会还在将来的几年里。这对他来说很好。这些日子他想了很多,想到了自己年轻的家庭——多丽和小赖安——想到了他在花人商店的工作以及他近来一心一意改造的院子。至于他的母亲多特,她一生中"露脸"的机会够多了,可你千万不能跟她谈出名的事,尤其是那种平时默默无闻、一夜"名声大振"的情况。那种事会一辈子萦绕在你的脑海里:愚蠢的多特,粗心的多特,杀人犯多特。当然,那都是很久以前的事了。

拉里很小的时候,母亲就警告他:对着喷嘴式公共水龙头喝水很危险。"谁也不会直接用嘴对着水龙头喝,"她说,"因为那样会沾上别人身上的细菌。谁知道以后会得什么病呢。"

对拉里来说,这可是个坏消息,因为那时他很喜欢踮起脚尖直接用嘴唇对着凉丝丝的、银光闪闪的水龙头喝水,而不是在水花向上喷时用嘴接水。再说,目前的警告也毫无意义。既然谁也不会直接用嘴对着水龙头喝,水龙头上怎么会有细菌呢?他记得——当时他肯定只有六七岁——他曾把这一逻辑说给妈妈听,但她仅仅是摇了摇那一头被压平的鬈发,严肃而聪明地说:"世界上总会有一些不懂事的人。"

在他的想象中,那些人——那些不懂事的人——是一群愚蠢的倒霉蛋儿。按照母亲的说法,在温尼伯西区的这条埃拉大街上这号人多着呢。比如说,那些不懂事的人肯剪自家的草坪,却不肯将剪下的草耙在一起;他们还用原来的纸袋子储存面包粉和其他东西,所以他们的柜子里爬满了蚂蚁和甲虫;他们从来不知道把容易破裂的、反面是橡胶的餐具垫换一换,还在用从森林湖买来的中间印有"纸浆的故事"的那一种。那些不懂事的人的问题在于:他们不肯扔掉任何东西,甚至连用脏了的茶巾、手指处烧成窟窿的烤炉抗热手套都不肯扔。

事实上，不懂事的人连他们买牛肉饼时带的酸卷心菜丝都会用叉子从打褶的小纸杯子里挑出来吃掉。有人——很可能是他们好心的妈妈——告诉他们，凡是放在他们面前的绿色植物都应当吃，但酸卷心菜丝上面有特别绿的东西时不能吃，鬼知道它冷冻了多少天。那些人从未听说过沙门氏菌一词，即便听说过，他们很可能也发不好那个音。

然而，斯图·韦勒的妻子，拉里和米姬的母亲，赖安的祖母多特（多萝西）·伍尔西·韦勒却对食物中毒非常熟悉，那可是灾难性的。早年，她是个愚昧无知、粗心大意的女人，就像那些不懂事的人一样。如今她却无法忘记自己的无知。她每天都会想起来，要么是片刻——在她心情愉快的日子里——要么是一个漫长的、心情郁闷的下午。孩子们在埃拉大街上住的时候，斯图·韦勒经常对他们说："你们的妈妈今天又闷闷不乐了。"孩子们知道这意味着什么。他们把仍穿着绳绒线长袍的妈妈扶到厨房的桌子边坐下。等他们放学回到家里，又看见妈妈两只手在脸上来回抓挠，目光呆滞，重温她一生中扮演过的唯一一次不光彩的可怕角色。

即便是今天，8月17日，儿子的三十岁生日，她仍在回忆。拉里能看出征兆来。现在是星期天下午五时三十分。这不，臀部肥大的她正穿着皱巴巴的棉背心裙满头大汗地在厨房里忙活着。她把吃饭用的盘子放在炉子顶上加温，好像这些放在热烘烘的厨房里的盘子还不够热似的。她从冒着气泡的蒸锅下面朝炉子里望望。她的两只脚不停地走来走去，从冰箱走到操作台，又从操作台走到洗涤槽。她那有力而又轻盈的手势似乎不是从她那作为妻子和母亲的生命里发出的，而是来自欢乐、轻快、精力充沛的少女时代。拉里怀疑她是否曾有过那样的时代。她笑着，闲聊着，甚至还和她三十岁的儿子开着玩笑。拉里手里拿着一瓶冰镇啤酒，站在那里看着她，他记得以前的教训。极度紧张不安的情绪把她给拖垮了。她拿起一罐腌鱼朝面板上猛摔，想把盖子震松。她在思考，在烦恼，在认识。记忆的毒药使她感到恶心。

拉里想：这就是我的母亲，我那悲哀而又软弱的母亲。她一生中的大部分时间都在吞食那悲哀过往的苦果，要么便是带着这种沉重的精神枷锁挣扎着往前走。为了一个久远的错误，一时的失足，现在她得没完没了地还债，还债。

拉里的母亲是个家庭妇女，会做牛奶蛋糊酱汁，会编织围巾，热衷于保存幼儿连环画和家庭剪贴簿。但她真正的工作是懊悔和反省，痛苦的梭子自由自在地来回飞舞，但有时候她看起来好好的，和别人的母亲没有什么两样。今天她为拉里的生日做的不是蛋糕，而是一个柠檬蛋白酥皮馅饼。她本来可以昨天做好，放在冰箱冷冻室下面的冷藏室最上面的架子上。然而由于她的经历，她做梦也不敢那么做。谁又能责怪她呢？她对食物的忧虑已载入了韦勒家族的编年史——就像拉里对柠檬蛋白酥皮馅饼的酷爱一样。每年拉里过生日时，多特都要为儿子做一个大馅饼，在馅饼烤得金黄的斜面上插一圈生日蜡烛，十分好看。

她还要做一个兰开夏罐焖土豆羊肉。这不，现在正在炉子上咕嘟嘟地冒泡呢。这是一种简单的老式做法，在英国时多特的母亲每星期六晚上都要做。将要炖的羔羊肉块排在派热克斯玻璃蒸锅底部，然后铺上一层土豆片，再铺一层胡萝卜，再铺一层羊肉，最上面撒上一把小洋葱块，然后放足盐、胡椒、欧芹片，再浇上一杯氧代酸,盖上锅盖炖一个半小时即可。拉里对兰开夏罐焖土豆羊肉的酷爱,或者说起码是他装出来的酷爱,全是为了他那一辈子都在哀伤与反省的可怜的母亲。他管母亲叫"Mum"。他总是那样叫。美国人叫"Mom"或"Ma",电影里和书里的人叫"Mother"。

她已经把供六个人用的折叠桌摆在了起居室里,又铺上最好的缎子桌布,摆上精美的刀叉餐具和瓷器。

吃饭的就他们一家人,都是她的亲人——她喜欢这样称呼他们,就像一张讣告上的人一样:她的丈夫斯图、拉里、多丽、坐在垫高了的座位上的小赖安。她的女儿米姬也要来。可是你瞧,都快到开饭时间了,她还没有露面。三年前,米姬收到一封匿名信,说她的丈夫保罗经常到一个同性恋酒吧去,于是她就把他一脚踢了出去。现在,她发誓一辈子都不结婚了。她向上翻着眼睛说,她从结婚第一天起就知道他不地道。

拉里很为妈妈担忧。最近她很少出去活动,事实上几乎没有出去过,除非你把逛西尔床垫打折区也叫作"出去"的话。还有一点也很令拉里担忧:母亲替别人操心太多了。她为米姬烦恼,说她三十二岁了又开始变得厉害起来,说话老是大喊大叫,就像是一个职业妇女解放者,走起路来像行军似的,等等。她为拉里和多丽烦恼,两人有一半时间是在吵嘴,多丽又在曼尼托巴汽车公司上全日班,而不是在家里照看赖安,孩子都二十三个月了还衬着尿布。她为自己的丈夫烦恼,这不,这会儿他正在卧室里没好气地穿干净的运动衫呢。他不愿意穿,她唠叨着非要他穿不可。实际上,这一整天除了发牢骚他什么也没有干:天热啦,有蚊子啦,后背疼啦,下午的咖啡糖放少啦……就因为拉里向他说起后院里的混合肥料堆，他就抱怨后院乱啦，等等，现在又在抱怨为啥不让他在厨房里的早餐角吃晚饭，而非要他坐在起居室里的折叠桌边吃不可。到此刻为止，他还没有向他的亲儿子祝贺生日快乐呢。

　　多特检查一下炉子，看看表，向厨房的窗外望望，看米姬的汽车进后面的小巷没有："这死丫头在哪儿呢？"接着，她往银馅饼托盘上浇滚烫的开水，生怕托盘上有细菌，然后把托盘放在纸巾上擦干。托盘被擦得一尘不染。原先脏了的漆布，还有多特的餐具抽屉，也都被擦得一尘不染。在这所房子里绝对看不到湿茶叶袋在洗涤槽里滴水，也看不到成堆的咖啡渣。她不是那种能容忍淋浴帘的边沿沾上一点细菌的人。她总要把从肉店买回的生肉放在洗涤槽里洗一洗。拉里一边看她就着水龙头洗手，一边用脚踢着桌子腿。他从小就喜欢踢桌子腿。他坐着的那个父亲包装的早餐角被擦得干干净净，透出了这对老夫妇讲究卫生的气息。现在他正用嘴对着空啤酒瓶子吹小调。

　　他想：在这个倾斜、旋转的地球上，哪有让一个三十岁的男人坐在那里对着瓶子吹小调的空间呢？他母亲也这样想。她走过去，不是指责他，而是果断地把瓶子夺回来放在操作台下。她的表情似乎在问：剥夺了他的瓶子会对三十岁的儿子造成多大的伤害呢？有一种东西很快消失了。是什么呢？这难道是她的过错吗？

　　当然是她的过错。

　　烦恼，烦恼，一系列的烦恼。而这五个人都是她的亲人：她的牢骚满腹的丈夫、行踪不定的女儿、莫名其妙的儿子，还有起居室里的儿媳妇多丽——此刻，身材匀称，眼睛、下巴和肩膀轮廊分明的多丽正埋头看周末的报纸,寻找广告,将减价附单[1]剪下来——小赖安则坐在地板上玩碎纸,把纸撕成小碎片。这是一个并不美满的小家庭。却是拉里的母亲仅有的依靠,帮她抵御来自她自身生活的伤害。

关于多特·韦勒的过去,关于她杀死自己婆母的情况,拉里是零零星星逐渐了解的。母亲的故事他打记事起就知道一点。实际上,连他自己也记不清是不是从头到尾一次听完的。

母亲的一本影集里有一张拉里的照片,那是他九个月时照的。小拉里身穿白色刺绣睡衣,被塞在一把旧式木制高脚椅[2]里,椅子不知为何搬到了室外。照片的背景是几株模糊不清的树木和像草坪一样的东西。不祥的强光从孩子毛茸茸的鬈发上掠过,投射在光滑的木椅上。脑袋这么小的时候会思考吗?一个婴儿的小脸儿会如此聪明而不可愚弄吗?他的两只小手活像一对闭合的贝壳,紧紧地抓着高脚椅托盘的边沿。他全神贯注,眉头紧锁,表情极为痛苦。他这么小的时候不可能知道——或许能知道——一场灾难降临到了母亲的头上。然而,他那柔和的小眼睛、富有理解力的眼窝和他那圆圆的小嘴巴分明显示出,他完全了解母亲心灵的创伤。母亲常在他睡着的时候哭泣。她正在逐渐丧失在经历一次悲剧性事件的打击后保持冷静并设法补救的能力。母亲的悲哀已经通过她的乳汁、她的皮肤、她的指尖传染给了他。

刚开始的时候,也许家人只是对某些敏感的话题保持沉默而

1.连在广告上的单子,顾客可凭此单订货、索取样品或购买减价商品。
2.一种供幼儿坐的椅子,腿很高,前面有挡板围着,并有搁脚板和供喂食用的托盘。

已。在母亲的一生中,那些话题是不能公开谈论的。回过头来想想,拉里几乎可以肯定,当时人们总在用紧张、单调的声音窃窃私语着什么事。可那是谁的事呢?父亲的?姐姐的?在事件传播的过程中,拉里心中产生了一种强烈的紧迫感。为了在韦勒家生活,为了闯荡世界,他需要了解事情的真相。灾难发生在1949年秋天,即他出生的前一年。那次灾难是无法逃避的,仿佛已经渗透到房间墙壁上的防甲醛涂层里,这些风言风语总在耳边回荡,环绕着家里的每一个人。所以拉里很清楚母亲的苦楚,而且一直都很清楚。他把自己所听到的只言片语加上了他的想象。他很想抱住母亲,她也很愿意得到儿子的安慰。但他不知道从哪里开始。他不知道母亲是否清楚自己知道了那件事或自己对那件事知道了多少,也不知道母亲是否清楚那件事给了他多大的压力。所以他只好沉默,而母亲也沉默着。于是他就坐在那里玩啤酒瓶,直到母亲把瓶子夺走。她一次又一次地看钟表,似乎嘀嗒嘀嗒的钟表每走一下都会使她的哀伤加重一分。

事件发生那年多特·韦勒二十五岁,嫁给了当时在北方的博尔顿镇英国铁路公司做客车装修工的年轻的斯图·韦勒。他们的女儿米姬——马乔里的简称——刚刚蹒跚学步,快活的小家伙一面跟跟跄跄地从一把椅子走到另一把椅子,像杂技演员一样勇敢,一面哈哈大笑。人人都说她是世界上最可人的婴儿,一个十分讨人喜欢的小宝贝儿。

当时,一家人住在一所相当新的地方当局营造的房子里,有四个通风的房间和一个整齐的园子。夏天多特在园子里种上莴笋、小萝卜、茶藨子和一溜儿曲曲弯弯的红花菜豆。她本来打算种植一块漂亮的草坪,搞一个花坛——她特别喜欢白羽扇豆——然而,因为急于节约开支,也懂得如何节约开支,她便把注意力集中到了种植她和斯图以及小宝宝米姬能够食用的植物上。她把茶藨子做成很酸的果酱,因为当时糖还是定量供应,不容易弄到。她把红花菜豆炖熟了,装在密封的罐子里保存起来。瞧着那一排瓶装的水果和蔬菜——一共十二品脱[1]——瞧着那蓝绿色的菜豆在食品室的架子上闪闪发光,她心里美滋滋的。

斯图每星期去工厂上六天班,星期天则待在家里为他年轻貌美的妻子准备早茶。他总爱说,至少这一点他还能够做到。他把小米姬举到空中摇晃,从头到尾地看《星期天镜报》,又把炉架擦干净,然后在临近中午的时候到酒馆里匆匆喝一杯金汤力——他当时认为那是绅士的饮料。喝完酒之后,他和多特以及他们胖乎乎的小米姬搭上一辆公共汽车穿过市区,到他父母楼上两间楼下两间的住所去。星期天的聚餐在等待着他们。那些日子是幸福的,两个人都感到很荣幸。"可星期天他们也应当偶尔来我们家吃一顿午餐呀,"多特说,"什么活儿都是你妈干,这不公平。"

她劝说他们,他们答应了。于是星期天的活动调了个过儿:10月下旬的一个上午,老韦勒夫妇乘16路公共汽车穿过市区,淋着冷雨来到儿子家门口。不过,老两口儿都在兴致勃勃地等着吃一顿热饭。端上来的有烤牛肉、马铃薯泥和肉汁,还有汤菜或红花菜豆。一个非常精致的小碟子里盛着辣根酱汁,那可是婚宴上才有的。家里做的多孔布丁上浇着金黄色的糖浆。

事后人们说,他们并没有都放弃球芽甘蓝而选择菜豆吃,这

---

[1] 容量单位,英制美制各不相同。英制一品脱约合0.5683升。

可真是不幸中的大幸。只有老韦勒太太自己吃了,而且吃得津津有味。"这都是多特自己用瓶子装着存起来的,"年轻的丈夫斯图自豪地说,"再多吃点,妈。你连一半都没吃到呢。"

一小时后,老太太喝了一杯茶。她说她看东西都是双的,还说她感到咽东西困难。然而,斯图和他的父亲还是把打瞌睡的小米姬放进童车里,到铁路调车场旁边的一块荒地上遛弯儿去了,屋里就剩下多特和她不幸的婆婆。多特又给她倒了杯茶,她挥挥手不要。多特装了一瓶热水,又把一个毛毯叠盖在婆母的大腿上。韦勒老太太前后摇晃了一阵,突然呻吟起来,接着一头栽倒在炉前的地毯上,只差一英寸就要撞上壁炉的铁围栏。多特赶紧跑到她身边,跪在地板上。韦勒老太太的头奇怪地扭到一边,脸色憋得黑紫。多特记得她喊了一声,但不知道她喊的什么。(很可能是"救命,救命",但谁来救她呢?)接着,多特用手在老太太的眼前晃了晃。

她真的死了。年轻的多特过去从来没有见过死人,但她知道,地板上这个肥胖的躯体就像当时人们所说的那样,已经到另一个世界去了。她俯卧在那里,脸朝下趴在布满尘土的地毯上。一个肥胖的女人,穿一件紧绷绷的紧身胸衣,外面裹着一层又一层的毛料衣服,宽大的方格裙子遮住臀部,针织无袖套领衫打着褶。身体下面的肥肉把她笨拙的髋部和小腿垫得高高的,暴露出束口短衬裤的红边,令人恶心。尸体吐出的污物散发着一股怪味。不能这样!不能这样!——多特记得她在用力拖这具僵硬的、重得弄不动的尸体时曾经这样想过。接着她突然想到:心脏病发作。想到此,她顿时松了口气——天哪,原来是这么回事!即使是在她这样想的时候,她也为自我庆幸感到一丝丝羞耻,但也只有一丝丝，因为她认出了眼前的这个幽灵并为它命了名。此外，她亲眼看见了这具尸体遭受的巨大的戏剧性的灾难。

然而，灾难性地夺去了她婆母生命的并不是心脏病。啊，要是，该多好啊！要是，该多好啊！韦勒老太太的死因——后来的化验室化验证明——是严重的C型肉毒中毒。而肉毒的来源就是多特做的炖红花菜豆。这是因为菜豆原先密封得不严，做菜时加热的时间又不够。你瞧，他们漂亮的玻璃罐里也存放着同样的菜豆，已存放两个月了，依然鲜嫩如初，丝毫没有变质。

多特·韦勒今年五十六岁，她的丈夫斯图五十八岁。斯图的父母都是五十多岁去世的。他的母亲死于肉毒中毒，两年后他的父亲死于狂怒——尽管死亡通知书上说是严重中风。他的狂怒更像是《圣经》上所说的"天罚"。他的病是从他妻子被愚昧无知的儿媳毒死，躺在炉前地毯上的那个可怕的星期天落下的。老韦勒经常说那是"谋杀"，甚至是蓄意谋杀。他对《曼彻斯特晚间新闻报》的记者也是这样说的。报社派来的那位摄影记者到韦勒家的园子里拍照，在一个角落发现了黑黑的一排菜豆，结果证明那正是这场灾难的元凶。但那说服不了他，尽管他一辈子都是通情达理的。他的世界一下子被一分为二。他拒不原谅多特。

父亲的指责将斯图驱赶到了斯托克波特移民事务所。不久，他便带着怀孕的妻子和女儿迁居加拿大。事实上，四十年代后期还有数千名英国工人去了加拿大。温尼伯的工厂里可以找到活儿干，但不可能指望会有自己的房子和花园，也不用指望将来能买汽车、洗衣机、电冰箱，让孩子们过上好日子。斯图去加拿大是为了避开那个令人讨厌的出事地点以及愤怒的父亲。后来听到老人因狂怒症去世的消息时，斯图也没有回家奔丧。

拉里了解这场中毒事件所带来的一切悲剧性后果和后遗症。他就像是随着他人故事中一个糟糕的章节长大的，就像是在他人负罪感的有毒光晕里长大的，而那种负罪感已变成了根深蒂固的悲哀。对于母亲病态的悲哀他曾感到莫名其妙，现在他全看清楚了，每一道缝隙，每一处褶皱都看得清清楚楚。他看到了多特给婆母的那杯茶和那个热水瓶子，他的耳朵可以清晰地听到那具"啪"的一声摔倒在炉前地毯上的尸体在说什么，他看到了报纸上刊登的黑白照片以及标题"博尔顿女人毒死婆母"。所有这一切都在不知不觉之中潜入了他童年的门窗里，它们的存在如此平常，就像他呼吸的氧气，就像他每天封火炉子一样。他甚至能够想象母亲永远难以道出的最隐秘的想法：感谢上帝没有让小米姬吃菜豆。甚至还有：感谢上帝也没让我自己吃。

在父母迁居温尼伯两个月后出世的拉里看来，他们那次逃离祖国颇有点《旧约》里《出埃及记》的味道。他发现这似乎很难想象。他看看表情严肃、行动迟缓的父亲，试图想象究竟是什么力量促使他收拾起细软，神不知鬼不觉地跑到另一个国家去的。他们先搭乘一艘锈蚀斑斑的希腊轮船走了八天，然后又坐了三天火车才到达曼尼托巴。一路上多特·韦勒呕吐不止。她肯定不止一次地回头张望，不明白她丢下了什么，为什么丢下。是灾难把他们赶了出来。灾难和负罪感如同手术刀一样向母亲的大脑割去。面对斯图父亲那强烈的复仇怒火，不出走他们怎么活呢？

每当拉里想起自己的父母，关于他们的生活总有一点他无论如何也无法接受：他的父亲出于对妻子的爱，出于保护妻子的愿望，居然舍弃有保障的工作、舒适的房子、每周必喝的金汤力以及其他所有熟悉的东西,挈妇将雏远走他乡。他本来可以选择通过淡忘寻求解脱的,但他却选择了眼睁睁地看着妻子没完没了地、痛苦地寻找那种被认为是原谅的东西。拉里从固执而又左右为难的父亲心里看到了一种英雄气概。他救了年轻的妻子,站在了妻子一边。毫无疑问,斯图·韦勒是一个坚信应该恢复死刑的人。他喋喋不休地谈论那些接受福利救济的流浪汉,有时候又管黑人叫黑鬼,并毫无逻辑地认为搞同性恋的男人都应当阉掉,统统阉掉。令拉里吃惊的是,他的父亲居然会做出那么大的自我牺牲。他问自己能否像父亲对待母亲那样对待自己的妻子多丽——很可能做不到。他承认他的爱情绝对不会像父亲的爱情那样纯洁,当然也不会像他自己头脑里黄金似的爱情那么美好。

他的父母斯图和多特未能从脑海里抹去对那场悲剧的记忆,远远没有。尽管已经过去了这么多年,但时至今日,任何一件小事都会打开多特脑海里那道开关,比如提到博尔顿,提到食物中毒、家庭用品保存、松糕、婆母、炉前地毯、猝死者的灵魂,还有"菜豆"一词——尤其是菜豆,那是韦勒家禁食的东西,也从来没有人提起过。拉里活到三十岁,从来没有尝过那种可恶的蔬菜。

斯图·韦勒热爱自己的工作。迄今为止他已在温尼伯南区一家客车定制公司做了三十年的车辆装修工。那是北美洲同类公司中最大的一家。他十四岁离开学校,一到法律允许的年龄就进了铁路公司,在那里学了手艺。从那以后他一直干这一行,也得到了应得的报偿。到加拿大以后他由装修火车车厢改行为装修汽车车厢,他感到比伐木头还容易。他也的确做了一些漂亮活儿。定做客车需要手工做,大多数人都不愿意干。先把几块薄金属板切割开，然后用支柱和铆钉把它们弄弯、扭曲，做出各种不同的东西。除了汽车发动机外，其他所有部件，甚至包括油箱和装饰件，都是在空中骑士工厂的车间里做的。斯图就在那里上班。

事实上，北美一些最大、最有名气的娱乐业公司都在空中骑士定做过客车。那可真是奇妙的会滚动的家，会滚动的办公室。车厢的四壁是白色的挂毯，地板上铺着意大利大理石。一位乡村和西部音乐歌手——在喝过一两杯啤酒之后，斯图·韦勒就会向人们提示这个歌手到底是谁——定做过一辆车：洗澡间的地板一打开，对了，是个大浴缸，那里一般是行李舱。搞这么一套花了整整五十万元。这辆车上还装有设备完善的厨房。厨房里镶嵌着枥木板，有一个供旅行时做饭用的暗舱。去年斯图曾为一家医院装配过一辆客车，那是一个为农村地区服务的流动诊所。现在他正在装配一辆转运犯人用的客车，每一个座位都被改造成一间单独的小牢房。铁栅栏从脚底下一直通到车顶。这会儿他正在安装防利器砍刺的乙烯衬垫。这是一种极为罕见的小衬垫。每一份订单都会带来一种新的挑战。车间主管经常把他拉到一边说："嗨，斯图，你有经验。你要把绝招儿用在这个设计上。"

周末斯图·韦勒睡睡午觉或在房子周围走动走动，等待星期一上午的到来。他的手能摸出泡沫塑料、弹簧和构架的奥秘，并能将内层结构安装得既结实又一丝不苟。有一系列的纤维织物可供他选用——天鹅绒、锦缎、仿麂皮，还有皮革。在为美国一家电视广播网的主席装配大客车时，他给车厢四壁包上了闪闪发光的紫红色缎子，为此收到了那位主席的亲笔感谢信。他的下一件作品是为一位著名的电视福音传道士装配特殊的汽车教堂。斯图计划大胆采用梅红色和白色皮革包装公共活动区与私人活动区之间的门。据他所知，只要质量好，人们情愿多花钱。他们要求用最好的材料，一流的工艺。这几年里，温尼伯有好几家比较好的室内装潢公司请他去干，他都一口回绝了。他对定做客车行业已驾轻就熟，要他一天到晚只做家具，做简单的沙发、椅子，他简直无法想象。

当然，周末在家里他也不是什么都不干。厨房里七十年代初做的早餐角就是他自己设计的。那是一个包着红色乙烯塑料布的圆弧形长凳，上面有明亮的平头铜钉，美观，新颖，而且坐着舒适。去年夏天，他把起居室的长沙发椅打开，重新黏合框架，用藏青色的尼龙布重新包装。家里来的客人都以为他们看到的是一件崭新的家具呢。他送给拉里和多丽的结婚礼物除了那次英国旅行外，就是将拉里从旧货摊上买来的两用长沙发重新包装。那可是第一流的包装工艺，用流行的新式抽象艺术印花布包装以后，看起来非常漂亮。翻新后的两用长沙发涂了斯科奇加德防油拒水剂，所以，当多丽把赖安一块块乱糟糟的尿布晾在上面时——她很喜欢那样做——居然没有对长沙发造成多大损害。

拉里三十岁生日时，他曾主动提出再给他包装一件家具。他说他能用人造革做一块装有衬垫的床头板，可拉里没有同意。他宁可让老爸给他挑两担好的表层土垫垫院子。哎呀，那小子要是想要，他就给他做好了。耶稣基督啊，他居然要泥土。

从斯图把手伸到衣领里挠痒痒的动作你就能够知道，他简直无法相信自己今天已有了个三十岁的儿子。他似乎不知道应该如何理解自己的儿子和他大大咧咧的妻子（多丽，多，多能人）；他无法理解拉里关于徒步旅行、环境保护之类的荒唐可笑的想法，无法理解拉里为什么要在院子里栽灌木"方阵"，为什么要年复一年在花人商店里工作，一天到晚摆弄那些小花小叶。但是，不理解他也不作声。斯图最讨厌的事就是争吵。

儿子喊他"爸爸"或"爸"，而他对拉里却什么也不喊，只喊"你"。两人谁也不记得这种习惯是从何时开始的。但拉里认为，他的无名身份只是父亲的羞怯所造成的暂时现象。哈哈，持续一辈子的暂时现象！但这只是羞怯罢了。拉里现款买房的时候，父亲还借过他钱呢，是不是？此外，昨天早晨拉里和多丽还没有起床，他就把一担最好的表层土送到了拉里家里。

现在是六点钟。拉里的父母总是六点整坐下来吃晚饭，即便是像今天这样的特殊日子也不例外，尽管米姬还没有回来，也没礼貌性地打个电话过来。为了保持室内凉爽，窗帘已拉上了一整天。泻进起居室里的光线呈灰暗的琥珀色。折叠桌一拉开，又要额外加椅子，再加上餐具柜上摆着一排热菜，房间显得很挤。小赖安用手抓住桌布，开始大吵大闹。多特生怕他把那一玻璃盘腌洋葱弄翻了。她真的很害怕，害怕她精心烹制的一桌子食品给世界上她最亲爱的人带来的是伤害，而不是营养。"坐下，妈妈。"拉里一边给她往外拉椅子一边说。这在这个家里可是一种罕见的姿态，一种令人难以相信的姿态。拉里扶着母亲舒舒服服地坐了下来。他真想凑过去，用面颊碰碰母亲那梳得光光的头发。母亲看了一圈说："来，大家动叉子吧。"

就在这时，米姬突然从后门闯了进来。她身穿短裤和一件橘黄粉红相间的T恤衫，一只手上的汽车钥匙叮当作响，另一只手提着一袋晚餐面包卷，那是她对这顿晚餐的贡献。她把仍装在安全塑料袋里的面包卷放在餐桌中央，然后拖进来一个包装难看的大包裹。那是她送给弟弟的生日礼物。不过，她说要等上过甜点，吹灭蜡烛,吃过馅饼之后才能打开。拉里已经知道那是院子里用的东西了,一件园艺设备或一种珍奇植物。他的姐姐总能理解他。他管姐姐叫"米茨",或"米特-布雷恩",或"鸽子"。

她挥动着双臂挤在母亲和多丽之间的座位上,语无伦次地说了一大堆迟到的理由和外边的新闻,还说天气又湿又热。"抱歉,抱歉,抱歉,诸位。"她说。不过她又说,整整一个周末她都在吉姆利一个疗养地参加愤怒讲习班,参加那个讲习班的有二百多位妇女。如果报名早,收费可以减免百分之十。她是星期五下午才听说的。于是,她一大早就扔下了工作,说她头疼,然后就开车上路了,来不及打电话。时间紧迫,她不能错过这个机会。那里有一位从美国来的愤怒讲习班领导人,真的,那是她的专业。嚯,瞧那女人!灰色的长发齐腰,光着脚丫子。她获得过什么博士学位,是个博士,全世界到处跑,写书,发表演讲,还上过电视,名字叫菲尔·多纳休什么的。把愤怒发泄出来,这是她对愤怒讲习班成员的要求。尖叫,怒吼,痛哭,一直到撒尿,互相紧紧抓住。把你们的伤心事讲出来,然后把它埋葬。她们就这样做了。今天一大早,太阳刚刚从温尼伯湖的水面上露出来,她们就聚集在沙滩上。二百个半裸着身子的女人同时喊叫,再配上高音喇叭,如鼓声隆隆。每个人都把她胸中积压的愤怒、隐藏的委屈所造成的精神负担当作石子扔进细浪之中。哎呀上帝,那种心境的平静,那种解脱,真是妙不可言。沙滩上还放着巨大的茶水壶,壶里的茶叫作平静茶,是用苹果和地衣泡的,好像还有海草。另外还备有面包,巨大的面包条在人们中间传递着,你掰一块,我掰一块,拿在手里就吃,没有黄油,什么也没有,就是纯净的粗面包。微风从湖面吹来。人们刚刚扔下的那些"石头"沉到了水下,眼不见,心不念,永远地消失了。妇女们互相搂抱着在沙滩上跳舞、唱歌,或者在太阳升高时静静地坐在地上。万籁俱寂,阳光照耀着水面。然后乱哄哄的人群纷纷回家——你只能想象那是一场噩梦,一场永不消散的酷热中的噩梦!

多特把赖安抱在腿上,贴着她平静的胸脯。那是她的小黑麦蛋卷,她的小利百纳饮料,她的主人,她的糊涂蛋儿。

"这些小娘儿们干吗那么愤怒呢?"多丽问米姬。她看不惯她的大姑子,大姑子也看不惯她。

"啊,天哪,"米姬摇摇头,伸手叉了一块腌洋葱说,"别惹我发火好不好?"

没有人惹她发火。他们谈论起炎热的天气、空气中的豚草花粉量以及魁北克省是否应当分离出去。他们毕竟在努力维持一个家庭。在这个家庭里,重要的是大家都心照不宣,尽管米姬会诉苦、发牢骚,拉里会发脾气、旁敲侧击,这都没有关系。几年前拉里就明白了这一点。今天,他们的父亲讲了个他在工厂里听到的笑话。那是一个很长的故事,关于纽芬兰人访问魁北克,并试图从一个名叫弗伦奇的人那里购买鱼肝油的事。多特·韦勒把赖安哄睡了。多丽·韦勒则告诉大家说,她发现北区有个地方可以买到减价百分之二十的清仓商品。

拉里在一旁听着。同所有人一样,他也是通过边吃柠檬蛋白酥皮馅饼,边听别人议论,然后恍然大悟,或者从收音机、电影、报纸、别人的笑话里了解离奇的人和事,并以此来了解世界的。在那之后,迷惑不解的他就会退到一边说:"原来是这么回事。"

你可能会认为,由于那场不幸的打击,拉里的父母会变成一对麻木不仁的塑像。但不是这样。他们也在活动,也在呼吸,也在试图按照他们发明的方式行事。拉里对这一套方式只能接受。母亲可贵的负罪感,父亲不以喜乐为意的胸怀,姐姐关于愤怒的滔滔不绝的高论,甚至还有妻子那时而尖刻、时而温和的小家子习气——这一切都在他的周围燃烧,形成一道光环,尽管这些生动的形象和餐桌周围那一张张熟悉的面孔之间的领域似乎狭窄得难以插足。看在耶稣基督的分上,他已经是三十岁的人了。他应该明白他不可能什么都了解。他所需要的一切就是他所拥有的或有幸在路边捡到的东西,他所需要的一切就是继续活下去,一直活到一百岁,然后躺下来死去。

第四章
拉里的工作1981

拉里的大多数朋友一生中都干过五六种工作，不少人都吃过换工作期间那一段失业时期的苦头。但拉里一直很幸运。从1969年拿到花卉设计艺术毕业证书以来，他在花人商店已经干了十二年。

花人商店是一个小连锁店，以服务周到、商品优良而闻名。通常你会发现，花人商店的插花具有自然美。比如说，他们不会刻意将枝条扭曲成不真实的形状和姿态，也不做那种装饰着霍利·霍比娃娃的圣诞花环，或者是奇怪的搭配，像是把郁金香和极乐鸟花混插到一束里。就连他们出售的祝贺婴儿出世的花卉看起来也是那样新鲜而质朴。拉里说，一想到那种背上伸出粉红色与蓝色花朵的泡沫羊，他就会不寒而栗。简洁、完美、价格合理——这乃是花人商店的一贯宗旨。

然而，这种风格却在一夜之间改变了。

花人公司的十二家商店全被总部设在加利福尼亚的跨国公司花城公司吞并了。突然换了新标语；突然到处都是染色的康乃馨，以前他们是不愿意送这种花的，除非是特别订货；突然公司的所有职员，甚至包括小伙子，都穿上了蓝白相间的方格罩衫，小圆领上别着各自的名字。许多批发商店都用一半的营业场地摆放人造花，这种东西花人公司过去是一贯瞧不起的。正如维维安·邦杜兰特所说："有活的干吗要卖死的呢？"这问题问得好。

花城公司接管两星期后，分店经理维维安提出辞职。她对八十年代会出现的情况感到害怕。再说，她已经准备改行了。"我干得牙都累掉了，"她对拉里说，"建这个商店，在西区笼络了一批忠实的常客，生产可靠的产品。我已打定主意重回学校读书。至于社会工作么，那要看将来什么地方有事做。过去我曾读过有关松鼠的书。我——"

"松鼠？"拉里隔着方格罩衫挠挠胸脯，打断她的话说。那件工作服他的妻子已洗过两次，但由于原先上过浆，现在穿起来仍是硬邦邦的。

"松鼠藏的坚果有百分之七十四人们是找不到的。很令人惊异，是不是？"

"你是说——"

"我的意思是，从某种意义上说，我也一直在藏坚果。难道生意就没有一点改进吗？我记顾客的名字，顾客举行婚礼后跟踪上门服务，赠送一些小纪念品，圣诞节时，在别的批发商店还没有动手前我就从多伦多购进一批白球球[1]。这不都是改进吗？"

"啊？"

"他们能挑出我什么毛病来？"

"我以为你喜欢这里的工作呢。"

"就像现在吧，他们要天天填考勤单，记卖了多少蜡球。难道

---

[1] 白球球，圣诞节里挂在圣诞树上的一种装饰品。

你就没有想过？如果他们能跟得上现代管理，他们就应该想到：重要的是人！用电脑盘存。我的天哪！电脑本身并没有什么错，可他们要电脑仅仅是为了这个。而且我每天都得穿着这一身女学生装一样的、笨笨的工作服上班。我是说，我都这把年纪了，还得穿方格罩衫！"

"什么意思？听你说话的口气好像你已经——"

"三十八岁了。一个成年女人。哈！假如我当年想玩藏猫猫的话，那我就到迪士尼乐园工作了。你就不同了，你年轻。你今年——？"

"三十一岁。"

"还是个孩子呢。"

"那么，谈谈社会工作吧，维弗[1]。你认为你会爱上社会工作吗？"

"不会，我很可能会恨它。又是穷人，又是病人，天哪！但起码我有自己的尊严。你知道，我想做些有益的事。"

"嗨，等一等，维弗。你总是说花如何如何重要。还记不记得你讲过的那个中国人的故事？"

"中国人的故事？什么中国人的故事？"

"你知道——一个中国佬只有两个便士[2]——"

"你是说两元钱。"

"他花一个买了个面包，另一个留着买花。"

"听着，拉里，有句话我想提醒你。但愿不会伤了你的感情。"

"说吧，直说。"

---

1. 维弗是维维安的昵称。
2. 英国等国的辅助货币。

"瞧,你是个敏感的人,真的。但有些事你得知道,特别是做生意,百分之九十九靠的是跟顾客的关系。"

"我不明白。说下去。"

"啊,注意,你可不能再说'中国佬'了,那样听起来有歧视的味道。你得说'中国人'。"

"啊。"

"说'中国佬'就如同说'欧洲佬'或'白猴子'一样。"

"我老爸总是说'中国佬'。"

"一点不错。所以你就学来了。你今后要学的东西多着呢,孩子。"

"我会记住的。"

"你一定得记住,拉里,因为看起来我走后这店里就要由你负责了。"

"我?你是在开玩笑吧?"

"我不敢肯定,不过总公司一直在做小小的暗示。他们在打听你,知道吧?韦勒这个人可靠不可靠?他能不能做决定?他是如何处理人际关系的?就是这一类的问题。"

"我不相信。我从来没有想过——"

"像我刚才提到的那些松鼠一样,你也一直在埋坚果——那不是你的私有财产,朋友——现在你该去扒出一些来了。你应该得到提升,拉里。你会成为大老板的。事实上,我已经为你写过一封推荐信,整整一页,打字机打的,没有空行。我说,他是个好小伙子,或者诸如此类的话。具有带大写字母O的独到见解[1]。此人会

---

1. 字母O为"original"(独到的)的第一个字母,文件上打上大写字母O表明该文件所述内容具有独创性或独到的见解。

让蝴蝶花站起来，等等。他很有头脑，工作台总是整整齐齐的，从不让订单积压，从不在受训人面前摆架子。嗨，我说得怎么样？你应该高兴才是。你就要爬上去了，小男孩儿。怎么啦？"

"我简直无法，"拉里说，"无法想象这个地方没有你。"

拉里不大爱谈自己的工作，但他想了很多，想得最多的是他认为自己很幸运。对于他来说，工作要比手里摆弄花草的感觉，或透过冷库的玻璃看到的满天星重要，甚至比每天上午来上班时闻到的商店的绿色海绵地窖里散发出的森林气味重要得多。有很多人都是在那种芬芳的气味中工作的。周围的空气中弥漫着香味，各种色彩不断变换。保持工作环境的适当温度也是工作的一部分，而且是很大的一部分。然而所有这些特征都被音乐般的谈话声冲淡了。他和维弗谈了整整一天。他们已经谈了十二年，真是一次不间断、不停顿的谈话。

周围总会有一两个店员，不过他们都是来去匆匆：温迪、克里、唐、西德尼、布伦达、路-安妮、两三个叫珍妮弗的，还有一个叫托米·恩斯的大胖子，这些人往来不断。另外还有雷德河学院的受训生。那些年轻人毛手毛脚，热情而又犹豫不决。有的尖声喊叫，有的羞怯不语。有一个试用期八个星期的新学徒存心把这里搅得令人不快，起码开始是这样，但拉里和维弗用他们的声音使商店秩序井然。他的声音，还有她的声音——谈呀，谈呀，两个人谈了整整一天。

拉里和维弗站在长凳上，或给新娘花束上装背衬，或设计冬季的插花造型，准备送到维多利亚医院的姑息治疗中心，或打开雪松的包装（进货时一箱二十束），同时也在讨论迈克尔·杰克逊的舞台风格或玛格丽特·特鲁多是不是有母亲的天性。他们的手指动着，嘴也没闲着。絮絮叨叨，絮絮叨叨。关于经济学，他们承认他们不懂，他们有权利不懂。他们谈论美国的辅币短缺、地下室里的氡气危险、职业足球运动员的工资飞涨，谈论关于百日咳预防针利弊的辩论——谈到这一问题时，维弗劝说拉里千万不要给他三岁的儿子赖安注射。两个人回忆起，有一次一个人来到店里订购十二支死玫瑰送给他的前妻，维维安接过订单，不动声色地给警察打了电话。

他们谈论美国和加拿大空调机价格的差别，谈论长了脓包是挤了好还是不管它好。他们谈论起母亲，谈她们的情绪波动和她们无言的欢乐。他们谈论罗纳德·里根，讨论他那人到底是好心肠还是傻瓜。他们谈论外面多么热，雨下得多么勤，大雪如何封住了后面的小巷。整整十年过去了。十年的天气、激情和来去匆匆的人们化为句句话语，在维维安·邦杜兰特和拉里·韦勒之间穿梭飞行。一百万句，无数句，云天雾地，无所不谈。拉里一生中听到过的最大的噪音就是从维弗·邦杜兰特的嗓子里发出来的。

她的声音低沉，却似闷雷轰鸣，时而变低，时而停顿。她懂得如何才能把故事讲得更生动，她知道什么时候该把球踢给拉里。"那么你认为呢，雷尔[1]？"凡是她问他的，都来自他似乎注定会忽略的那部分世界——她从《乔的听众来电》直播节目中，或从《人民杂志》爆料部分搜集的轶事趣闻。她以不容置疑的权威身份慷慨地将各种知识传播给拉里，诸如从某人的老祖母那里听来的咳嗽治疗法，意大利人只有在葬礼上才使用菊花，以及目前什么

---

1. 拉里的昵称。

话可以明说，什么话已被严格禁止。"中国佬"现在叫"中国人"，"印第安人"叫"土著人"，等等，等等。

某些话题在他们两人中间是不会涉及的，比如他们从来不提拉里的妻子多丽。维弗有强烈的直觉，她很可能已经怀疑拉里两口子的感情不是太好。另一方面，关于她本人的情况她却能令人吃惊地坦言。举个例子吧，她能随时让拉里了解她的月经周期。"让你知道我哪几天身上不干净，好小伙子，那样你就不会纠缠我了。"事实上，她的性情十分平和。她对世界滔滔不绝的评论都是她从日常碰到的事物中轻而易举得到的知识。她从生活中收集的就是情报。生活中的情报太珍贵了，不能不和人分享。

拉里很感激。他欠维弗的太多了，然而他并不真正了解她。她和她的丈夫赫克托平静地居住在圣维塔尔大街的一所房子里。赫克托比维弗大整整十五岁。他以前结过婚——这一点是维弗有一天整理一只冬青木箱子时才发现的——而且是两个孩子的爸爸。那两个孩子长大后成了牢骚满腹、唯利是图的家伙。他不想再要孩子的原因就在于此。对此维弗欣然同意。拉里只去过他们家一次，那是几年前一个星期天的上午，他来送几份原先弄乱了的结算单。

他一辈子也没有见过那么漂亮的房子。一切都打扫得干干净净，擦得亮亮堂堂，而且维护状况极好。打着褶的淡米黄色窗帘挂得恰到好处。维弗穿着牛仔裤，高领毛衣。她在明亮的厨房里煮好咖啡，端给赫克托和拉里。她可比在商店里时安静多了，坐在一边让两个男人互相了解。此后，赫克托领拉里看了他修理钟表的地下室。

修理钟表是赫克托的工作，而不仅仅是业余爱好。墙边有一张长工作台，上面放着赫克托的工具。那些工具美得惊人，乌木柄，镶着铜头，看起来像是古代文物。一台闪光的金属车床像博物馆里的展品一样漂亮，干干净净，亮亮堂堂，随时都可以转动。一块方形配挂板上挂着竖琴般的一排小钻头。"这里所有的工具都是欧洲货，"赫克托自豪地说，"大多是德国造。论机器咱们比不过德国佬。"

"是的。"拉里低声说。此刻，他正在看一把袖珍锯的金属锯齿。

室内摆着或挂着二三十个钟表，有的已经拆开，有的已经贴上标签等着主人来取。赫克托指着已经磨亮的齿轮向拉里解释如何辨别法国钟和英国钟，说考虑到钟摆的膨胀或收缩，有些钟表上装有调节装置，并向他解释了钟表由怀表向手表过渡的原因。拉里用手轻轻抚摸着一只外表很普通的圆挂钟的框架。

"你看的那是一只塞思·托马斯[1]挂钟，"赫克托说，"地道货。"

拉里"啊"了一声，其实他从来没有听说过塞思·托马斯这个名字。两个人默默地站了一会儿。房间里充满繁忙而嘈杂的嘀嗒声。突然，赫克托伸出一个指头，对拉里说："到点了！"接着便响起一阵圆润悦耳的叮当声：正午十二点。"这是我每小时一次的音乐会。"赫克托说。拉里可以看出，这话他常说，而且每一次说时都充满乐趣。"我就需要这种音乐。"

拉里回过头来，打量这个天花板很低的房间。房间的四角很暗，但绿色的工作灯灯光下有一个明亮的锥体。这就是名字和生

---

1. 塞思·托马斯（1785—1859），著名的美国钟表制造商塞思·托马斯钟表公司的创办者，生于康涅狄格州的沃尔科特。

意都已列入电话号码簿的这个人的领地。他的叮当走动的王国弥漫着浓烈的机油味。赫克托·邦杜兰特站在这个王国的中央，双臂交叉抱在肚子上，手指叩打着胳膊肘，咧着大嘴笑着，俨然一副君王的气派。

拉里感受到一阵毫无来由的妒忌。在一个极其短暂的瞬间他曾想占领这个空间，占领这所挂着整洁窗帘、摆着乳白色咖啡杯的宽敞房子。他渴望能每天从裹着漆布的梯子上下来，进入这个温暖舒适的隐蔽处，置身于分类摆放着钟表零件和一排排漂亮工具的工作台边。这些东西他都想要，但最想要的是赫克托的工作、他钟表匠的手艺以及他仅仅用木头和金属就能制作出来的复杂的机械玩意儿。

与此同时，与他想做钟表匠的片刻欲望相反，他又渴望能同父亲一道到空中骑士客车厂工作，将金属片变成活动宫殿。那种工作的奇妙之处就在于能化腐朽为神奇。每当一天过去，看到自己亲手做的东西，都能感受到那种乐趣。

接着他又想到了在曼尼托巴汽车公司卖汽车的妻子多丽。他从来不怎么关心多丽的工作，可现在他居然也想有那么一份工作。自己也穿上漂亮的运动衫，领子的圆徽章上印着"我叫拉里"，嘴里讲着行话，招徕顾客，戏弄似的提出成交条件，然后又收回，一分钟一分钟地让步，拍板成交，最后是激动人心的庄严仪式：在虚线上签名，把大把的佣金揣进口袋里。

然而，这一切都是空的。工作的狂喜、谈生意的随机应变、策略、实施方法以及与之密切相关的技巧，这一切都不断在拉里的耳边嗡鸣。有时候，他假想没有工作的情况来吓唬自己，比如在漫长的上午无事可做时他会有什么感觉——身无分文，没有一技之长,烦恼而又伤心,不知如何打发时间。最后他想通了:聊胜于无。有工作总比没有工作好,即便是枯燥乏味的工作。有些工作是不体面的,这他知道。有的工作可能环境很脏,噪音大,有危险性,丢份,但它毕竟是工作,能换来生活必需的金钱。他十分理解这一点,而且只有在这一点上,他的理解比对不可预测的爱情与幸福的秘密的理解深刻。

几年后他的家庭生活出现波折时,他开始把工作看作活在世上的唯一安慰。

结婚前多丽是曼尼托巴汽车公司零件部的接待员,虽说薪水不高,但大家都知道她会跟顾客打交道。她总是站在顾客一边,在顾客抱怨修理费太高时表示同情,因而颇得顾客好感。他们给她起了个外号叫"多能人"。汽车零件部的头头——一个名叫阿尔·伦纳多的男子——说她是他见过的最能干的雇员。她有记忆零件的诀窍,能记住什么零件放在什么地方,什么零件缺货。那时候她上班穿着牛仔裤,上身穿着厚厚的毛衣,因为修理库的门一天到晚开开关关,风吹得呼呼响。此外,她整天守在柜台后面不出来,穿得随便一点或讲究一点又有什么区别呢?

赖安出生后她在家待了三个月,偶尔靠电话联系,招徕原有的顾客挣一点钱。这一招还真灵。曼尼托巴汽车公司每星期给她提供一份修过车的客户的名单。她的任务就是打电话询问那些客户对他们的服务是否满意。这是一种公关工作,让客户感到他们受到了重视和关心。每打一个电话她都能得到很高的报酬。下午趁赖安睡觉的工夫她能打十五个左右的电话。尽管如此,她挣的钱仍是微不足道的,因为有一半时候客户家里没有人,要不就是抱怨她在中午时间打扰了他们。

她决定回公司上全班。老板拉塞尔·拉弗勒问她是否想过到销售部干，这使她甚为惊讶。老板说，时代变了，现在那些有工作、有额外收入的女人常来这里为自己买车。女人很重视别的女人的判断，欣赏别的女人的观点。当多丽抽出一页发动机的剖面图向她们做介绍时，她们一个个站在那里洗耳恭听，一字不漏。传动方式、动力制动、巡航控制——她用修剪得漂漂亮亮的指头敲打着这些词语。她非常赞同汽车的颜色与内装饰应当协调，她十分关注座位的舒适，乘坐者伸腿面积的大小。她认为仪表板上的小贮藏柜上方装一个小灯才方便。"我们的钱都得算着花。"她说，接着就给大家讲燃料的消耗量。她无奈地耸耸肩膀，向上皱皱小鼻子，表示她已经成了顾客的"同谋"。嗨，咱们的想法完全一致。我们能想出办法来。不过是个算术问题，相信我。

回家的路上，她从一位她认识的服装设计师的批发店里为自己买了两套漂亮的衣服，一套是柔软的法兰绒的，另一套是鲜蓝色犬牙格子的，她称之为职业装。这也是一种投资。为城里其他销售商工作的女人都喜欢穿上衣配裤子，而多丽却坚持穿裙子和连裤袜。那里毕竟还有男顾客。她对男顾客完成的销售额和对女顾客完成的销售额一样令人羡慕。每当三个月的销售旺季结束，拉弗勒先生就带领大家到乐福得饭店吃一顿牛肉和菜豆大餐。统计表上销售额高的职员吃牛肉，销售额垫底的职员只吃一盘菜豆。这是胡闹，她对拉里说。不过她总是在吃肉的那一拨里。她曾经当过两次本月最佳售货员，去年4月还得过一次全市销售额第一名。为此她获得了一枚荣誉奖章，上面刻着她的名字，还得到了一次双人去赫克拉岛疗养宾馆度周末的机会。她兴致勃勃地去了，买回来第三套衣服。那是一套木莓色亚麻混纺衣服，夏天穿很舒服。她还买了一双高跟凉鞋。

她想再要个孩子，她说她想做个清闲的女人，并对拉里说她打算等银行里的存款一够就离开曼尼托巴汽车公司，好让疼痛的脚歇一歇。但问题是到底存多少钱才算够。她急于搬出这交通繁忙、破旧酒馆遍布的利普顿街。她看中了西城区林登伍兹的一所房子。那所房子带有双车库和设备齐全的浴室，还有个装有壁炉和酒吧的家庭娱乐室。然而她真正喜欢的还是带有熟铁扶手的螺旋式楼梯，尽管这听起来有些古怪。上星期天她和拉里在出席一家房地产公司的招待会时见过那样的楼梯。她后来说，扶着扶手从那个楼梯上下来时真有一种电影明星的感觉。她对拉里说："我们要是能住上这样的房子，我这一辈子就再也不工作了。"

拉里不想搬出原来的房子。他承认那不是宫殿，可他刚刚装好地下室的隔热板，还想再给房顶装一个。此外，他还安装了一个垃圾箱。他向多丽指出了他为这所房子投入的资金和劳动。

"你就是不愿意离开这个古怪的院子。"多丽责备道。

他叹口气，耸耸肩膀，承认多丽说得对。

他在这个院子上花了很大气力。这是个很小的院子，临街宽三十英尺[1]，进深九十英尺，仅此而已。然而在温尼伯市，很可能在整个曼尼托巴省，再也找不出第二个这样的院子了。院子里的每一寸土地上都栽了树篱。这些树篱纵横交错，呈迷宫状。当然，院子里还为邮递员留了一条直接通道，但也有蜿蜒曲折、错综复杂的小道互相交织着绕房子两圈，其中有五六个转折点是骗人的假象。

---

1. 英制长度单位，一英尺约合0.3048米。

拉里的迷宫热（多丽取的名字）开始于三年半前他们去英国度新婚蜜月的时候。那次旅行最精彩的部分就是穿越伦敦郊外著名的汉普顿宫迷宫。从那以后拉里一直从图书馆找有关迷宫的资料看。他把古典迷宫加以改进，设计出了一个面积和利普顿街他家的院子相适应的迷宫。他从一个温室廉价买进一些苗木，弄清楚了这里的气候条件最适合什么灌木生长，并且知道了将树叶堆到幼芽上面可以保护灌木在漫长的严冬里不被冻死。现在，那些树篱还是稀稀拉拉的，矮得一迈腿就可以跨过去，还得五六年才能长到他所希望的高度。在这期间他得一直精心培育它们。他最不乐意搬到林登伍兹去，因为到那里他还得重新开始。再说，那里的地方法规很可能禁止搞稀奇古怪的花园。

在这个街区什么事都会发生。这里住的人是大杂烩。他的朋友比尔·赫舍尔住的地方和他隔两条街。他专职在曼尼托巴省濒临灭绝物种警报站工作，有时候周末来帮帮拉里。小巷对面的吉尔沙玛两口子（男的在廉价电子设备商店工作，女的在一家美发厅上班）刚刚把他们耙好的落叶送给拉里。同一条街上住的另外两个小伙子也是这样做的。（拉里一时忘记了他们的名字，但他知道他们在市里一家剧院做木工。在他想象中那工作肯定很有意思。）露西·沃肯坦住在隔壁的楼上。她没有落叶可以贡献，但她对拉里的迷宫极感兴趣，已经穿着紫皮靴子在拉里的迷宫里走过五六趟了。（她是一位个体书籍装订工，在自己的家中干活。）李家两口子住在露西楼下。肯·李为贝拉塔·维斯塔食品店外送意大利馅饼。他把他所有的落叶以及他修剪下来的草统统送给了拉里，还就如何植树出了许多点子。他说种树丛的沟一定要挖得浅而宽，那样树根可以往旁边长，有助于固定树枝，抵御大风。格兰杰夫妇——戈德和莫伊拉住在拉里家对面。莫伊拉是位家庭妇女,半残疾,对拼写改革很有兴趣(她喜欢将单词中的字母X省去)。戈德设计高效率工作手套。他设计风格的最新突破是在手套的手指关节处减少衬垫,这样冬天戴手套时更容易抓东西。好心的格兰杰夫妇也把他们家的落叶耙在一起送过来,盖在拉里的树篱幼苗上,以使它们能安全过冬。现在,随着冬季的来临,拉里和多丽的院子看起来像是一片印第安人的坟堆儿,只是中间多了一个蘑菇培育室。

在黑暗的11月份的晚上,这一带的人喜欢和家人待在家里,一边吃汉堡当晚餐,一边观看他们喜爱的电视节目。一般来说,沿街各家的灯光从十点到十一点半之间总是亮着的。拉里猜测,那不是在做爱就是在待客,要么就是深夜有人回来有人出去,甚至还会有暴力行为发生。但这一街区的大部分地段夜间是安静的,沉睡着的。世界这一微小部分的人们正在低低的藏青色的天空下,在寒冷的月光下休养生息,以待来日,为第二天重返工作岗位做准备。

为花城公司工作、娶多丽为妻、住在利普顿大街的拉里并不知道,技术眼看就要压倒劳务市场了。在八十年代初那个令人陶醉的愚蠢时期,几乎人人都有工作,即使没有也可以随时找到。人们做梦也没有想到,到了二十世纪末竟会出现劳动力过剩、工人被解雇、劳务市场萎缩等问题。在这个令人讨厌的、倾斜的、唯利是图的世界上,一天的工作竟会像拉里一直包裹着藏在冷藏箱后面隔离层里的珍贵的兰花种子一样难找。

关于工作的概念拉里领悟得很晚。十二岁那年他曾顶替另一个孩子当过一个月的报童。上高中的最后一年，由于渴望弄到钱，渴望名牌牛仔裤和皮夹克，他曾到附近的麦当劳餐厅打过工，加加订单，理理现金。他厌烦透了。当时他真不敢想以后自己还得工作。但后来他很幸运，他入了个好行当：每天和鲜花、植物打交道。

现在，打从维弗·邦杜兰特离开花城公司，拉里就一直负责店里的工作。这意味着一个星期他得有三天早晨六点钟起床，开车到批发商斯泰姆斯公司进货。批发公司七点钟上班，拉里喜欢半个小时办完事。当然，他进的都是一般的货：绒球菊、雏菊、玫瑰、康乃馨等，然后他喜欢花几分钟时间浏览一番，看看批发公司又从蒙特利尔的花卉代理商那里进了什么品种。斯泰姆斯公司约有一百四十家客户，所以拉里难免会在这里碰上城里的另一些花商，如萨莉·乌尔里克、吉姆·卡莫迪，或赶上一些新品种。角落里有咖啡和一筐甜甜圈。这倒不错——拉里想，因为这些天他在家里老吃不上早餐。要说也是，多丽的确太忙了。她得准备送赖安去日托，哪有工夫煮咖啡呢？

他接到了很多婚礼用花订单，所以今天他进了一大批满天星。他喜欢秘鲁产的满天星。你买不到颜色比那更纯正的花了。在北美大陆，婚礼多集中在六七月间，但温尼伯市却是个例外。这里盛行冬季结婚，那样新婚夫妇可以到热带去度蜜月。拉里做的半瀑布式新娘花冠非常漂亮，平均售价一百二十元。新娘子们十有八九要玫瑰花，怎么劝也不行。瞧，一想起花她们首先想到的就是玫瑰，因为玫瑰花既普通又浪漫。温尼伯卖的玫瑰产于安大略省南部，那里有占地几英亩[1]的玫瑰温室。

---

1. 英制面积单位，1英亩约合4046.86平方米。

姜花是从南非运到曼尼托巴的，小苍兰是从荷兰进口的，康乃馨是从加利福尼亚进口的。人们普遍认为康乃馨是一种低档花卉，但这种看法不对。有时候它比玫瑰还贵——这要看天气变化——而且比玫瑰的保鲜时间长得多。有些民族讨厌康乃馨，这一点倒是应当注意。树蕨是用保温车从佛罗里达运来的，最适合做葬礼花篮。从前用来做女装胸部装饰花束的主要花卉山茶花现在已不多见了。六十年代末拉里刚开始干这一行时，做过许多胸部装饰花束，但后来就做得少了。说实在话，即便是在当时，佩戴胸部装饰花束也是一种旧习俗，属于三四十年代的遗风。想想看，一个女人戴着胸部装饰花束，外套的扣子如何扣得上？再说，要是和她的全套服装不匹配呢？事实上，花卉行业有一条不成文的老定律：胸部装饰花束无论用什么颜色都注定是错的。这一点女人们始终很清楚，正如她们知道不费一番功夫是没法固定住胸部花束的，更不要说胸部花束会无可挽回地毁掉她们的丝绸短上衣了。假如一位顾客执意要定做胸部装饰花束，拉里就会提请她考虑是否能定做他最拿手的小手腕花环，既结实、引人注目，戴着又舒服。

他乐于向顾客介绍怎样延长剪下来的花卉的保鲜期，但也告诫顾客对此不应抱有不切实际的期望，因为鲜花很脆弱，很娇贵。有的人把花插在肮脏的花瓶里，上次插花留下的浮垢清晰可见。你自己会用那个花瓶盛酒喝吗？不会。你得把花插在清洁的容器里。花店给的小信封里装有一种奇妙的白色粉末，就是干这个用的——那是消毒剂。当然，在插进花瓶之前你已经用刀子把花切下来了，花梗切成了斜面。尽管如此，你也别指望黄水仙能活过三天，无论你怎么收拾它、保护它。

再过一周一品红就开始上市了。拉里总是从曼尼托巴省的卡门进一品红，只有一小时的路程。接着就是情人节。然后卖复活节的百合花——也是从卡门进货。母亲节很热闹，是一年中最大的节日。一过母亲节就到了为祝贺他人毕业、退休敬献鲜花的时候了，而且那是夏季结婚的高峰期。生意也随之一阵好一阵坏，挺有意思的。然而，一年中的节日一来就是一连串，对此拉里感到非常庆幸。他经常听人说到照相季节，可鲜花季节如何呢？花季来来去去，不断鼓舞他，给他加油，让他有干不完的工作。他喜欢这种天天热热闹闹、忙忙碌碌的生活。

维弗刚离开的时候偶尔也给店里打电话，问问生意怎么样，但过了一段时间就不再过问了。拉里不知从哪里听说她已退出了社会工作，现在在北基尔多南一家西夫韦超市的角落里卖花呢。他还听说她怀孕了，已经停止了一切工作。他很久没有见到她了，但他每天至少想起她一次，心里琢磨她正在做什么。他当时没有意识到这一点，但他们彼此道别，是真心打算分别了——工作中建立起来的友谊大概都是这样的。

有时候，他到店里来时手里拿着一朵去了梗的六出花，而且多半是他最喜欢的火烈鸟品种，玫瑰红中带有淡紫色条纹。毛茸茸的柔弱花瓣一张开，就露出一束娇嫩的花蕊。粉红色的蕊柱，金黄色的柱头。这种花——实际上是一种草——的种子最早出于南美洲的哥伦比亚。根据拉里的想象，某个讲西班牙语的人采摘下了这种花的种子，又有人细心地把种子撒在地上，盖上土，很可能是用手。他们就靠种这种花养家糊口，活得很精神。南美洲的雨露滋润了哥伦比亚的土壤，异国的阳光照射在第一批嫩绿的幼芽上，六出花就这样长起来了，开花了。

后来呢？拉里猜想：讲西班牙语的农民用锄头除草。但这事是男人干的还是女人干的呢？也许男女都有，也许还有那里的孩子们。拉里弄不明白他们在干这种乏味而繁重的工作时脑子里在想什么。当他们把这些剪下来的花梢对梢地摆放在一个个箱子里包装起来时，不知他们是否知道，这些花就要被当作宝贝小心翼翼地装上巨型喷气式飞机，运过国界，然后分类、出售、检查、再出售。不知他们是否知道，这些毫无明显凋谢或枯萎迹象的花——除非以专家的眼光看——将会落到北美大陆中部一个普通的花卉商店里，落到一个年轻的加拿大人手里，给那个白雪皑皑、滴水成冰的国家带去一片生机勃勃的色彩（在那个国家，温度计一夜之间降到了零下20摄氏度，寒流在一天之内逐渐加剧，使一切生灵都无法生存。然而此时此地，这一奇妙的东西正被他捧在手里）。

拉里在考虑，为什么手里捧着的六出花头会没有记忆力，不知道感激把它送到这里的人们呢？它也不劳苦，也不纺线。[1]它发芽，生长，开花，仅此而已。拉里把六出花和从不列颠哥伦比亚省进口的一枝玫瑰红色的袋鼠爪、一片荷兰地桂叶子和一两个当地产的丝兰幼芽放在一起。他感到自己是个幸运的人。但一想到他和妻子之间日益拉开的距离，想起夜间可怕的吵闹使他唯一的孩子不得安生，想起金钱，想起他和朋友之间被割断或被忽略的友谊，想起夫妻之间的沉默带来的巨大压力，想起他的树篱冬天可能会枯死，他感到忧心忡忡。然而不管怎么说，他被塞进了这个星球。他是地球活动的一部分，是世界的一部分，是欲望与目的这个转动着的巨大齿轮的一个轮齿。

1.引自《圣经·新约·马太福音》6：28，为耶稣登山宝训的一部分。原文指田野中的百合。

在他的生命里，工作——对工作的忠诚、工作的持续压力和对工作的专注——总有一天会成为他本人和他破败灵魂间唯一的阻隔。"起码你还有工作。"他那些一筹莫展的好心朋友会喃喃地对他说。然而，假如他们不说，假如他们忘记了给他这唯一可得的安慰，那他自己就会对自己说：起码我还有工作。

第五章
拉里的词汇1983

迷津是刚刚三十二岁的男性异性恋者（已婚，有一子），住在加拿大曼尼托巴省温尼伯市的拉里·韦勒词汇库中的一个词。他没有费工夫查询迷津一词的来源。事实上，到了他那个年龄，他对词的派生毫无兴趣，但他能够简单地告诉你什么是迷津。迷津就是一条曲折的小道，如此而已，不一定像你想象的那么复杂或那么古典。拉里会愉快地告诉你：2号公路上的立交桥就是个迷津，他小时候住在温尼伯西区时画在雪地上的狐狸与鹅追逐图也是迷津——这是他现在才明白的——现代化的高尔夫球场也是。以该市圣詹姆斯区的圣乔治乡村俱乐部为例，它吸引你慢慢从一个洞走向另一个洞，似乎每一步都是在前进，所以你做梦也想不到会再碰见已经路过的东西，那是一个预先设置好的数字图表。飞机场也是迷津，还有商业大楼或者，比如说，城市的地铁系统。看起来，我们这些生活在二十世纪的人好像是把自己放在了预先设计好轨道的传送带上，让它带着我们往前走。

然而，迷宫和迷津不一样，起码有些人这样认为。迷宫很可能会误导走在里面小道上的人，使他们感到迷惘。一个迷宫就是一个谜。设计迷宫是为了欺骗想达到某个预期目标的行人。一个迷津可能就是一个迷宫，一个迷宫也可能就是一个迷津。但严格地说，这两个词会唤起不同的联想。（三年前，拉里从图书馆的一本叫作《迷宫与迷津的历史及发展》的书上看到过它们的定义以及二者的关系。）

如果他没有和多丽结婚，如果他从未参观过汉普顿宫，他的生活可能会转向另一条轨道，迷津一词也可能会像空气中的微粒一样转眼之间从他身边飞过。

正当生命在他的眼前逐渐缩短的时候，他的词汇量却在扩大。他感到这着实有点自相矛盾，不可思议，异乎寻常。自相矛盾——这是他近来常说的一个词。不是为了卖弄，而是它自己跳到舌头上来的。他最近才把这个词吸收进大脑里，事实上就是上一周。"你说是不是有点自相矛盾？"姐姐米姬在电话里对他说，"就是因为丈夫古怪我才把他踢出去的，现在正是因为他古怪我又搬回去和他一起住了。他病了，很可能快死了。"

"你说什么？"拉里问她。他为自己那乞求的语调感到羞耻。他需要了解那些话是什么意思。

"自相矛盾。你知道，就像是讽刺。"

"啊，是的。说得对。"

第二天他去买了一本袖珍词典，并把它放在花城公司，就在柜台下面的第一个架子上，伸手就可以拿到。他注意到，有些人的词汇在进步的阶梯上比他高出一两个台阶。最近他产生一个想法：词汇将来会对他有帮助，甚至现在就可以帮助他摆脱困境。他有时候听到空洞的回声，可以用说话声让它慢慢消失。他的解释可能是：他现在需要的是新词语，大小都没有关系，只要它们的确切含义能在他的头脑里，在他的舌头上挂上号就行。每天增加一个新词，他就能提高自己的整体语言表达能力。一旦他的说话方式、思维方式变得敏锐了，谁知道会发生什么情况呢？有些男女靠狡诈和沉默活着，成天咕咕哝哝，指指点点，就是不说话。但他不想成为他们中间的一员。他希望自己该说话的时候就开口说话，让他的话像岩浆一样流淌。

也有一些人想通过语言直截了当地把意思说清楚，然而加拿大温尼伯市的拉里·韦勒却在三十二岁时突然紧紧抓住词汇不放，即便是孤立的词汇，只要各有各的意思，能发出声来就行：爱争吵的、无法控制的、宽宏大量的……对了，还有讽刺的。关于词汇的这一想法是否正确可以讨论，但要开始讨论就得掌握更多的词汇：前提、格言、终止讨论。

他小时候是个迷迷糊糊的孩子，长大了是个迷迷糊糊的青年，对生活中发生的一切仅仅是逆来顺受，过了许多年他才清醒过来。最近他一直感到自己又在打瞌睡了，心灵的深处在坍塌，就像商店前面的架子上摆放的保鲜膜包装的商品，那一个个小塑料瓶的生长剂、生根灵和害虫杀一样。商店收音机里传出的尖啸声从早响到晚，压平了他的大脑，他的工作已走到了尽头——一个不起眼的花卉商店的部门经理。他已经在那里干了十四年。一个死胡同。（这是他的又一个新词，是从电视里学来的。）除了工作上的僵局外，他的妻子已不愿再和他同床共枕了，起码在他答应卖掉原有的房子、提高住房档次之前。

提高档次。他用不着查词典，这些天来他一直听到那个词，渐渐地已多少理解了它的含义。去年他和多丽把他们的旧丰田车折价卖掉，"提高档次"换成了一部崭新的丰田车。那不是什么大举措,不过是一次巧妙的升级。("巧妙"一词他会发音但不会拼写。不过当时他也不需要拼写。你说是不是?)

他工作的那个连锁花店过去叫花人商店,后来它"提高档次"成了花城公司,顾客全变了,生产线也变了:外国花卉多了,假花和风干花多了。他四岁的儿子赖安也"提高档次",穿着由奥什科什公司和童可长公司制作的相应服装,步履蹒跚地走进了初级幼儿园。

这真具有讽刺意味,拉里想。具有讽刺意味的是,他的妻子多丽是在博登路一所貌似暴发户式,实则狭小的房子里长大的。她的爸爸、妈妈和六个孩子挤在四个房间里,没有地下室,只有一个堆满了废品的车库。所以,当她和拉里刚买下利普顿街上的房子时——过去曾是工厂装配工的住处,她觉得好像到了宫殿似的。可现在,她居然看中了林登伍兹那块地方。但她无法说服拉里搬到那里去。他在利普顿街院子里的树篱迷宫上花的功夫太多了,现在才初具雏形。

多丽说:谁会买这样的房子呢,院子里塞得满满的都是树丛?

有一天,她曾想找一台推土机来把这些东西统统清出去。树丛的事正把她逼上绝路。这一成语是她从拉里的英国母亲那里学来的。这些天来似乎一切都在把她往死路上逼。

不然的话就是要把她逼疯,正如她的丈夫拉里所说的。他居然会说出这样的话来。1976年他们刚刚认识的时候,她认为他不会卖弄学问。这些天他哪儿来那么多奇奇怪怪的话呢?

这种指责公平不公平呢?啊,也公平,也不公平。拉里最近学来的词汇有许多都和他对迷津的专注相关。这些新词语都是他从图书馆里的一系列图书中提取出来的，就像刺果一样黏附着他。多丽说，他使用这些词是为了羞辱她。她说他总是捧着书。过去他挺爱说笑，老爱逗她开心。可是现在，他开口闭口就是草皮迷宫、牧羊人赛道、尤里乌斯城堡、盘绕花园、耶路撒冷、半人半牛怪物[1]、文字游戏、小球落洞游戏[2]、回纹与曲流、特里莫克斯算法、人行道嵌石装饰、卍字、荒原、单行曲线、灌木修剪法、茎节、维纳斯山、代达罗斯庄园、特洛伊古城、杯与环[3]、目镜或螺旋、缠腰蛇以及人字形花饰等。

他坚持不懈地记。想到在过去几年里他居然记住了这么多新词，连他自己都感到吃惊。这些单词就像标枪一样径直飞向他的大脑，而他也确实记住了它们。

福特威治太太是拉里花店的常客之一，为一年一度的室内音乐资金筹集活动订购鲜花。由于圣诞节已经临近，拉里建议她订一个一品红混合花篮。"我认为不好，拉里，"她慢腾腾地说，"我是说，这个时候再订一品红有点banal，你说是不是？"

Banal，他过去似乎听到过这个词。现在他发觉，福特威治太太是懒洋洋地、不假思索地说出这个词的，声音里有一种不屑考虑的语气。他受到了伤害似的注视着她。可banal一词究竟是什么意思呢？

后来，他从柜台下边摸出词典，看到banal的定义是：由于滥

---

1. 希腊神话中的食人怪物，居住在克里特岛上的迷宫里。
2. 调整斜面的角度使小球落入洞内的游戏。
3. 发现于西欧各地的一种雕刻于岩石上的史前艺术图案。

用或使用过久而失去意义的、陈腐的、庸俗的。拉里的整体感知有某些弱点。他明白，这将会把他排挤出去，使他丧失活动能力，除非他能变得潇洒起来——还能怎么样呢？他这一辈子将不得不伴随着脸上那飘忽不定的、愚蠢的、庸俗的苦相度过。嗨，你介不介意再说一次？我刚才听得不太清楚——

确切地说，这不是任何人的过错。从拉里的经历、出身，还有他在这个世界上的庸俗的努力来看，这是他自找的。

拉里推断，康乃馨很可能也是庸俗的，天门冬则无疑是庸俗的。菊花呢？绝对是庸俗的，从西夫韦超市买来，装在娘里娘气的瓶子里，旁边还粘着蝴蝶结。或许——很有可能——他本人也有点庸俗。

辐刨片是一种切削工具，两个手柄之间装有一个刀片，用以旋切圆木头或其他材料。

拉里以前从未见过或听说过"辐刨片"一词，直到有一天他和多丽，还有他们的小赖安，以及其他几位邻居一道应邀到露西·沃肯坦的公寓用圣诞茶点。

露西住在韦勒家隔壁一所旧房子的二楼，做书籍装订工作。她把住所用布帘隔出一角当作"工作室"。拉里对露西一向有好感。她四十岁上下，一人独居，身穿长百褶裙、墨西哥毛线衫，戴着许多木制饰物。多丽说她华而不实，像个旧时代的阴部如仙人掌似的老处女。

聚会是在一个星期天下午很晚的时候举行的。当时天已经黑了下来，露西在房间各处都点上了蜡烛。在一棵被涂成白色、点缀得闪闪发光的圣诞树下摆放着她为楼下李家的孩子和四岁的赖安准备的玩具,还没有打开包装,有待装的风车、复杂的智力玩具、日本铅笔等。咖啡桌上有一大钵加了香料的甜酒混合饮料、几盘水果蛋糕和家常小甜饼。在大家吃着、喝着、互相交谈着的时候,露西·沃肯坦将拉里拽到窗前,让他瞧瞧他的迷宫从上面看是什么样子。

拉里往下一看,激动得心怦怦直跳。尽管上面覆盖着一层雪,迷宫的结构仍清晰可辨。那环形小道曲折迂回,其整齐与精确程度超乎他的想象。露西用手掌拍拍拉里毛线衫的袖口,语气庄重地说:"瞧着这迷宫逐渐成形,我心里的高兴劲你是不会知道的。"

"我认为我还真知道。"他说。他的这句话等于向她泄露了一个他一度认为不宜泄露的秘密。

她领他看自己的工作间和工具:精制羔皮纸书脊、大理石花纹环衬、纸条、绳线、一台卧式压力机、一堆书皮纸板、丝绸衬布。墙上钉着一张黏合剂配方。黏合剂是一种蛋清混合物,用来将金箔黏合在纸上。标有页码的书从前叫作"抄本"——她对拉里解释说——那个词来自拉丁语,意即"木头"。

这些词过去拉里一个也没有听到过,至少没有听到过它们被运用在书籍装订工艺上。他不由借着烛光斜看了露西一眼。他突然发现,露西就像一个每天生活在外国语言围城中的人,但实际上那并不是外国语言。就在房间里的其他人谈着话吃着奶酪喝着酒的时候,露西又让拉里看了她眼下正在干的工作:给一本旧书加新"纸板",然后再用淡灰色的山羊皮做封面。她说:"诀窍是使山羊皮看起来就像长在上面一样。"那本书的书名是《深深的鸿沟》,是一位名叫霍普金斯·穆尔豪斯的加拿大社会主义者在大约六十年前写的。

"好不好？"拉里问。

"什么？"

"这本书。"

露西耸耸肩膀："索然无趣。不过穆尔豪斯的一位后人想把它重新装订一下。"接着她又说："如果装订得好，一本书能够保存几百年。"

几百年！拉里想起了他那脆弱的插花。他从来也没有指望过它们能保存一个星期以上。

"真是一件艺术品！"露西说。起先，拉里以为她说的是手里那本装订了一半的书。事实上，此时她已经把书放下，又向窗外张望起来，并用手指点着笼罩在阴影里的白雪覆盖的迷宫。那个奇怪的、多关节的庞然大物蹲伏在寒冷的月光下，没有向任何人提出任何要求，甚至没有要求任何人注意它。

拉里小时候学会说的第一个单词是pop。根据这个家庭的传说，他喜欢一遍又一遍地说，在高兴地噼噼啪啪说了一大串pop之后猛一用劲，强调最后一个p。拉里的父母——他的妈妈，他的爸爸——最后断定：他发出的只是一种噪音，并不是真正的单词。然而，拉里的母亲，多特，还是在拉里的婴儿记录本中标题为"我们的宝宝学说话"那一页上写了下来。

拉里的姐姐米姬比拉里大两岁。据信她学会说的第一个单词是dog（狗）。根据家庭传说，这个词她说得清清楚楚，干干脆脆，说完后还汪汪汪地学狗叫，表明她已经能够把语言和含义联系起来了。刚刚十二个月的时候，她就非常聪明。

许多年之后，有一回米姬对拉里说："可能当时你说的根本就不是pop，而是poop（粪便）。"

"可能你说的也不是dog，而是God（上帝），"拉里对姐姐说，"有些孩子记东西忒慢。你管那叫什么？"

"诵读困难。"她有点生硬地回答说。

"对，"他说，"诵读困难，诵读困难，诵读困难。"

有时候拉里看到，他的将来已一清二楚地展现在面前：为记住已经知道的东西而做的永无休止的奋斗。

拉里小时候，他的妈妈老在听收音机——做饭时听，熨衣服时听，做家务时也听。有时候，出于好奇，她把调谐旋钮停在一个外国电台的位置。于是，收音机的塑料格栅里便飘出外语广播来：意大利语或葡萄牙语或波兰语。对拉里来说，听起来都一样，充满了尖叫声、噼啪声和吵闹声。

"絮絮叨叨的胡话。"拉里的父亲摇摇头，评论收音机里的谈话说。尽管不合情理，但他显然已经断定：那些噪音没有任何意义，只不过是精心制作的废话而已。什么声音都跑出来了，其实里面根本就没有像英语那样的真正的单词。那些外国人不过是在假装谈话，愚弄大家。

拉里比较清楚。世上每个人的头脑里都装有一些有意义的词汇，一捆一捆就像引火物或他在高中科普课上学过的长纤维的神经束一样。最起码这些词汇都有明确的概念，比如地板、窗户、椅子、球。一个人学说话越晚越困难，越危险，越有害，但最后人人都能学会一些词汇，比如公共汽车、资产税、薪水支票、行人，等等。到处都有词汇，想躲也躲不开。先认识词汇的形状，再理解意思，就像吞服胶囊药物一样。似乎世界本身嘴里就含着一个词，一个单音节的"哼"，发音很重，以元音为主，犹如暴风雨前的轰鸣。

至于拉里本人，他的词汇量还不够，这一点他知道。还远远不够。

拉里的爸妈是1950年从英国来加拿大的。然而过了这么多年，他们现在仍管铁路叫railway而不叫railroad；拉里的母亲管厨房里的炉灶（kitchen stove）叫cooker；拉里的爸爸管汽油叫petrol而不叫gasoline。拉里自己绝对不会说railway或cooker或petrol，但这些词从父母嘴里说出来显得特别锐利，特别强烈。每当他听到这些词时，心里就有一丝意想不到的幸福感，好像看到他那笨手笨脚、磕磕绊绊的父母已经在异国的土地上为他们自己搭起了一个简陋的临时避难所。就让他们躲在那里吧。就让他们我行我素吧，不管那究竟意味着什么。

"恭喜，恭喜！"拉里的朋友比尔·赫舍尔爱在婚礼、生日、足球赛以及其他一切节庆场合说这句话。

在赫舍尔家隔壁长大的拉里也学会了这句话。它就像是放在舌头上的一块软焦糖。恭喜，恭喜！无须思考，张口就来，宛如一段美妙音乐里的一连串动听的音符。小时候他经常被带着参加各种庆典，是一个幸福的男孩子，后来长大了，他成了一个幸福的男人。

那么性这个词呢？它是什么意思？"啊，"拉里的母亲很窘迫地回答说（那是很早以前的事了），"它和拥抱、接吻以及上床有关。"接着她又说："多半是为了男人。"

数十年之后,他自己成了四十多岁的男人,躯体正变得软弱无力,但大脑却正沿着一条怀疑论的小道摸索前进。拉里·韦勒躺在一个女人温暖的怀抱里,听她教导何谓她所说的秘宗玄义。何谓秘宗?她用甜蜜的声音对他解释说:性要比他所了解的深奥得多,可怕得多。你可以爬进性这个词里,在里面长出一层新皮来,一层粗糙、多毛、原始、让人无法辨认的新皮。你可以径直走到那个词的边沿,忘记自己的名字。你可以把自己埋葬在你的躯体里,然后找个出路去来世。

什么?拉里用沉闷、固执,也可能是专横的语气问自己。这一切都是什么意思呢?

妈的,见鬼,耶稣,上帝,撒尿,拉屎,奸污,放屁,操,阴茎,阴道,睾丸,屁眼,狗娘养的。

所有这些词拉里·韦勒都认识。假如不认识,他何以能在这世上活着呢?这些词就像硬币,需要天天装在口袋里,想花的时候就花。没有人会因为你说了什么而让你坐牢。(啊,反正在这里说不会坐牢。)拉里的妻子多丽一天到晚操这操那。她说,这有助于防止她发疯。拉里有时候也说操什么东西,但他很留神,绝不当着小儿子的面说。父母中有一个张口操闭口操的,就已经够一个小孩子受的了。

有时候,人们甚至连自己在说什么都不知道。词汇会偏离原来的意思。有一位年轻、苗条、漂亮的越南女子每逢星期五下午都要到拉里的店里赶一周一次的那一个小时:下午四点到五点之间,店里的所有鲜花均半价出售。她羞怯地指指想要的东西,比如说三枝郁金香或几簇枝叶什么的——然后她在柜台上细心地把钱数出来,拿起已包装好的鲜花,礼貌地点点头,声音甜甜的:"好了,我鸡奸完了[1]。"

英语里有一系列高尚的词汇:民族、荣誉、成就、尊严、诚实、正直、学问、光荣,等等。

这些词拉里都知道——谁会不知道呢?但他几乎从未使用过。这些词都是那些涂过油的[2]、目光远大的人使用的。而他只是一个目光短浅的人。他出生在一个充满亲情的小山谷里,生活在一个封闭的、具有固定模式的狭窄世界里。他一直在思索,却不知道自己是在思索。他就住在那些大词隔壁,却从没有拜访过它们。他的那份真理——什么真理?——就要来了。(来的时候)包装得规规矩矩,还捆着绳子。这他知道。

将来他还要学会给他的词汇下结论。不过到那个时候,他将不知不觉地、无可奈何地挂到二挡上,半是为难地来个急刹车,似乎在说:这些词并不是真的我,它们只是我身上穿的衣服。

几乎同所有人一样,拉里一生中也一定得有一两回真正展示口才的机会。这种例子常常出现在那个被称作求婚的仪式上。"你愿不愿意嫁给我?"1978年他问多丽时嘴利索得像刀子似的。对第二个妻子——现在他还不知道是谁呢,他将简单地说:"我想永远和你生活在一起。"

他真的这样表白过,既充满怀疑,又充满希望。他感到大为

---

1. 她本意想说"I bug off now(我不再打扰了)",由于发音错误,竟说成了"I bugger off now(我鸡奸完了)"。
2. 给谁身上涂油表示那个人是由神选择的担当大任的人。

惊奇的是他居然知道这些词,而且这些简单的词汇已经足够他用了。

"我嫁给了一个迷宫狂。"刚和拉里结婚的时候,多丽总爱这样说。她说得很亲切,如同其他妻子们一样,对丈夫们的嗜好无可奈何地摇头。当年拉里的母亲对丈夫收集开塞钻和开瓶器的嗜好就是这样抱怨的。如今他所收集的品种已达两千种,她还得掸尘土、计数、合理地摆放。至于这些收藏的意义何在,她从不过问,也觉得自己没有资格过问。

他们结婚一周年的时候,多丽送给丈夫拉里一本简装书,名字叫《凯尔特人的迷宫与迷津》。她在书上的题词是"汉普顿宫的幸福回忆",目的在于唤起拉里对他们的英格兰蜜月的回忆。就是在那次英格兰之旅中,拉里第一次见到了迷宫。

她说他现在成了迷宫狂。这是一种精神病。她坐在那盘绕着的树丛中间简直要发疯了。迷宫使她联想到一堆蛇,而她又讨厌蛇。

这是一种狂热症,是鬼迷心窍。

对于拉里的圆嘴巴来说,鬼迷心窍一词也许太方、太宽了,所以当朋友、家里人或其他人问他的时候,他只是简单地回答说他在"研究"迷宫,是一种业余爱好。这样就轻描淡写地降低了调子。他也说不上是什么原因,反正他不愿让人知道他是如何"研究"的。迷宫就像长在他大脑里的一块水晶,越来越占地方了。

他思考的不仅是迷宫本身,还有迷宫的概念。这一概念乃是挂在他视野边沿的一个光线柔和而稳定的白炽灯泡。它始终挂在那里,始终亮着。他可以随心所欲地观察它,观察它把光线投射在他房子周围那柔软的灌木丛长廊上,投射在那蛇状的(蛇——状——的)诱惑力上,投射在它们戏弄式的诱骗以及获奖希望上。

拉里的树篱迷宫共使用了三种植物：平枝枸子（*Cotoneaster horizontalis*）——秋季变红，易于修剪，作为迷宫的外圈；树枝状锦鸡儿（*Caragana arborescens*）——柔软碧绿，不容易修剪，事实上根本无法修剪，用作中圈的墙；高山茶藨子（*Ribes alpinum*）——种在迷宫中央，拉里还计划在那里安装一个小石头喷泉。（他已经给佛罗里达的一家供货商写信索要设计目录了。）

他种的树篱都是春天买的散苗，这要比等到夏天买盆栽树苗省一半钱。当然，他到处选购，并利用自己花卉研究者的关系求得最低价钱。（他毕竟还借了一笔抵押贷款，因为他的小儿子开始上游泳和体操课了。）

他栽种树篱有一个自相矛盾的问题（瞧，又是那个有用的词），他想让树篱长快点，好实现他的总体设计，但在迷宫里，你不能栽种长得那么快的树篱，不然就得花一辈子时间整形，长长剪剪，剪剪长长。他不得不同进退两难的窘境妥协，不得不使自己适应这一现实。（这些新词语里包含着许多痛苦。它们暗示你要浪费大量时间，损失大量时间，需要默默无闻地干好多年。）

拉里何以会想起来使用这些树丛的拉丁语名称呢？这是因为他模模糊糊地感到它们值得他充分尊重。它们已经熬过了曼尼托巴两个寒冷的冬季，而且现在看来状况很好，真的很好。迄今为止，没有一棵枯死。事实上，它们似乎很爱他。他感到，树丛在植物王国里是羞怯的被流放者。它们算不上树，也算不上别的什么东西，真的。然而，它们竟一直受到专家、教授和作家的青睐，被写进园艺书里，并按其植物学全称分类。（即便是在冬天，他也满怀爱心地欣赏它们的幽雅姿态和被剪去小枝杈后的惊讶表情。）

他喜欢嘴里的这一长串拉丁语名称——*Leguminosae*[1]，他也对自己能够记住这些罕见的词语感到满意。他很欣赏自己的机灵劲和注意力，尤其是自己的注意力，因为他一生中并不总是对任何事物都给予充分注意的。这是一种全新的东西。这些小小的拉丁式语调和发音使他那紧张不安的情绪镇定下来。他乐观地希望这些词汇最终能够变成口语，也许有一天他还得学会不自觉地把它们从舌尖上弹出去，再通过全身的毛孔把它们吞噬掉。真的，他这一生还需要什么呢？不就是更多的词汇吗？当你把世界和世界上的词汇加在一起时，你就得到了一个无限大的三明治，厚厚的两片意义，中间什么也不需要夹。有时他又想，还是不那么做好，不应该那么努力。在他努力寻找词汇之前，他是如何考虑问题的呢？在他想到要选择恰当的词语表达之前，隐藏在他眼前事物背后的东西又是什么呢？

有一些单词连拉里放在柜台下面的新词典里也查不到。比如说，他的姐姐米姬和丈夫离了婚，可现在又和他生活在一起了。她现在的身份该用个什么词表达呢？她丈夫的身份呢？他们两人之间发生的事情呢？

他对儿子赖安的感情应当称作什么？那是一种内疚与渴望交织的感情。那种不断膨胀、不断蔓延的保护欲实在太强大了，无法把它塞进爱的范畴里。

他下班回家的路上碰上了红灯，傍晚的时候坐在十字路口等着，十秒，二十秒——在他掰着指头合计此刻他在这个世界上所

---

1. 意即"豆科"，双子叶植物蔷薇目中一个十分庞大的科，包括灌木、乔木和藤本植物等。

处的基本位置时,他心里感到一阵突如其来的狂喜。他应当如何称呼这种狂喜呢?我在这里。谁也不知道我此刻所处的位置。谁也不知道我在眨眼睛,在调整自己,在跳跃,在提出问题里的问题里的问题——

在一个冬夜,拉里打开后门的锁时经历的那一场惊恐应当用什么词表达呢?他进门时一手拿着房门的钥匙,一手拿着一盒意大利馅饼或一袋外卖鸡肉。他在铺着漆布的小门厅里跺掉靴子上的雪,然后弯腰脱靴子。就在他身子前倾时,他突然感到空气稀薄、呼吸困难,险些一头栽死。

为了驱散沉默的烟雾,他哼起了迈克尔·杰克逊的《比利·琼》。沉默使他骤然对自己的安排产生了不信任感:静止的空气,空寂的房间。似乎他和多丽从来也不曾享受过家庭与子女的天伦之乐,而是被某种力量逼到了这种无精打采的地步。四壁、厨房、摆得满满的一圈二手用具、小小的餐桌以及被整整齐齐地推进去的椅子——这些东西都拒绝承认他,尽管眼前的一切都是他一手布置的——难道不是吗?而现在他已堕入了自我恐惧的泡影之中。他本该为这所房子的安静而高兴,但他高兴不起来。他想使它成为一个躲避漫长冬季的、与世隔绝的洞穴。他所感受到的这种缓慢的、没有空气的、无法解脱的空落感该用一个什么词表达呢?那个词正扑打着翅膀,缓缓向他飞来,像是有雷达引导似的。不过它现在还没有到来呢。

十分钟以后,多丽将会从曼尼托巴汽车公司下班,然后到托儿站接赖安回家。她的唇上将只涂薄薄一层紫红色唇膏。她在他面颊上的匆匆一吻将会给他带来一种极其微弱的触电感觉。那种触电感觉并不是真正的疼痛,但过后也感觉不到有什么好。有什么词能表达这种短暂而无用的感觉吗？

拉里突然想到，也许语言尚未发展到能充分描述世界的阶段。

意识到语言与现实的差异，他又突然忧虑起来。他想，也许我们大家都在等待着，渴望听到某种东西，但又不知道是什么东西。

有一个人来到花城公司的店里，要为他年迈的姑妈订购一大束鲜花。他想在卡片上写上：春天愉快！

今天确实是春天，3月21日，春分。日益温暖的阳光、逐渐融化的积雪，地球上的一切都在为这个刚刚到来的季节作证，但由于心情郁闷，拉里竟没有注意到。家里的情况已糟糕到了极点。上个月多丽除了抱怨厨房的北墙透风，发了一顿脾气外，几乎没跟他说过话。家里又没有个小房间能把自己关起来。多丽恨透了他们这个地狱般的家。

至日，分日。他喜欢这些词的发音。他记得上高中的时候，一位教师曾把它们写在黑板上，并用横线将二分点一词一劈为二，表示昼夜平分。多么美的逻辑呀！今天正好是春分。是时候了。

"拉里·韦勒吗？"

"是的。"

"拉里，我是露西，露西·沃肯坦。"

"露西！"

过去，拉里的隔墙邻居露西·沃肯坦从来不在他上班时间给他打电话。此刻的拉里正和雷德河学院来的受训者鲍勃·巴克斯蒂德站在工作台边干活，为一位名人的宴会赶做餐桌中央的花饰。

他们已决定做成春天情调的,尽管现在积雪还随处可见,尽管今天上午从不列颠哥伦比亚省运来的黄水仙花瓣底部略微有些缩拢。

露西的声音听起来很焦虑,也很激动。"但愿我没有打扰你。"她小心翼翼地对拉里说。

"没有,一点都没有。"

"刚才我只是感到惊讶——"

"说下去!"

"啊,刚才我从窗户往下看,就在几分钟前。你的迷宫使我大为惊讶,拉里。你改变主意了?或者出了什么别的事?"

"关于什么?"

"你是不是打算推倒重来?来个新设计、新概念?"

"没有哇。"拉里迷惑不解地说。他没有停手,继续摆弄着工作台上的一堆丝兰和它们那边缘锋利的绿叶。"没有,我只是想等天暖和了再在东南角加一个转折点,那样可能会更有趣些。不过现在——"

"拉里,你听着。"他听到她深深吸了口气又接着说,"拉里,你家院子里有一台推土机,或者叫——叫什么来着?反正就是那一类的机器。已经在那里干了十五分钟了。"

"什么?你是说有一台推土机?"

"已经——很遗憾我不得不告诉你,"她又颤抖着吸了一口气,"可是它,这台机器,它已经把迷宫前面的部分全部挖出来了——"

"别着急,露西。我这就过去。"

交通状况很糟糕,尽管是星期一下午。拉里用了足足二十分钟才把车停到利普顿大街他的房子前面。

他看到前院一片狼藉，泥土和积雪上到处是推土机的压痕，院子已被夷为平地。他那别出心裁的木制前台阶设计就这样突然而荒唐地暴露无遗。一台黄色的反向挖土机——不是推土机，但很像——静静地停在房子旁边。露西·沃肯坦呆呆地站在挖土机正前方发抖。她身穿一件带花的风雪大衣、一条紫色的裙子，脚上穿着靴子。她像一位以立正姿势站在十字路口的交通警察一样向两边平伸手臂。初春的寒风扑打着她那焦虑不安的面庞。她的姿态是那样富有挑战性而又局促不安，犹如一个疯女人在打求救信号。

据他后来回忆，面对露西、面对投射在被压平的院子里的苍白阳光，他闭上了眼睛。他没有感到眼前的景象不可相信。相反，他立刻就相信了，理解了，明白了。他感到词汇在粗暴地连续击打他的身体：知道、痛苦、耻辱、空虚、悲哀。奇怪的是，击打他的还有一个词，那就是充满氧气的解脱，似乎事情是发生在别人头上。他所了解的世界有一部分已经结束。完了。

后来，露西慢慢向他走来。傍晚的阳光照射着她的脸、眼睛、嘴唇和牙齿。可惜，可惜，她似乎是在对着空旷的天空说。

拉里本人已经被这突如其来的变故打蒙了，压垮了。他终于张开嘴，但不是说话，而是发出了支离破碎的音节和变细的元音——这是一个受到伤害的男人超乎语言的尖叫和怒吼。

第六章
拉里的朋友1984

拉里·韦勒从第一次婚姻的夹缝里爬出来之后,老同学都劝他参加第十六届高中校友聚会。聚会包括招待会和晚餐,将在学校修葺一新的体育馆举行。他和他的老同学比尔·赫舍尔以及比尔的妻子希瑟一起去了。比尔、希瑟和拉里曾是同班同学,都是麦克唐纳中学1968届毕业生。

希瑟——当时她叫希瑟·麦克费尔——曾是班级秘书、优等生协会会员,而且是一位十几岁的大美人儿。在她面前争着献殷勤的漂亮小伙子成群结队。那些肌肉发达、吊儿郎当、抹得香气扑鼻的年轻人随便她挑,然而她却选择了数学尖子、室外俱乐部主席、瘦得皮包骨头的比尔·赫舍尔。赫舍尔从来衣帽不整。此外,他的父母都是犹太人。这使他想做希瑟那个高贵的英国国教家庭的女婿一事成了问题。同样,他的犹太父母也不欢迎一个英国国教家庭出身的儿媳妇。比尔拿到环境学学位的第二天他们结了婚,双方家长都没有出席他们的婚礼。如今,他们有了两个小姑娘:八岁的索菲和六岁的钱塔尔。

聚会那天晚上临时照看这两个小姑娘的是卡罗尔太太。她是个寡妇,住在赫舍尔家隔壁,对赫舍尔的孩子来说就像一个名誉奶奶。她还答应照看拉里六岁的儿子赖安。拉里和他的前妻多丽商定：每逢周末——从星期五夜晚到星期日夜晚——赖安跟着他，其余时间跟着多丽。关于今晚托人临时照看孩子的事他没有对多丽说，甚至连他决定去参加校友聚会的事也没有对她说。这些天来她特别爱找茬。无论什么事，她说怎么着就得怎么着。她要是知道赖安今晚要在赫舍尔家地下娱乐室的折叠长沙发上过夜的话，非皱眉头不可。赖安爱流鼻涕、咳嗽，最不能睡在潮湿的地下室里。此外，按照多丽的看法，赫舍尔家的两个小姑娘别人小，都很爱慕虚荣，跟她们的妈妈一个样。

这话说得不对。希瑟·麦克费尔·赫舍尔长得慈眉善目——温柔的眼睛，褐色的鬈发，丰腴的体态。打从一年前拉里和多丽的婚姻破裂以后，她对拉里真是表达了无数好意。"听着，"在拉里刚刚从家里搬出去的那些可怕日子里，她对拉里说，"我和比尔会尽一切努力帮助你渡过这个难关。你知道，我们随时欢迎你到我们家来，白天来也行，晚上来也行。赖安也是一样。你可以先打电话，也可以随时来，随你怎么样。我们管你吃，管你喝，也可以来攀闲话。你需要把憋在心里的话讲出来，我们听你讲。你可以相信我们。我要说的就是这些。交朋友就是为了这个。"

拉里很欣赏希瑟的善良，尤其欣赏她从不说多丽的坏话这一点。她没有说过他能摆脱糟糕的婚姻是值得庆幸的。而他的其他一些朋友都暗示过这一点，有的人甚至直言不讳地对他这么说。上高中的时候，他没敢大胆正视过希瑟·麦克费尔，现在仍不怎么敢，尽管她已嫁给了自己最老的朋友，而且他每星期至少见她一次。由于某种原因，他一直无法从脑海里抹去这一事实：她就是中学时代的那个希瑟·麦克费尔，那个极受大伙喜爱的校园情人，他们班上第二伶俐、第二漂亮的姑娘。说她第二是因为她稍逊于麦克唐纳中学六八届毕业班的第一号皇后梅格西·希克斯。

如果说希瑟·麦克费尔是柔和的圆弧,梅格西·希克斯则是坚硬的直线。梅格西大胆地穿着性感的毛线衫,留着雪儿[1]那样的发型。她那表情严肃的面庞处处呈现着速写般的线条,中间镶着一张宽宽的、涂着珠光唇膏的嘴巴,丰满动人的女人身段呈波浪状起伏。梅格西从前喜欢戴眼镜,现在仍很喜欢。这注定又给她赢得一连串的喝彩。当时拉里对她朝思暮想,但高中四年里从未跟她说过一句话,甚至没敢在课间从她身边经过时不指名地朝着她的方向喊声"嗨"。那时候她根本没把拉里放在眼里,拉里也料想她看不起自己。他不值得她青睐。他属于那群窝囊废中的一员,什么主席也不是,什么组织也没有参加,体育活动不行,学习成绩也只能勉强上平均分,做梦都想有一副好嗓子可就是没有,做梦都想有一副好相貌可脸又偏偏长得不争气。他甚至承认,在1968年的毕业生年刊里他是一个不值得纪念的污点。如果说他还有一点值得夸耀的地方的话,那就是:他是居然能把希瑟·麦克费尔挖来做女朋友的比尔·赫舍尔的朋友。

只有在他那孩子气的梦境中——那是他的白日梦,即他入睡之前在卧室天花板上看到的那些模糊不清的幻影里,梅格西·希克斯才会伸手握住他的手,把它贴在她那结实的、罩着毛线衫的胸脯上,湿漉漉的嘴巴在他身上从上到下地亲,同时两手不停地在他的睡衣下面乱摸。"我一直在等这个。"她一遍又一遍地说。她似乎因为没戴眼镜,所以没有注意到他是个多么令人讨厌的家伙。

1.雪儿(1946—),美国著名歌手、演员。

她似乎并未注意他那窘迫不安的"我是拉里·韦勒"的尖叫声,也没理会那叫声意味着什么。她的声音在拉里的耳朵里震颤着,弄得他心里痒痒的。"再来,"她用一种专横的排球队长的语气说,"摸摸我这儿,还有这儿。"

他爱着她。这一点谁也不知道,就连比尔·赫舍尔也不知道,尽管他们打七岁起就是最好的朋友。他对梅格西的感情不是一种简单的迷恋,也不是他妈妈口中懵懂无知的初恋,而是一种最热烈、最温柔的恋情。梅格西,梅格西,亲爱的梅格西。每当一个人独处的时候,他就发现自己深深地陷入了对爱情以及爱情的不可能性的思索之中。他曾想保护她,而且她也渴望得到那种保护——别看她是毕业年刊的编辑,而且还是代表班级致告别辞的毕业生代表。他拉里·韦勒就是要照顾她。她那丝绸一样的黑发夜夜都呈扇形在他的枕头上展开,裸露的小耳垂上缀着银耳扣。这些他都深情地抚摸过。继而他的手向下移动,抚摸她的身子——她那颀长的,富有弹性的,由于打网球而变得结实的身子。那身子围着他蜷曲成一个大写字母C的形状——就这样,就这样,她叫道——温暖着他床上那孤寂的、已经起毛的床单,把他紧紧地搂在怀里。

这样的爱情是不会像人们想象的那样轻易消失的。它像迷雾一样悬浮在头脑里,有时候会多年不散。他当年之所以参加第五届校友聚会,唯一的原因就是想看梅格西·希克斯一眼。可是那一次她却没有露面。有人——很可能是赫舍尔——对他说她搬到多伦多去了,嫁给了有钱人。这种说法是合乎情理的。第十届校友聚会她也没有参加,而拉里却拉着他的新婚妻子多丽一道去了,结果迷迷糊糊地过了一个晚上。他一直在琢磨,为什么一听到梅格西·希克斯的名字，他的脸就会顿时肌肉紧张，一块块肌肉竟会毫无道理而又不由自主地直打哆嗦呢？他听说梅格西·希克斯原计划是要来的，然而到了最后时刻她的丈夫又不得不到巴黎——巴黎，哟嗬！——出差，于是她只好决定随他一道去。

第十五届校友聚会没有举行，不知道为什么当时没有人组织。今天是第十六届了。经过劝说，拉里决定参加。"见见老朋友你会很开心的。"希瑟对他说。那意思是说：让他重新感到自己是这个运转不息的世界的一部分对他有好处。她说，他离了婚又有什么关系呢？要去聚会的老校友中离过婚的多着呢。

他究竟发的哪门子愁呢？他才三十三岁，一位父亲、纳税人、从业公民、花城商店的经理。那个生意兴隆的花店上星期荣获全省花卉装饰比赛桌上装饰组的第一名。他的愚蠢而又软弱的躯体已在二十多岁长成了大人，而且他已经学会——大多数人最终都会学会——把自己的恐惧时刻折叠起来，放进他自己设计的宽宽的、容易呼吸的安全区里。他一生中犯过许多错误，其中一个大错就是娶了多丽为妻。但他有自己的前程、自己的未来，尽管他不知道他到底在多大程度上想让这个新拉里本人站出来确认自己。最重要的是，他拥有一个人生活中最重要的东西：朋友。

他的朋友是多了还是少了？他说不准。他站在人来人往的生活背后思考这一问题。

他还有一个朋友叫吉恩·钱德勒。吉恩是苏格兰佬，喜欢喝啤酒，喜欢开怀大笑。他们俩是在雷德河学院认识的，当时拉里在那里学花卉图案设计，吉恩学基础通讯。那一课程使他后来当上了《自由通讯社》的记者。现在他高升了，撰写社论。他们还时不时地聚一聚,或到卡普里咖啡屋去喝一杯卡布奇诺咖啡,或去玩玩曲棍球——有一个人经常去报社给吉恩送免费票。吉恩和他的妻子莉兹听说拉里的婚姻破裂之后,曾请他到家吃过海鲜卤汁面条,并劝他心里有什么苦倒出来,他们好替他分担。他努力那样做了,不是为了自己,而是为了他们。他犯了一个错误:他与一个和他毫无共同之处的女人结了婚。他和多丽无法交谈,无法用夫妻之间需要的那种方式交谈,而且他们的生活目标似乎也不相同。"那就糟了,"莉兹一边用叉子为他叉凉拌生菜一边说,"生活目标不一样是很麻烦的。"

吉恩·钱德勒碰巧有一个一起打高尔夫球的哥们儿,名字叫大布鲁斯·斯图沃克。拉里通过吉恩·钱德勒认识了他。布鲁斯·斯图沃克正想在城西他家的河滨地产上建一座树篱迷宫,恰好听说拉里在研究迷宫。大布鲁斯体重二百五十磅,因为口袋里有钱,说话财大气粗。去年他和妻子厄琳去了一趟英国,在那里见到一座奇妙的古典式迷宫,非常漂亮,就在靠近威尔士的什么地方,具体地名他忘记了。然而他却被那座迷宫打动了,他妻子也是。当时布鲁斯对厄琳说:嗨,咱们也应该在自己家里建一座。想想看——温尼伯的一座真正的活迷宫!

和拉里说话时,他有节奏地前后摇晃着威风凛凛的胸脯。"我们用不着签什么合同,"当他们再次聚在一起讨论迷宫的建设时他说,"因为我们有共同的朋友。我们能够互相信赖,对不对?"

现在拉里每天晚上都在画迷宫的设计草图。随着2H铅笔在草图纸上的移动,他感到自己正在复活。他租住的威斯敏斯特大街上的房子在一个垃圾成堆的地方,但他喜欢周围那些破旧而古老的房子、小铺以及双层砖结构公寓。大街对面就是高草面包房,他可以在那里买到热面包和市里最好的桂皮面包卷。那里说话声音柔和的店员们都知道他的名字。哎呀，拉里，今天来点什么呀？就好像他们早就认识他，跟他是老朋友似的。

实际上，获得全省花卉装饰比赛桌上装饰奖的是鲍勃·巴克斯蒂德，而不是拉里。拉里出了报名费，并给了他鼓励。比赛那天，鲍勃和其他参赛选手一道站在会议中心舞台上耀眼的灯光下，拉里则坐在下面第一排看着他。每位参赛选手会拿到十三朵花、一把墨绿色的光滑细枝和一块供插花用的泡沫塑料。一小时十五分钟后，随着一阵激动人心的掌声，评判员一致同意，宣布鲍勃获胜。这不，下星期他还要去多伦多参加全国比赛呢。

鲍勃·巴克斯蒂德是两年前作为节假日临时替补人员进店的，那时他还是个小孩子。但这孩子太好了，拉里就把他留下来当了正式工。他长了一张老头似的粗硬的长脸，方形的下巴天天刮得干干净净。他的可贵之处就在于：无论他的两只大方手在干什么，他都能精神集中、兢兢业业地做。干活时他总是小声哼哼着给自己加油。当他伸手拿花、拿叶、拿缎带或拿他所需要的其他任何东西时，他嘴里的哼哼声就会骤然停止，拿到东西后又接着哼哼，全是他自己瞎编的曲调。他有时也很古怪。有一次他对拉里说，他眼里花就像是诗一样，弄得拉里不知该如何回答，也不知道眼睛该朝哪里看。

鲍勃·巴克斯蒂德上班时带来一个蓝茶壶和一盒混合的花草茶。下午茶点时分，他给拉里送去的不是在壶里放了一整天的寻常的苦咖啡，而是一杯柠檬汁或木莓汁。"有人发现咖啡因是镇静剂，而不是兴奋剂。"他巧妙地说。体育活动对他没有任何吸引力,他承认这一点。事实上,男人们开的玩笑、粗俗的戏弄以及流行的笑话他似乎根本就不懂。他上午准时上班,兢兢业业地做订单上的产品,午餐吃盒饭,只有在下午三点钟吃茶点时才肯停下手里的活儿。有些日子他和拉里一天也说不上几句话。

然而,当鲍勃·巴克斯蒂德宣布要和他的女朋友——温尼伯综合医院的一位护士——结婚时,他邀请拉里做男傧相。"我想不起来有比你更好的朋友了。"他简单地说。

如果说友谊就是要调子谐调的话,那么拉里的调子绝对不理想。但也许他俩真的成了朋友。打从鲍勃·巴克斯蒂德进店以后,花城商店的气氛就变了。即便是在生意最繁忙的日子里,情况也比以前平静了。用一句拉里还不会讲的巧妙的话说:气氛更温馨了。

露西·沃肯坦是拉里的好朋友之一,尽管他们才认识一两年。她四十一岁,未婚,职业为书籍装订工。她对朋友们的事怀有亲切的尊重之心,又有一种急于插手参与的情不自禁的冲动。她的朋友有好大一堆。然而,当她和拉里每周二去看电影时(早场半价),她竟能使他感到自己是她唯一的朋友,并且她极愿意和他这样一个谈得来的人坐在一起。看完电影后,他们一边吃馅饼,一边云天雾地地讨论社会前景、审查制度、花园、埃及迷津、造纸业及其在文化中的地位、父母对孩子们的伤害、精神分析学的徒劳无益,以及与悲哀和忧郁这对双胞胎阴影较量的困难。对拉里来说,这些话题都很新鲜,起码它们的表达方式很新鲜。但在拉里看来,露西能够令他说出洪亮的警句,并随之情绪冲动地对他热情点头或用飘逸、和蔼、缠绵的声音说一声"确实如此"。

"这么说，你看上了一个女人？"几个星期以前，拉里的母亲不好意思地问他。

"不是你想象的那么回事。"拉里对她说。

他和露西在一起的时候，从来没有想到过年龄、性别、失败以及他本人的无知。他们之间飘动着一道透明的帘幕。他把他们的友谊看作他对她的一种迷恋。他很清楚应该如何珍惜这种友谊。他们两人相处时从来不谈他的婚姻和离异，也不谈露西的独身生活以及她继续独身的可能性。

是两个沦落人之间的默契？

啊，也许是吧。

拉里并未真把他的父母当作朋友，但从某种意义上来说，他们又是朋友。他一个星期去看他们一两次，或下班后顺便去看看，或星期天带赖安去吃晚饭。他们在儿子离婚的问题上表现得相当好，既不说三道四，又不过多指责多丽。"她可会理财了，"拉里的爸爸说，"这倒不错。从此以后她再也不会榨取你这个当家人的钱财了。"但拉里的母亲多特确实相当生气地说过，她宁愿做一个点也不愿做一扇门[1]。意思是说，她一向认为多丽不怎么样。"她是个发条拧得紧紧的小东西。"

啊，是的。拉里能够明白妈妈的这种印象是怎样得来的。多丽那松鼠一样的小身躯似乎是用一束一束的导线做成的。她天性就爱严格按照计划办事，预算抠得很紧，会不知疲倦地讨价还价。她毫无感情可言。(毫无情谊这一条是谁说的呢？拉里想不起来了，

---

[1] "点"的英语是"dot"，即拉里母亲的名字；"门"的英语是"door"，与拉里前妻多丽的昵称Dor发音相似，从而有下面一句。

反正是他的一位朋友。)有一次在做爱的过程中,她喘了口气对拉里说:"你能不能快点?我明天一早还得上班呢。"

拉里的姐姐米姬曾经饱受婚姻战争之苦。她说起多丽来直截了当:"她是个十足的坏女人。我说的是实话。不但坏,而且没有头脑。她哄骗你跟她结婚。世上别的女人都能服避孕药丸,她为什么就不能服呢?原因就是她愚蠢,占尽便宜的那种愚蠢。说真的,那是个家庭陷阱,你总算挣脱出来了。叫我说解脱了更好。"

他的儿子赖安呢?赖安是不是朋友?一般人都认为父子是朋友,可赖安还是个小孩子。他受挫的时候、害怕的时候还哭鼻子呢。他这种哭的本事——还有拉里哄的本事——起码在某种程度上表明他们并不是朋友,因为地位不平等。

他爱他的孩子,但他又总是一个人出门,把小孩子单独丢在家里。孩子就是为了这才哭的。这也是他们不是朋友的另一个原因。

"三年的婚姻失败了算不上什么悲剧。"在那次全省花卉装饰比赛后,拉里的老朋友吉姆·卡莫迪和拉里一起喝酒时这样说。吉姆是婚礼无限公司的花卉顾问。

"实际上是五年。"拉里说。

"嗨,几年都一样。"

"实话告诉你,我一直弄不明白你看中了她什么。"萨莉·沃尔谢·乌尔里克说。那女人从事干燥植物与花卉研究工作,已和拉里做了好几年朋友。"当然,没有人能够理解他人的婚姻,好像这些婚姻都避开了我们似的。想想看，这种私人之间的安排是多么，多么可怕。但还有更可怕的呢！你和多丽似乎一直都是两条道上的车。明白我的意思吗？"

"明白几分。"拉里说。

多丽的大哥本·肖不久前在圣维塔尔商场碰见了拉里。他对拉里说："嗨，听着，兄弟。你和多丽闹到这一步我很遗憾。只有上帝知道，她可不是世界上最容易得到的姑娘。嘴，多好的女人哪！哈，生活就是难题，偏叫你碰上了。不过注意，咱们可不能让这件事妨碍咱们的友谊或干出蠢事来。好不好？"

拉里从来都没有把他的这位大舅子当作朋友。他忙不迭地说："那当然，那是。咱们还是朋友。好的，本，好的。"

"这是个糟糕的时代。"拉里在利普顿街的邻居之一迈克尔·凯利说。迈克尔是一位舞台木工。他和斯克特·阿利森同居了十二年，刚刚分手。"好像一切关系都发生了冲突。我和斯克特能维持这么多年，就是因为我们会化解冲突。另一方面，你又总是对自己说，跟一个不合适的人生活在一起是有害的。那是一种慢性毒药，早晚会杀死你。我对你的妻子不太了解，不过从咱们相聚的那一两次来看，她似乎是另一种波长，简直像是来自外星的电波。"

"是的，"拉里点点头，"是那样。"

"你爱过她。"拉里和多丽刚一分手，比尔·赫舍尔就说。当时他们在比尔的汽车里。拉里的衣服一直堆到车顶。他们正前往在威斯敏斯特大街新租的公寓。拉里在哭。他失去了儿子，失去了妻子，也失去了在这个星球上的位置。

在古老的、街道狭窄的温尼伯市，房子通常是三幢一组建成的，称作姊妹屋。这些结构简单、价格便宜的两层建筑物样式完全相同，唯一的区别就在于三角墙或游廊形围栏或华而不实的边饰。赫舍尔家的房子和拉里小时候住的房子就是姊妹屋。这两个一起长大的孩子之间总断不了闹别扭，然后很快又和好如初，一直到他们长大成人。他们的友谊是缝在一起，钉在一起的，用不着说一句客套话，也用不着刻意维护。要他们描述两人之间的感情，谁都会感到为难。然而，不论是暂时的别离，还是坦诚的表白，甚至是拉里离开多丽那天时的眼泪，都不能够割断这种感情。

拉里开始哭时并没有什么原因，只是当比尔开着车离开道边时，他觉得鼻子酸酸的，接着便泪如泉涌，不能自制。不一会儿他便哭成了泪人，哽咽难语了。他是在自己出丑，时而哀号，时而饮泣，就像电影里大喜大悲的场面一样，主人公抱头痛哭，宽大的肩膀有节奏地起伏着。看到那样的场面谁都会哭的，但平时拉里只会表现为坐卧不安而已。可现在，当汽车向着百老汇大街疾驶的时候，他却哭得死去活来。比尔一手扶着方向盘，一手扯着拉里的衣袖说："你的确爱过她。你应该记住这一点：开始的时候你是真爱她的。从长远的角度来看，只要记得这一点，这一切似乎就是值得的。"

对拉里来说，他婚姻后期的冲突以及最终的破裂似乎是一片模糊。他知道他应该感谢朋友们。正是朋友们那些小小的礼物和好言劝慰使他很快——惊人地快——抑制住了悲伤。然而，他又很不情愿对他的朋友们表示感谢，因为他有点不相信自己真的就是那样一副可怜相。他感到他的痛苦是被机械诱导和夸大了，就像电视节目里的情况一样。他怀疑地审视自己的反应，发现自己被虚伪吓得浑身发抖，情况就跟在英格兰度蜜月期间他因发现自己失去了对多丽的爱而感到痛苦差不多。当时他沮丧地发现，刚刚信誓旦旦做过保证并当众宣过誓的爱情可能会蓬勃发展下去，然后逐渐消失。

于是，回顾他刚刚离开多丽的那些日子，他开始怀疑自己当时的悲哀是否带有某种舞台色彩，暴露了自己隐秘的内心。除了对失去赖安感到悲伤外，他感到他当时的思想混乱是经过粉饰的，不应有的。比尔为他找了一位律师，一些问题很快得到了妥善解决。其他朋友有的借给他家具，有的请他吃饭，有的邀他看足球。他们赞扬他会重新调整自己，好意而又一本正经地赞美他新留的胡子，这是他平生第一次认真地留胡子。几乎没有一个人问过他婚姻破裂的详细情况。对此拉里非常感激，因为他三十三岁后才知道，这种事人们已经听得不耐烦了，再反复唠叨只会扩大构成婚姻悲剧的戏剧性成分。

有时候，夜间他从稀奇古怪的梦中醒来，悄悄地对自己说："当心，当心。"当心混乱，当心沉默，当心流言蜚语，当心别人，也当心他自己——那个陌生的拉里·韦勒。有时候他感到他需要学一学怎样做一个成年男子。你应当如何对付每一天？每一天都是一个红色的数字，将你推进天天后退的未来的隧道里。

尽管他的生活中出现了漏洞，但他的许多日常活动仍照常进行。想到此，拉里自己也感到吃惊。他现在突然变成了单身汉，变成了一个离过婚的男人，不是住在大房子里，而是住在一间单身公寓中。但他每天仍在那个老花店里上八个小时的班，接受同样的婚礼花束及餐桌中央花饰电话订货,每到周末合计一下账单。鲜花,它们那柔弱而复杂的花瓣,使他不再去想他没能过上的、他所希望的那种生活。星期天他仍然要到妈妈家里,坐在那个加垫衬的早餐角吃晚饭,同样是一成不变的烤肉、烤土豆和蓝白相间的盘子里的汤菜。但他感到耻辱,感到孤独。有时候他也想说"我爱上了",意思是说,他爱上了新的安排。星期天,他和比尔·赫舍尔开车去伯兹山,沿着步行道溜达一两个小时。两人从小就养成了这一习惯,一边走一边讲一些低级的笑话,免不了与性有关。那是他们需要了解、需要议论的。他们去伯兹山时,总要带一个廉价的童子军罗盘和一幅地图。他们在山上故意走散,以便能体验又相聚时的英雄气概。这是他们发明的一种游戏,既有戏剧性,又有收获。你找到一条小溪,紧紧跟着它走,它就会把你带到某个地方,准不会错。有时候拉里感到,他肉体的实质、他的自我辨别感都在这些周末散步的时间里流失了。

现在他们都是带孩子一起去,拉里的儿子赖安和比尔的两个女儿。比尔的脖子上挂着一副双筒望远镜。拉里臀部的口袋里装着一个漂亮的线圈装订的小笔记本。

这个笔记本是露西·沃肯坦送给他的礼物。露西强烈地相信笔记本以及笔记本中所记录的信息的魔力。"你可能会时不时地想把自己的感受写下来,"拉里和多丽刚分手时露西对他说,"有精神压力的人有时会发现,如果把他们的感受写在纸上,他们就能解除精神压力。"这是拉里的朋友给他提的诸多有益的建议之一。

迄今为止,他仅在这个笔记本上写过两个词,在第一页上:"多丽,多丽。"

他常常听说有的夫妻离婚后成了好朋友。他也不时地琢磨,这种情况会不会发生在他和多丽身上。对此他很怀疑。首先，两人之间的积怨必须彻底地烟消云散，或者经过漫长而难挨的沉默之后两人会偶尔说笑一句，或临时在一起吃顿饭，或有什么突发事件，或回忆起了某个老笑话，或拿出他们在英格兰度蜜月时的照片。

他就是这样打发着生活，与此同时他也知道自己心里非常郁闷。他推断，与多丽成为好朋友可能会减轻他时常会有的恐慌感，但那种情况不会发生，对此他很有把握。

拉里上高中时出了点事。有一段时间他感到十分沮丧。他那早先的另一个自我——那个勇敢的小男孩——站在游乐场边缘，穿着毛线衫，抱着两肘。他从前很爱他，爱照片上那个以美丽的绿色世界为背景，摆着姿势的小男孩。

然而，处于青春期的拉里·韦勒，温尼伯麦克唐纳中学平庸的学生，多特和斯图·韦勒唯一的儿子，米姬·韦勒的弟弟——那个拉里——发现自己正向后滑，而他自己又太愚钝，太脆弱，根本无法抗拒。他过分沉溺于那奢华的梦境而无法苏醒。他每天都蒙受着耻辱的折磨——在学生自修室里不知道脚在桌子下面该如何摆放的耻辱，在自助食堂里喝汤时偶尔发出咕嘟咕嘟响声的耻辱。更糟糕的是，他十分清楚这种青春期的骚动是多么常见，多么愚蠢，多么平常。

他的鼻子错了，肩膀也错了。这种失败的势头一旦开始，就会逐渐加剧。真正使他从失望中解脱出来的是这样的信念：这生活中令人难以忍受的恐惧、遗憾与窘迫总有一天会结束。他知道这一点，但又不能相信，如同你知道地球的中心是熔融的岩浆而又无法相信一样。也许这就是为什么他到处转悠，总想随时劈脸打谁一拳，随便什么人都行。

然而，人家比尔·赫舍尔都能找到出路，拉里·韦勒为什么就找不到呢？比尔有了一位女朋友。他带她看电影，和她亲嘴儿，用手摸她的毛线衫的胸部。手脚快冻僵了，他找到了暖和的办法。而拉里呢，每逢星期六晚上，其他同学或去看摇滚音乐会，或聚集在谁家的娱乐室里抽烟、喝啤酒消遣，拉里却一个人躲在家里翻看过期的《大众机械学》杂志，或同父母一起看电视——不是曲棍球比赛就是周末电影。起居室的窗帘拉得严严的，壁炉在呼呼地燃烧。他感到，孤独正在变成某种窘迫，而这种窘迫正在吞噬着自己。无论是他的父亲还是母亲，似乎都没有觉察到他们的儿子已割断了同外界的联系。他躲在父母茫然不知的贝壳里，非常安全，起码暂时很安全。安全是一回事，但他真正需要的是被电击、被弄伤、被抛进荒野、被释放、被赞扬，尤其是被喧闹声和热情包围并淹没，偶尔有朋友呼唤他，喊他的名字，请他出来。

在很久以前的那些夜晚，十点钟，母亲煮好茶，摆上三个大杯子和一盘水果蛋糕或涂上黄油的面包片。不，他们没有任何微小的感觉，而且正如赫舍尔常说的那样：一千个微小的感觉才能构成一个线索。只要拉里能继续将他的父母蒙在鼓里，他感到他就能自己走出去，从这个下沉的地狱里，从慢慢的折磨中冲出去。然后，他就能够和那些成年人在一起，像他的父母那样合法地消磨时光，把自己掩埋在他们舒适的周末夜晚，掩埋在他们的业余消遣和电视节目里。这就是他的未来，他的出路。这一见解一直冷冻在他的胸膛里。

现在看来，那些周六的晚上已成了遥远的过去。拉里已打定主意,绝不让他的青春期恐惧复活。今晚他来参加第十六届高中校友会,站在比尔·赫舍尔与希瑟·赫舍尔之间,和大家一起唱着当年的校歌——《前进,前进,勇敢的麦克唐纳》——他也激动了。他庆幸自己成了这一群参加庆祝活动的男女中的一员。这些人都为这一个晚上的欢乐刻意打扮了一番,或穿着套装打着领带,或穿着飘逸的丝绸短裙。他们互相表示着尊重,也展示着他们新近形成的更为友善的自我。拉里向周围那一张张唱着歌的面孔,一副副强健的、不断摇晃着的肩膀扫了一眼。在这座高大幽暗的体育馆里,他的同学们显得格外矮小。春天的清香透过打开的窗户飘进来。此时此刻,他童年的悲伤已完全为春雷滚滚中的友爱气氛所取代,最起码也是为善意的气氛所取代。

参差不齐的歌声结束了——不少人忘记了歌词——然后他们一动不动地站在那里,听讲台上的人宣读死亡者名单,即那些死去的同班同学的名单:卡梅伦·福特、布鲁斯·威尔金森、雪莉·麦克金蒂、克拉拉-简·巴伯、安妮塔·贝克斯顿、肯尼·查尔斯、布格西·兰伯特。读到布格西的名字时,有人哭了,是个男的,是由于震惊而哭的。接着,单调而没有抑扬顿挫的声音继续宣读死亡名单——西蒙·卢、夏洛特·萨瓦茨基、凯·阿姆斯特朗。拉里想,死去的人就不需要回忆别人的名字,不需要和别人握手,不需要考虑亲吻或不亲吻,不需要竭力逗人发笑或无拘无束。但在短短的十六年里何以会死那么多人呢?车祸?癌症?为什么那个宣读名单的女人不能对每一个读到的名字表露出某种温情呢?

拉里感到一阵酸楚,或许是出于对那些无怨无悔地离开这个世界的人们的一种尊重。他逐渐明白那个像宣读食品杂货店商品目录一样急促地宣读死者名单的人是谁了。那是梅格西·希克斯。

不过从议程单上看,她如今是梅格西·希克斯·克拉克森了,她个子瘦高,衣服闪闪发亮。她那一副圆眼镜在灯光下闪耀着智慧的光芒。她那长长的直发里也有一根根的白发在闪烁。如同她过去曾战胜过戴眼镜一样,拉里看到她现在也战胜了早生的华发带来的耻辱。这一点似乎很了不起。一想起过去对她的爱,他就感到自己内心被软化了。他向命运的方向瞟了一眼,心里琢磨:不知今晚的聚会结束以前能否同她说上话。

然而,晚餐的座位已经预先排好了。他发现自己的座位在体育馆远处角落里的一张桌子上,跟他挨着坐的是南希·奥利森。上高中的时候南希可是位相貌出众的姑娘,然而现在,年过三十的她身穿蓝色弹力裤和一条颜色不太新的棉衬衫,显得瘦骨嶙峋,已毫无姿色可言。她下意识地用手指摆弄着已经变硬的头发。离婚了,她对拉里说,那家伙是个饭桶。

比尔和希瑟也在那张桌上。拉里敢用钱打赌,希瑟的手正放在比尔的膝盖上,要不就是比尔桌子下面的手正在希瑟的两条大腿之间滑动着。他们这一对高中时的情侣、年轻时的恋人,正在感受着缘分的力量。他们的面部表情也随之变得含情脉脉,对美好过去的眷恋使他们显得容光焕发。

接着气氛热烈起来。从前也像拉里一样无足轻重的斯基普·赫斯特讲了一个长长的,关于他在泰国时汽车轮胎放炮的有趣的故事。他现在住在泰国,娶了个泰国女人,是一位医生。他还自豪地把他太太抱着他们的新生儿的照片给大家传看。"真不知道我干吗要这么千里迢迢地赶回来参加聚会,"他突然情绪激动地说,他的脸涨得通红,"我恨透了高中时的每一分钟。"

"我也是。"令人吃惊的是,这一声是希瑟喊的。接着她补充说:"直到那天在自助食堂碰上比尔。那天他的牛奶盒掉在我的脚上,尖角刚好砸到大脚趾,哎哟哟!"

"要不你还不会注意到我呢。"

"我当时非常喜欢你。"南希·奥利森对斯基普说。她已经在喝第四杯酒了。其实她并没有喝醉,只是兴奋而已。"我猜想,我当时可以爱上任何一个穿裤子的活人。"

"那我怎么样?"比尔问。

她放荡地莞尔一笑说:"我认为我当时看上眼的是拉里。就是你,拉里·韦勒。你总是那么温顺,那么羞怯。有一次上地理课时你还把彩色铅笔借给我用。是贝利先生的课。"

"我记得。"拉里说。真的,他的确记得。

"那你当时为什么不约我出去呢?"

大家都哈哈大笑起来。至于他们知不知道这一问题的答案,那都无关紧要。

席间先给他们上了一道拌沙拉,然后是满满的一大盘鸡肉、米饭和豌豆。最后一道甜点是甜甜的药味调制冰淇淋。随着咖啡上来,餐桌上的气氛显得更加亲密了。他们轻松地交谈着,谈旅行、孩子、结婚、离婚、工作、失望,等等。一回忆起他们原有的那种自我意识,话题就改变了。那种自我意识已经消失,起码今天晚上消失了。也许永远消失了——谁能说得准呢?他们似乎知道,生活的意义不在于发现什么,而在于选择什么。事实上,他们已经选择了。十六年过去了,其间有坎坷也有启示。历史就像铺路石一样被铺在他们脚下,时而增加,时而减少,然后悄悄消失。体育馆里笑声荡漾。拉里只是略有醉意。他感到十分愉快。他们要是能永远像这样,坐在这些位子不固定的、笼罩着爱意的桌子边谈下去该多好啊！朋友！朋友！他一生中所渴望的不就是置身于热情洋溢的朋友中间吗？

这时候，他感到背后站着个人，把他罩在了阴影里。他略微转过头去。那是梅格西·希克斯。事实上，她的两手正扶着他的折叠椅的圆靠背。从某种意义上说，他正置身于她的怀抱之中。他感到，这个销魂的夜晚又平添了一份艳福。现在，她的身子从他的背上向桌子探去。她那灰白的头发就在拉里的眼前晃动。他能够闻到头发上的香水味。"真不像话，伙计们，"她说，或者说她用那种毫无变化的学生会干部腔喊道，"我们不能就这么干坐着，对不对？大家互相组合走动走动怎么样？来吧，朋友们，站起来吧！现在是交际时间喽！"

这种干扰来得太蛮横，太出乎意料了，一时间竟没有人搭腔。拉里在观察他的黑咖啡闪烁的表层。他感到头皮有点发紧。

"但愿你不是在责骂我们，梅格西。"希瑟小心翼翼地说。

"我只是想——"梅格西一甩头发，精神抖擞、理直气壮地吼叫道。

"想浪你自己去浪呗，梅格西·希克斯。"南希·奥利森说。

从南希那滑稽可笑的大嘴里说出的这句话很轻，很甜，但也足以将一场噩梦刮走。拉里意识到身后的香水味转移了，那丝绸衣服的窸窣声也远去了。斯基普·赫斯特轻轻地吹了声口哨，比尔和希瑟转过脸来四目相视，勇敢的、喝醉酒的南希·奥利森用手捂住嘴。她转过脸来，两眼放肆而古怪地望着拉里·韦勒——那个青年时期的无名之辈——寻求他的赞许。

过了一会儿，有两分钟，大家都感到憋不住想笑。这种被压抑的笑声在桌子周围聚集着，两倍，三倍。一旦爆发，会把房子炸飞的。

　　拉里的脑海里在唱歌,就像刚刚解出了一道长长的数学难题一样。他感到,就在他的听觉范围以外的什么地方,他的生命正在清嗓子,终于准备说话了。

第七章
拉里的阴茎1986

拉里喜欢看头发上挂着雨水珠的女人。

他喜欢看一个女人一边轻快地走着一边吃苹果,急切地用小牙嘎嘣咬一口。拉里的前妻多丽吃苹果时就很鲁莽:用手紧握住苹果,一口咬到苹果核。

他现在的妻子——他们刚结婚一个月——总是把苹果切成片,装在小袋子里等午餐时吃,然后再用一个袋子装上生蔬菜,有胡萝卜、芹菜、花椰菜。这些都是她在厨房的洗涤槽里仔细洗过后斜着切好的,看起来很吊人胃口。另外还有一个小袋子盛着一小块低脂乳酪。这三样东西每天都得准备好,装在聚乙烯餐盒里。拉里的妻子将餐盒往她的小公文包里塞的时候,几乎要满意得哼出声来。物质变成了抽象,而抽象则变成了通向一个无形的、有条不紊的世界的一道门。越是她看不见的东西越能吸引她的注意力。她对当前生活中的一些具体细节也很留心。她转过脸来,对拉里报以懒洋洋的一笑。她是年迈父母的独生女儿,很早就学会了注意外表,学会了善待自己,因而才有了那包装清洁的午餐、熨烫得板儿挺的亚麻布服装以及价格昂贵的漂亮皮鞋。

拉里的新妻子叫贝思·普赖尔,一位二十九岁的年轻女子,现在正在撰写关于女圣徒的博士论文。

她真正在寻找的是美德,特别是女性的美德。这是一个令人迷惑的矛盾。在那个女人被排斥、被忽略、被压迫、被折磨的世纪里,难道她们还得继续把自己塑造成装美德的容器吗?考虑到她们的无知和地位的低下,她们怎么可能继续追求哪怕是最起码的美德,思考它的含义,指导自己天真无邪地、坚持不懈地朝着完美的道德前进呢?

贝思问:难道是因为她们的身子纤小而脆弱,她们才不得不凭借狡猾的谋略,用圣洁的正直把自己武装起来,然后向男人寻求保护吗?要么就是——她推测(推测是她天生的思维方法,这一点拉里看得越来越清楚了)——这些容貌姣好的女人在男人面前戴着画满了美德符号的假面具,再伴以半遮半掩的强烈情欲,把自己打扮成更加称心如意的床上伙伴,以提高她们在婚姻市场上的身价?

也许——贝思没有小看这一想法——女人仅仅是为美德而渴望美德,也许进化规则已安排好要女人多行善事,以保证这个男人控制的人类不至于内部分裂。按照贝思的说法,缺少阴茎以及精液和精囊使女人更能抵御收买的诱惑。阴茎拥有者们比较狂暴。他们的意志力比较集中——这是无可置疑的。(听到此,拉里眨巴眨巴眼睛,但贝思又急忙说了下去。)男人和女人一样,都是生物学的奴隶,因而也是无可指责的。贝思问她的新丈夫:难道你不认为一阵无法控制的睾丸激素的猛烈冲击将会妨碍你考虑道德问题吗?而你知道,要达到道德完美的标准,就必须考虑道德问题。

"这我得考虑考虑。"拉里说。

他们在伊利诺伊州的里弗福里斯特租下了一所城市住宅。这一番讨论是他们躺在宽大的白床上进行的。周末的阳光透过薄薄的窗帘照射在光滑的床单上,又从床单折射到他们一丝不挂的身子上。

那么,向我们苏醒的灵魂道一声早安,
他们相互注视,并无惊恐。

今天一大早,贝思就在拉里耳边低低吟诵这些句子,把拉里弄醒了。"这两句是约翰·多恩¹的话。他自己就是个好色的魔鬼老公。"

"你所说的那些阴茎拥有者之一?"拉里问。他从来没有听说过约翰·多恩。

"正是。"说着,贝思双手握住拉里的阴茎,好奇地观察着,似乎是在寻找它的脉搏,"他是个圣诗诗人,可碰巧又是个对性行为着迷的家伙。"

对于三十六岁的拉里来说,一觉醒来听到贝思谈诗歌,还真是一件新鲜事。贝思老给他讲文化界的事,他担心她有一天会讲烦。他在温尼伯时的前妻多丽靠卖汽车为生。汽车的平均油耗、最高安全行驶速度控制、安全特点,这些都是多丽的诗歌。他的新妻子——他认为他现在的妻子是新妻子——是一位学者,罗萨里学院妇女学系讲师,圣徒研究专家,而且正如她刚才引用的那两句诗一样,她是一位训练有素的肉欲主义者。"瞧,它来了。"她对

---

1. 约翰·多恩(1572? —1631),英国诗人,曾为掌玺大臣托马斯·埃杰顿的秘书,后因和掌玺大臣侄女的秘密婚姻而被解职并被投入监狱。

拉里正在勃起的阴茎说。她的声音怯生生的,像是个受惊的孩子。"哎呀,是的。它来了,来了,来了,来了。哎呀,你瞧!"

  一根肉管子,略呈紫色,血管密布,头部膨大,悬在那里。茎身与柱头。一个喷油嘴。一个圆圆的大象鼻子。一个透明薄皮包裹着的圆柱体,像一个馄饨。它悬在那里,一天到晚悬在那里,早上第一个支起来,晚上最后一个收起来。主干,根茎,排水管,腌黄瓜;吊在两腿之间摇摇摆摆的角先生,缝在身体的神经与血管网络上,附着在垫子似的阴囊上;一根避雷针,一条响尾蛇,一个插进屁股的大家伙;一个突出物、一个膨胀物,紫红色,充了血,虫子似的白色,顶端一小口,渗着水;一根管道、导管,带螺纹的,纤维构成的。老二,屌,叮咚响的铃铛;家庭的宝贝;酸涩胀痛的,坚硬发紧的;勃起;一个凿岩机,一根探针,一根硬木头;口袋里的一根香蕉——这是谁说的?反正是一位名人,对不对?是梅·韦斯特吗?仓库里的一头牛,仓库的门大开着[1](窘迫极了,罗宾!)。鸡巴,钟摆。阳具。鞭。马达。利剑,面包棍,摇柄和锤子。你的亨利,你的约翰逊,你的约翰·托马斯,你的拉尔夫,你的查利。你的鸟,彼得,你的比利宝贝[2],你的身穿高领毛衣的独眼妖怪。一会儿湿,一会儿干,一会儿痒,一会儿膨胀;充满着渴望,勃起,再勃起;在寻找,在寻找什么呢?

  拉里的阴茎大小一般,起码他是这样认为的。许多人都相信,使用公共小便池的人爱观察旁边站着的人的阴茎大小,但拉里发

---

1. 英文俚语中指裤子拉链开了。
2. 本段中提到的这些英文名字在俚语中均可指代阴茎。

现，要进行这种偷偷摸摸的比较特别难。男人一般都忌讳盯着别人的阴茎看，除非他们想要直接传递一种勾引的信息。拉里·韦勒的阴茎是割过包皮的，那是在他刚刚出生的时候。医生对他那产道仍然疼痛、肿胀的母亲大谈男性生理卫生以及他对这一问题的最新想法。谈话可能只进行了一分半钟，但拉里将要按照医生的决定生活一辈子：他身上的一小块东西不见了，被扔掉了，回归尘土了。

拉里是一年前离开温尼伯来到伊利诺伊的。他把东西装上他的奥迪100型轿车——那是他的前妻击败众多竞争者为他买来的，一路未停，驶过长长的、弯弯的、灌木丛生的明尼苏达州。画着白边的公路从千把个小城镇的边缘穿过。镇子里刚刚被白雪覆盖顶部的水塔和粮仓闪闪发光。他放弃了花城公司花卉批发店经理的工作。这件事他的朋友和家人都无法相信。他从雷德河学院花卉艺术专业一毕业就在那里干。那时候他还是个孩子，到现在已经十七年了。一种工作干了十七年，从七十年代到八十年代。而和他同龄的其他年轻人则正骑着摩托车周游欧洲大陆，像游民一样观察世界呢。

他到达明尼苏达州和威斯康星州交界处时是凌晨三点钟。拉克罗斯大桥沐浴在紫红色的光线里。他开着汽车从桥上驶过，轮胎摩擦着冰冻的桥面，发出嗖嗖的响声。他感到自己像加冕的君主似的。他——拉里·韦勒——接受委托，要在芝加哥郊外为一位富人建一座庭院迷宫。他将在著名的园林建筑师埃里克·艾斯纳指导下工作，难怪他开起车来暗自觉得十分光彩。朦胧的、唯一的月亮下只有一辆汽车在桥上行驶，那就是他的车。收音机里播放着阿蒂·肖[1]的一首传统金曲《伯根舞开始》。拉里的爸爸最喜欢这首曲子,很色情。一首无词的歌,但很奇特,很激动人心,催人泪下。也许是这首曲子,也许是月光,也许是他抚今追昔的畅想,使他顿时感到浑身上下性欲大作,甚至从脑后一直延伸到指头尖的皮下。阴茎在他的裤裆里跳跃。那是他撒尿的家伙,他的小马,他的匣子里跳出来的玩偶。可为什么呢?

为什么要丢掉这么一个绝好的差事呢?他的父亲问道。老先生说这话的时候大概忘记了,当初拉里开始干花卉这一行时,他是竭力反对的。他认为搭配搭配花草、做做花束,那是女孩子的事。

拉里的父亲现在已经退休,只有一个结肠瘘袋伴随着他。他每天的牢骚也随之而去。他为自己失去了工作而痛惜。他说他一生中年轻力壮的黄金时代都是在雇用他的温尼伯汽车厂度过的。他也为自己赢得了荣誉。别忘了,他是首席车厢装修工。这些日子里他绕着房子散散步或看看电视,定期重新排列他收藏的开塞钻和开瓶器,尽管随着岁月的流逝,他在这方面的热情越来越小了。不工作是很寂寞的。太他妈安静了,不工作。

拉里的母亲通常一天到晚待在家里不出门,成了真正的遁世者。家里人都很为她担心。不过,最近两年她参加了温尼伯基督徒仁爱小组,那是一个设在附近一所英国圣公会教堂里的施粥所。每天上午八点半到中午十二点间,她都在那里搅拌加奶油的鸡肉粥或匈牙利菜炖牛肉。她对拉里调换工作一事感到很矛盾,采取了并不怎么有用的不偏不倚的态度。当拉里告诉她说有人要请他去为一位芝加哥不动产巨头——在里弗福里斯特拥有房地产的

---

1. 阿蒂·肖(1910—2004),原名亚瑟·亚肖斯基,美国著名爵士乐音乐家。

百万富翁——设计一座迷宫时,她说:"我想这是个机会。就是离家太远太远了,而且还是另外一个国家。"

"去吧,"拉里的姐姐米姬说,"离开这个冷冷清清的地方。有机会我还想去呢。也许我真会有机会。你听着,假如你想问我借钱的话,说一声就行。我可以靠我的工资生活,如果我现在这样也算生活的话。天哪!我恨透了那个礼品店,恨透了那里的幽闭恐怖。耶稣啊!还有我们向愚蠢的顾客推销的那些糟糕的礼品。不过你瞧,我替可怜的老保罗存在银行里的钱都发霉了。你不妨拿走一部分。他活着的时候那么吝啬,恨不得把一枚镍币捏成碎末。可有些情况你知道,他一直想帮你一把。你知道,他对你心挺软的。许多人最后连手都不肯跟他握,可你不断去跟他握手。有一回你还紧紧地拥抱了他——就是上星期在临终关怀院里。我当时在外面的走廊里,什么都看见了,但当时我什么也不想说。不然我想你会很窘迫的。看在上帝分上,不就是一点点钱吗,你可以把它看作一种奖学金什么的。"

拉里的前妻多丽听到拉里要去美国的消息后相当平静。她也在考虑改变一下自己的生活,便离开了汽车销售业,搞起了服装零售。有一家大型连锁店曾找过她,她正在认真考虑。只要还在这一行里,她就可以随便换地方,这就是干销售的好处。至于赖安,他已经八岁了,可以把他送上飞机,让他到芝加哥跟他爸爸一起度假了。而且总是可以打电话的。上午七点以前电话费更便宜。假如他们愿意的话,可以每天打来打去。

快要被一家日本大联合企业花村公司兼并的花城公司平静地接受了拉里的辞呈,送给他一笔数目不大的解职费和一枚纯银领章。领章上面镶嵌着一朵珐琅瓷玫瑰花。"你打算戴那玩意儿?"

拉里的父亲问他。

大布鲁斯·斯图沃克在基尔多纳乡村俱乐部为拉里举行了一场送别宴会，拉里所有的朋友都去了：鲍勃·巴克斯蒂德和菲奥娜·巴克斯蒂德，吉恩·钱德勒和莉兹·钱德勒，拉里的爸爸、妈妈和姐姐米姬，比尔·赫舍尔和希瑟·赫舍尔以及他们的两个孩子，露西·沃肯坦，吉姆·卡莫迪和詹妮·卡莫迪，萨莉·乌尔里克（从前叫萨莉·沃尔谢）和可怜的卡比·乌尔里克等，甚至连拉里的前妻多丽和小赖安也去了。小赖安穿着鲜艳的运动衫，还第一次打上了真正的领带。三十五个人坐在那里吃烤牛肉和各种配菜。东道主布鲁斯打着令人讨厌的饱嗝发表了演讲。事后大家都说他的演讲像一篇悼词。（"就跟你死了似的！"萨莉小声说。）拉里·韦勒听到布鲁斯赞扬他对人忠诚，意志坚强，为人正直。"我还想说，"大布鲁斯最后说，"坐在我们面前的这个人是一位天才。他在我们这里建造的那座迷宫大家都看见过。我和我的妻子厄琳都快震惊死了。你们都看到了报纸上的照片和《麦克莱恩杂志》上横贯两版篇幅的彩色巨照。啊，朋友们，创造这一切的人就在这里。女士们，先生们，让我们为我们伟大的朋友、第一流的艺术家干杯！我还要送你两个称号，拉里·韦勒！一是迷宫设计大师，二是大好人！"

当晚，萨莉最后说："说说今夜当大明星的感觉吧。我敢打赌，那些话够你勃起两次的。我打赌你都高潮得上天了。"

萨莉·沃尔谢是拉里的第一个：他的第一个性伙伴，他的第一次性交，尽管他从没有这样想过。他对她一直是情意绵绵，感激不尽。他认为，她能看上他似乎是一种善举，她能给他上一次性急救课似乎是一个奇迹。他把萨莉看作一种不规则的力、一股和风，碰巧从他的路上经过——出于怜悯，故意咯咯地笑着拉开了他裤子上的拉链，把他从羞怯中拯救出来。那时他还是个十八岁的孩子，没有接过吻，没有触摸过女性，没有性交过。一个愚蠢的普通人，扭扭捏捏，未经人事。他几乎没有跟女孩子说过话。他不知道这件事是如何发生的。他的皮肤还说得过去，这一点应当是他青春期自吹自擂的资本。但他的身体却不为他争气，个子又细又长，四肢瘦得关节突出，令人沮丧的胳膊和腿给人一种不稳定的感觉。

高中毕业后，他报名读花卉艺术专业文凭，由于成绩一般，被接受为试读。"你得向我们证明你能够跟得上所有课程。"上课的第一天，他的导师对他说。那位导师头发白而有光泽，很适合做花卉艺术教师。她板着面孔生硬地对拉里笑笑，吓得拉里呆若木鸡。花卉专业总共招收了二十四名女生和两名男生，尽管拉里当时并未拿是男是女的眼光看这些人。他感到他还是个孩子。马蒂·罗斯更是个孩子，说话结结巴巴，一顶蓝色拖拉机手帽贴在后脑勺上。那些姑娘们呢，二十四位姑娘形态各异，气味有别，却个个头发浓密，穿着肥大的蓝工作服，活页笔记本放在她们那优美而轮廓模糊的大腿上。这些姑娘给充满了令人陶醉的女性氛围的教室带来了欢闹和舒适。是因为她们自知是数量上占压倒性的多数才敢那样不拘小节吗？不管是何种原因，反正拉里从来没敢面对那一浪接一浪的女孩子们的笑声。她们看见什么都会发笑：她们的老师，课本上的插图，她们自己刚开始学插花时的笨拙。女孩子们此起彼伏的笑声改变了教室的空气，一种潮水般涌动的女性力量充斥着教室，弄得两位男生头昏脑涨。他们发现自己突然间扮演了一种班级吉祥物的角色，一副傻乎乎的样子，被女孩子们撩拨着，戏弄着，白费心思地喜欢着。

在所有女生里，萨莉长得最漂亮。那时她十九岁，只比拉里大一岁，但论起性行为经验来却超越拉里几英里[1]。她在第一次联欢会上和拉里搭上了话。通知上说那次联欢会是一个"和你们的同龄人交往的机会"。当晚的联欢会上有咖啡，有甜甜圈。斯塔尔太太发表了热情洋溢的讲话，敦促大家"作为我们这一行的年轻新手，要怀有互相关心的责任感并使之保持下去"。

联欢会在多功能大教室里进行的过程中，萨莉一屁股坐到拉里旁边问道："你是如何决定学习花卉艺术的？"

他没有意识到这只是一个社交礼节问题，便表情严肃地沉思起来，搜肠刮肚地回忆他当时究竟为什么要报名学习这一专业。他还拿不定主意是否告诉萨莉这是他母亲的主张，也不知道该不该对她说，这一决定同他一生中遇到的所有事情一样，是没有选择余地的。

"你是喜欢花还是喜欢别的什么？"萨莉问得更直接了。

他该对她说什么呢？他在苦苦思索。他过去从没有想到过要干花卉这一行，也没有想过自己喜欢不喜欢花。他真的很少考虑鲜花，很少考虑过它们的形态和用途。几个月前，他以及格成绩不光彩地高中毕业，现在又被迫考虑将来如何谋生的问题。所有这一切发生得比他想象的要快。他的父亲指望他去他那个汽车厂学钣金，而母亲则一心一意要他学花卉图案设计。

萨莉一甩脚，懒洋洋地在空中画了一个圆弧，把两条长腿交叉起来说："啊，我个人认为，搞花卉很有前途。正如我们——我

---

1. 英制长度单位，1英里约合1.6093公里。

的意思是说人们——已经有了基本的生活资料：房子有了，家具有了，汽车有了，食品杂货也有了，下一步就需要在所有这些基本设施上添加东西。我们需要一些次要的东西，你知道，就是需要一些好看的东西。这一点我考虑了很久。还有一点：我认为人们生活中需要某种容易枯萎的东西。等它死了，你再去买新的就是了。你总是知道，世界上还有好多东西可以拥有，那感觉很好。明白我的意思没有？"

她穿着一条宽大的棕色毛边裤子和一件织着同样的丝绸边饰的马甲。拉里发现自己一直在拿眼睛盯着她的马甲前襟。马甲罩在一件带条纹的白色T恤衫上。"仿羊皮的，可以洗。"她突然说，似乎他必须知道一样。接着她又说："我把我妈的车开来了。联欢会结束后我顺便送你回家怎么样？"

"咱们从阿西尼博因公园穿过去，"她坐在方向盘后面说，"看看有什么稀罕事没有。"

后来，汽车停在英国玫瑰园入口处的月光下。她摇下车窗，一股柔和如烟的秋天空气泻入车内。她快活地说："嗨，你知不知道？——你们真够幸运的。一个班里两个男孩子，一bevy（一群）女孩子。"

Bevy？他不知道这个词是什么意思。

"我的意思是说，你可以随便挑。只要用你那高傲的小指头指指谁，谁就是你的了。还有件事你知不知道？你还可以得到马蒂·罗斯。"

"马蒂？"

"我瞧见他给你使眼色，让你跟他去。"

"真的？"

"难道你不知道他是个搞同性恋的家伙？"

"啊，我不是很确定。"他支支吾吾地说。

"我一眼就能看出来，"萨莉说，"我看看男人的屁股，就知道他是哪一边的。"

在黑暗的车厢里，拉里感到他的脸在发烧，他的阴茎像手电筒一样在裤裆里闪光。萨莉·沃尔谢已经看到了他的屁股，已经估计了他的屁股。他想知道他自己的屁股是什么样子。他已经花了很多时间想他的阴茎，它的形状，它的相对大小。他还记得在上高中的时候，每当想起梅格西·希克斯时，他的阴茎对他指头的压力反应是多么敏锐；他还记得在他睡觉的时候，他的阴茎如何无法控制地突然喷发；他还记得他最要好的朋友比尔·赫舍尔曾经非常轻松愉快地管他自己的阴茎叫裤子里友好的蛇朋友，第三条腿，火鸡的脖子。令他迷惑不解的是，他照镜子时发现，他自己的阴茎和睾丸似乎是郁郁寡欢、无精打采的样子。然而它们却能感受到他身上最亮、最热的部分。这是为什么呢？

他从来不认为自己的屁股有什么值得注意的地方。紧绷绷的两片与世隔绝，被包裹在干净的衬裤和蓝色灯芯绒裤子里。但萨莉·沃尔谢似乎并不这样认为。她观察、鉴赏了他的屁股。现在她正扭动着身子让裤子滑下来，拉住拉里的手，插在她两腿之间折叠在一起的暗处，并请他放心，说她从十五岁起就服避孕药。

当然，那是第一次。他放得太快了——你这个笨蛋！他骂自己——但萨莉把他搂在光滑柔软的少女怀抱里，并以老师的口吻对他说这样就行，第一次都这样。下一次她要教他个控制的方法。

下一次？这句话开始在他的头脑里燃烧。什么时候？

萨莉想了一下说："下个星期我真的很忙,有别的约会。现在怎么样?如果你能行的话,就现在。"

她凝视着他那雪白的大腿。然后,令他惊讶的是,她突然俯下身来,用舌头尖舔上他依然湿漉漉的阴茎,使它瞬间复活了。他的身体顿时感到一种无法想象的快感,简直就像要融化似的。究竟是什么感觉,他事后却怎么也回忆不起来。他知道,她这个动作是权宜之计,这一愉快的举动是为了解决问题,而非出于爱意。不管怎么说,他是爱她的,他可爱的萨莉,心爱的萨莉。(终其一生,他都会被秋日灰蒙蒙的空气激起性欲。)

他非常感激,非常感激。他激动的心像一条活鱼似的跳动着。他感到他的身子突然被倒立起来,被倒空,被投入一种心旷神怡的境界。出于好奇,或出于无聊,或根据某种不可相信的慈善理论,萨莉·沃尔谢战胜了他那尚未壮大的弱小的自我,并打开了他的肉体之门,也打开了他生活的这个星球的一大秘密。他用手抚摩着女人柔软光滑的大腿内侧,进而斗胆将自己的舌头伸进她的嘴里。他的阴茎(他的手枪,他的魔杖,他的根和舵)果如所料,扑棱棱伸进那个世界了。他发现那东西是一个应答容器。他的第一次漫游,第一次如入仙境般的满足。一夜之间,他从第一次接吻发展到第一次抚摩女人的乳房,然后又"径直"被俘虏,正像人们当时所说,也许现在还在说的那样。他为能享受这样的欢乐而暗自庆幸。游刃有余和良好的信念像给他上了一层硬蜡,让他整个人都闪闪发光,现在他生活中的一切都可以修改。他的同类能干、想干的事,他也可以干了。他也能够像别人一样生活在这个世界上了。

一个星期之后,萨莉来上课时手上戴着一枚钻石戒指。她和一位学炉灶修理的年轻人卡比·乌尔里奇正计划着春天结婚。"我想那样会使生活安定下来。"她对拉里说。她还对他轻轻地耸耸肩膀以示抱歉,并不太明显地眨巴眨巴眼睛。

"那确实不是什么美丽的东西,"贝思谈到丈夫拉里的阴茎时说,"你看,乳房很美,嘴唇很美,就连阴道也很紧凑,闭合得那么整齐,一点也不外露。可是阴茎呢?我不是单指你的阴茎,拉里,而是泛指所有阴茎。瞧它们那颜色,那结构——你一下子就会想到它们是用血管和皱巴巴的皮肉做成的,而且老是吊在那里,悬垂着,要么就是像平底锅的长柄一样向外伸着。你就没想到过休休假,别带它?一两天也好嘛。"

"不是那样的,"拉里回答说,"你要是带着它,你就不会那么想了。"

"奇怪的是,你不得不使用同一个——"她停了停又接着说,"使用同一个系统撒尿和射精。懂我的意思吧?就像一把瑞士军刀一样,具有截然不同的作用。那里面肯定有一个小小的大脑,有少量脑细胞组织会说'好了,注意,该插进去了'。否则——你别激动——它就只是一个排尿站了。"

"很形象。"

"很美。"

"我记得你刚才说它很丑。"

"概念很美。"

"你很美,贝思。"他说的是真心话,"你很美!"他又对着抽丝绣花枕头大声说了一遍。带罩的电灯把光线聚在她光溜溜的肩膀上,照得她的肩膀热热的。他爱她的深沉、她的神秘、她突然绽开的笑容,他爱看她那鸭蛋形的脸突然转向自己,爱看她头上清晰明亮的发型轮廓——她的发型往两边渐渐收缩,在后脑勺处形成一个尖端,他真想照那个地方咬一口。有时候她趴在他的胸脯上,他伸出拇指抚摩着她的头发与雪白颈项的交接处。

他到芝加哥后的第一周,巴恩斯为他举行了欢迎会。会上,当有人把贝思介绍给他时,贝思那优美而纤细的手腕深深地吸引了他。后来他又爱上了她肩胛骨上那刀刃般的棱角、她那轮廓模糊的咽喉、骨架优美的肩膀、弯曲的膝盖、两腿间黑三角区的毛毛以及她在床上平伸着的瘦小而可爱的四肢。"太美了,太美了。"

他一直对她说她很美。

"你知道对于美貌圣布里吉德是如何说的吗?"一天晚上,她正从头上往下脱毛线衫,拉里盯着她的身子瞧时,她突然问拉里。

"布里吉德?"

"六世纪的,爱尔兰人。一位乡村姑娘,挤奶女工之类的,但长得非常美,也极为虔诚。她祈祷上帝让她长得丑一点,那样她好吓跑求婚者。"

"为什么?"

"因为她想嫁给上帝,确切地说,是想嫁给耶稣。她的祈祷应验了。后来她的一只眼睛长得很大很大,而另一只眼睛消失了。她父亲说,好吧,你去当修女吧。"

"独眼修女。"

"还有一位圣露西。三世纪的,三世纪末叶,不过我还是查证一下好。她听见人家说她美感到非常恶心,就把两个眼珠抠出来摔到求爱者的脸上。"

"我猜想这下把他给赶跑了。"

"这些女人要的是精神纯洁。当然,她们很可能有点疯狂,其中有一些有厌食症,渴望早死。通向天堂最近的路就是迅速使肉体与精神分离。"

"这么说,性交就更谈不上了。"

"她长得漂亮吗?"

"谁?"

"多丽,你的前妻?"

拉里眨眨眼睛。这似乎是一个狡猾的问题,问得如此直截了当。

"嗨,她漂亮不漂亮?"

"这很难说。"

"为什么,拉里?"贝思的语调变得严厉起来,两眼死死地盯住他胸脯上的肋骨,"在我看来,结婚五年后你应该注意到你的妻子是不是漂亮。"

"她很有吸引力。"

"是胖是瘦?"

"皮包骨头。"

"一个皮包骨头的汽车推销员。等一等,我脑子里正出现一个形象。戴着很多叮叮当当的珠宝首饰对不对?"她说这话时一反常态,语气十分刻薄。

"很多。"

"打着厚厚的蓝眼影?"

"我记不得了。"

"啊,天哪!我干吗要嫉妒她呢?你能为我解释一下吗?"

"你不应该嫉妒,毫无道理。"

"我真刻薄。我真可怜。"

"不是的。"

"不过，还真有一个原因。"

"什么？"

"因为我们第一次见面时，你对我说她很性感。"

"我说过吗？"

"你说过你跟多丽的婚姻中只有性生活还正常。"

"啊，除去最后几个月。到最后阶段什么都不正常了。"

"啊，拉里，亲爱的，我不应该又提起这事。瞧你突然间显得多么悲伤，像是要哭的样子。"

拉里和多丽是在1975年的万圣节前夕聚会上认识的。当时他装扮小丑，她装扮火星人。火星人服装上带有长钉似的绿色触角，还配着一双尖尖的鞋子，她神气活现地穿在身上，想笑而强忍着没笑。他猜想她的乳房又圆又小，像网球一样硬。她跳舞的时候臀部拼命地扭动，两只脚像打火用的燧石。但她的上身却纹丝不动，胳膊肘紧紧地蜷曲着，姿态出奇地优美，而且性感。

一个星期后在她上班时他给她打电话——她曾透露过她受雇于曼尼托巴汽车公司——约她出来看电影。"我是那个丑角。"他提醒她说。"啊，想起来了，"她说，"你是在花店工作的那一位。"

几天之后他上了她的床，美美滋滋、扑扑通通、酣畅淋漓地和她云雨一番。多丽在罗兰大街有一套自己的住房：一间小起居室，一间狭长的厨房，还有一间大得惊人的卧室。卧室里摆着一张双人床。拉里看得出来，床边的灯光照明她是下了一番功夫的。光线呈粉红色，十分柔和。

那年他二十五岁，自第一次遭遇萨莉以来，已经和五个女人上过床了。这个数目不算大,但也不是丢人的零蛋。活到这个年龄他才开始怀疑,世上正在进行着的房事恐怕要比他原先想象的多得多,尽管他还不知道多丽以前的性生活情况。她很诡秘,很细心,很干净,也很熟练。她本人的自相矛盾使他放松了警惕。她是一个心不在焉的女人,但又具有强烈的集中精力的天赋。她做爱的时候两眼紧闭,用整个身子控制住他,完事之后在压得人喘不过气来的快感下昏昏入睡,进入大操一场后的安静之中——正如她自己所说的那样。

"Fuck(操)"是她用以指性行为的唯一用词,而且她已经能够平静而轻松地发这个口型紧闭、送气猛烈的单音节词的音了,就像发shopping(购物)和driving(驾驶)一样。她还跟多少男人睡过觉呢?他们结婚前,新婚期间,他好几次差点向她提出这一问题,然而每当谈话接近这一问题时,她就会做出一些明显的动作,坚决地摇头,制止他说下去。她严守着自己的秘密,但允许他进行猜测。为此他对她还颇有几分欣赏。

他们在他父亲的汽车里做爱,在他工作的花店里间的地板上做爱,在伯兹山公园的草地上做爱,到比尔·赫舍尔和希瑟·赫舍尔家出席庆祝乔迁宴会时在楼上的洗澡间里做爱,到英格兰度蜜月时在十一家宾馆冰冷的客房里做爱;在返回加拿大的飞机上,他们蒙着加航的毛毯在那里折腾,小心翼翼地不让别人听见他们的喘息声。两人一到一起便性欲大发,沉默不语,好像他们出生在一个只知做爱不会谈情说爱的年代。两个人的肉体一接触,电灯一关,爱语、咒骂、抱怨都自行停止。只是到了他们婚姻的后期,多丽有时才对着他的耳朵催促他快点,嫌他弄得时间太长。拉里也由此得知他们两人的缘分已尽。

拉里不愿承认自己古板或过分拘谨,也始终不习惯听多丽说"操"而不说"做爱"。

插入、刺入、戳进、撞击、劈裂、扭动、冲刺、抽动;搏动、抽动、用力敲打、连续撞击;男子热力的注入;猛攻、突破、穿透;穿、捅、钻、射;进入,进入黑暗处,进入肉体,将自己熔化在火焰、沉默与爱情里。

拉里十八九岁的时候开始在晚饭后慢跑。"哈,"拉里的爸爸懒洋洋地眨眨眼睛对他说,"我宁可夜里十一点到十二点之间去遛遛。"据拉里所知,这是他父亲唯一一次暗示性行为。

然而隔壁的赫舍尔先生则开口闭口暗指性行为。他是一位性格外向、爱眨巴眼睛的邻居,街区社交聚会的策划人。他是个教授,满头长发,灰白的眼睛,领带用夹子夹着。他有讲不完的粗俗下流的笑话。他背诵道:"天气炎热又潮湿,不是鸭子蘸水时。寒霜落在南瓜上,泡泡鸭子正合适。"

那么阴茎有趣吗?也许事关重大,必须在里屋用幽默的话语把它粗略地掩饰一下。阴茎是事件吗?是历史吗?它是神圣的还是不洁的?孩提时代的拉里不知道,三十六岁的拉里仍然不知道。性把这些问题装在网兜里,就像装着古代意大利金币或小念珠一样。

阴茎是什么味道?他永远也不会知道。

他只知道他的阴茎天天跟着他,或多或少地做着一个阴茎应该做的事。他用水洗它,使劲拉它,往上面撒爽身粉。他爱护它,使用它。他的阴茎随着身体的其他部分逐渐长大。这是他生命中的伙伴,肉体的延伸。它是如此感情丰富,盲目而又鲁莽;它是如此友好,像小狗一样听话。然而他毫不怀疑,将来总有一天它会背叛自己。

"告诉我,"贝思·普赖尔问她的新丈夫,"你爱过她吗?或许我不该问这个问题?"

"你知道,你有权提这个问题。"

"那你回答呀。"

"是的。"

"'是的'是什么意思?"她的手指甲又平展又干净,就像一块块涂了颜色的小玻璃窗。

"我爱过她。不过当时是当时,现在是现在。"

"你敢发誓你现在全忘了?"

"那已经是很早以前的事了。"

"这是你最好的回答吗?"

"我想是的。"

"我关灯吧?"

"关吧。"

"准备好了?"

"好了。"

三年前拉里的父亲开始肚子疼时,妻子多特让他去看医生。他做了多项化验,仍没有最后结论。经过专家会诊,决定给他做CAT扫描。

那台机器令人称奇,但同时也令人失望。拉里的父亲相信那是一个嗡嗡响的大啤酒桶。他觉得他好像滚进了科幻小说里,但根本不是那么回事。那是一种——啊——很正常的检查。与一般检查不同的是，他的身体在寂静的半黑暗环境中被"横切"成薄片并进行了拍照。一片是胰腺，一片是肝脏，还有一片直接通过结肠下段，最后在那里发现了肿瘤。人体尽管是封闭的，但它仍是一个可知的"国家"，因为它褶皱的"山峦"和"峡谷"是一目了然的。

这便是拉里对生命的看法。他生于1950年。假如特别走运的话，他有可能活一百岁，正好进入下个世纪中叶，到2050年。对他来说，能有这么多年的时间是很幸运的，圆融而平衡，难以索解。

然而，当他展望他所拥有的时间以及自我时，他却无法看清楚。当他的目光朝那些方向瞥去时，那些年份便会哗啦啦地坍塌、粉碎。它们会失去意义，变成CAT扫描切片，染上鲜艳的颜色，分成错综复杂的细节：他的工作，他的朋友，他的家庭，他的儿子，他对两个妻子的爱情，他身上的器官，还有迄今为止他所积累的那些星星点点的知识。

他的大脑一直很忙。他不知道别人是否也是那样活着——一天到晚不停地思考。他的头脑里好像有个小人儿，一个蹩脚的舞蹈演员，在他的前额大墙后面指手画脚，横冲直撞，又像一个行动敏捷的教授，激动地在那里上蹿下跳，辩论，发问。只要拉里不睡，他也从来不睡。

最近几年他一直在考虑如何建造树篱迷宫：如何设计和培植迷宫，选用什么灌木，如何保持和控制灌木的生长。现在，他又在艾斯纳博士的指导下考虑迷宫的道理。艾斯纳博士六十五岁，秃头，眯缝眼，身材很魁梧。总的说来，他反对这样的理论：中世纪的庭院迷宫构成了一条微观的朝圣之路，朝圣者可以走进迷宫神秘的心脏，在那里他会找到圣殿并皈依宗教。"这是一种很吸引人的理论,"艾斯纳博士用他那芝加哥南部口音对拉里说,"不过有点太简单了。"不。按照艾斯纳博士的说法,迷宫的潜在理论基础乃是性——这话是从一个单独住在高层建筑里,似乎没什么性冲动的男人嘴里说出来的。艾斯纳博士说,一条曲径蜿蜒穿过神秘的欲望和挫折。它往返对折,遍布陷阱和叫人难以取舍的转弯。它被本身的抑制结构唤醒。迷宫的中心是隐蔽的,但最终会突然显露出来——获得性欲的满足,从而达到"或接近"——艾斯纳博士用社交语言轻松地推断说——"凡人所能达到的极乐境界"。

拉里现在就是这样,他已经达到了那个极乐境界,忘记了过去,忘记了将来。真正的音乐正从此时此地溢出,撞击着他的耳鼓。那是放在他舌尖上的蜜糖,那是他阴茎的勃起,是女人的眼睛,是树林向外伸展的树枝;是吸,是闻,是此时此刻的气味——一种永不会再来的气味。

拉里现在的妻子贝思·普赖尔喜欢宣称自己是一位第三浪潮的女权主义者。这就是说,她不仅急于了解女人的奥秘,而且还急于了解男人的奥秘。

她喜欢引用托妮·莫里森所说的关于"他者"的那番令美国人害怕、妒忌和痛苦的话。"他者"指的不是我这种人,贝思说。男人才是"他者"。可男人究竟是什么呢?他们想要什么呢?

"咱们还是直说吧。"她问拉里(那是一个星期天的下午,他们光着身子,只涂了一层防晒霜,躺在哈利姆大街住宅里那个封闭的、阳光灿烂的平台上。她用一条毛圈浴巾盖住鼻子,十个指头弹钢琴似的轻轻叩打着拉里温暖的胸膛。),"十几岁的男孩子就开始阴茎勃起,做白日梦,整天手淫,弄得一塌糊涂,受折磨。他们究竟想要什么？我的意思是说，他们仅仅是想把阴茎插进什么东西里去吗？"

"你是说像插进树上的节孔里或鸡肝罐里？"

"我说的是正经话。我需要了解这些情况。"

"我认为不是的，不全是。不仅仅是想把阴茎插进什么东西里。"

"要不就是想把它撞击进什么东西里？"

"你是说就像照着别人的鼻子打一拳？"

"有点像。"

"有一段时间我光想着朝谁的脸上揍一拳——"

"是吗，拉里？我难以相信。"

"我很难解释。"

"你想揍谁？"

"不是具体哪个人，而是——而是整个世界。"

"你所说的是一般的男性愤怒和男性侵犯心理。"

"也许是。请你记住，我是跟着一个发疯的父亲长大的。"

"发疯的父亲？我没觉得你父亲发疯。他对什么发过疯？"

"对政府，对他的汽车的耗油量。还有——我说的不一定对——他还对报纸发疯，对天气发疯，对一切发疯。可能我是受他的传染。"

"就像是感染了病毒。"

"也许仅仅……仅仅是想引起人们的注意而已。"

"现在你还光想着揍某人的鼻子吗？"

"有时候想。不常想，但有时候想。我们怎么扯到这个话题上来了？"

"刚才我问你男孩子为什么想把他们的阴茎插进什么东西里去。"她用胳膊肘支撑着欠起身子,眼巴巴地望着他,目光诚恳,面带笑容,"告诉我。"

对另一个人的身体的迷恋,对一个女人的身体的迷恋——这就是原因,或者是最大的原因之一,他想告诉她。要想了解另一个人的身体,只了解自己的身体是远远不够的。然而,要对贝思这样说是要冒风险的。她会认为自己不过是曾经冲刷过拉里,让拉里感觉自己能够存在下去的巨大女性浪潮的一部分。

还有一点是绝对不能对贝思说的,那就是拉里第二次婚姻中,完全出乎预料的幸福在他的内心重新激起了对第一个妻子多丽的爱情浪潮。在他和多丽的短暂婚姻中,两人之间的感情从未超出粗俗的、惊人的、饥饿的性冲动。两人都缺乏给生活注入新内容的想象力。分手的时候他差不多已经恨她了。然而现在,自从认识贝思以来,他意识到原来不完美的感情正在迅速而稳步地弥合。他现在的妻子贝思和从前的妻子多丽正在他朦胧的潜意识里逐渐融合,像一对海洋生物,一对姊妹。所有的皮肤和裂缝都在重合。两人都在多情地向对方伸出探索之手。他和多丽共同生活期间的那些怨恨和愤怒已经从他的眼前消失,只在身后留下一道明亮的光环:他们年轻易变的身体,他们令人心碎的愚蠢沉默,他们无言的性高潮的到来,随之而来的长时间的酣睡,继而又重新回到幸福的、令人羡慕的、孩子似的无意识状态。

有时候拉里感到,贝思已经把他在第一次婚姻中所受的伤害接收过去,变成了她自己所受的伤害。

然而,一个人把自己的痛苦转嫁给他人是多么不公平啊!这就像不久前贝思给他讲过的一个故事:独眼圣布里吉德有个魔法,可以将她的慢性头疼转嫁给另外一个小圣徒。那个小圣徒甘愿代人受罪，后来成了著名的头疼保护神。

"你还没有回答我的问题呢。"贝思转身背对他睡眼惺忪地说。她把手向后伸进他的两腿之间。"关于男孩子阴茎的问题。阴茎究竟想干什么？"

拉里知道，宇宙的角落里隐藏着秘密。比如说，谁也不知道为什么自行车走起来以后会直立不倒，谁也不知道为什么世上的人们都需要以不同面目示人。这些面目之一就是：潜藏着的想要触碰别人的动物性需要。

"我得考虑考虑。"拉里对着妻子光滑的后背说。他闭上眼睛，避开刺目的阳光，也避开她老在提问题的声音，同时也是为了保护她免受自己跌跌撞撞的思维的伤害。他知道他辜负了她的期望，而且他总是以这样那样的方式辜负她。

第八章
拉里公司1988

三十八岁那年拉里开始从事一种罕见而又稀奇古怪的职业，他成了一名设计师，而他所设计和"安装"的则是园林迷宫。他喜欢自称为简单迷宫制造者。这个头韵[1]对他很有吸引力。直接动手、亲自操作对他也同样具有吸引力，尽管他不得不时不时地停下来向人们解释迷宫制造者是干什么的，他的工作内幕以及他在做什么。拉里设计迷宫的才能在他那个行业里很有特点，常常是独树一帜。全世界搞迷宫的人总共也不到十几个，这属于稀有工种。

凡有好奇的人发问，他都承认现在北美的迷宫市场很小，的确是微不足道的。这是因为种植这种美妙而昂贵的庭院玩意儿不仅需要钱，而且需要奇特的智能。正式干起园艺工作之后，他领悟到——纯属偶然地——一个时代信息。他意识到，这个漫长、平庸、怀疑论风靡世界的世纪末尾将是人类追求安逸，追求精神生活情趣的时期。迷宫爱好者多具有奇特的想象力和历史的感知力

---

[1] 迷宫制造者原文为maze maker，这两个相连单词的开头一样，英文中这种修辞方法叫头韵，有点类似中文里的双声。

（无论是扭曲的还是准确的），喜欢挑逗神秘的事物，要不就是对明显的矫饰有着迫不及待的需求。正如劳伦斯·J. 韦勒所发现的那样，通过他们嘴里的话语，或通过《房地产黄金》或《建筑文摘》杂志最后一页上安插的巧妙的花边小广告，就可以把这些人找出来。

在加拿大温尼伯市一个蓝领家庭长大的拉里跟富人在一起时仍感到不自在，尽管他现在需要靠他们生活。去年他正式挂牌开业时，这一点正是他和妻子贝思不得不考虑的问题之一。如今他已深谙支吾搪塞、装模作样之道。（"是的，巴恩斯先生。当然，巴恩斯先生。"）他学会了佯装恬不知耻的样子，掌握了恭恭敬敬听人说话的艺术：头歪到一边，一道眉毛扬起，显示出绝对在聚精会神地听的样子，随时准备接受新奇的、令人震惊的反面论证——千真万确，巴恩斯先生。然后，他不得不手里拿着本子和铅笔耐心地解释，诸如迷宫数学、迷宫美学与常规、迷宫的各种可能结构，最后尽可能平静地透露出迷宫保养的高消费。他感到纳闷，千方百计地迎合那些富人，哄他们掏腰包，难道这就是他将来的生活吗？

他注意到，钱的重量使那些富人的身体更加强壮，更加气盛，因而也更加吓人——即便是他们穿着套装，穿着晚礼服，穿着外套时；即便是在他们那寂静的，巨大的，铺着地毯，安装着豪华通风设备的办公室里。他注意到，富人是由无知支撑着的。他们根本不知道卑微和将就为何物；他们根本不知道人们什么时候该买小纸板箱装的过冬土豆——四箱为一件，排成一排，用玻璃纸包着，二十九分钱；他们根本不知道那些家庭妇女有多么节俭——比如拉里的母亲，每天晚上为家庭做沙拉时只用半个土豆，所以一箱土豆能吃八天，刚好超过一个星期。富人们——那些靠勤劳致富者除外——相信，他们享受生活是因为他们懂得如何欣赏哥伦布到达美洲大陆以前的艺术以及手工缝制的被褥。他们是高不可攀的，他们不食人间烟火，他们呼吸着家族特权的陈腐空气。

拉里现在还不会讲分支繁杂的货币语言，那些令人眼花缭乱的商品和证券词汇，还有从有钱人嘴里溢出，汇入大片特权中的流动的短语——他们想干什么，他们期待什么。"这得重做，"拉里最近的客户、贾斯珀基金会（从事烟草、运动服装、塑料及癌症研究）的菲利普·贾斯珀说，"这些树篱的绿色太绿了。我要的是偏蓝的绿色。颜色再深一点，更像欧洲的那种绿色，一种带宗教气息的绿色。你懂我的意思吧？像海洋一样。规模要大。但结构上也要紧凑，有亲切感。"

"全部重做？你该不是说要全部——"

"造价？别担心那个。我们现在谈的是遗产。我要把它留给后人，像一座永久性纪念碑。但此时此地我还要先让我最亲近的朋友玩赏一番。"

"如果您非要——"

"好吧。我们就这样说定了吧，韦勒先生？太棒了。请原谅，三分钟后我还有个会——"

"我想先让您看一看阿穆尔女贞树篱样品。这种树篱为深绿色，在结实的土壤上也能生长得很好——"

"你自己决定吧，好不好？你是专家，迷宫先生。嗨！你就叫这个名字怎么样？迷宫先生！"

迄今拉里已完成了九个迷宫工程，尽管他认为他在温尼伯自己家里做的那个似乎不能算数，因为那只是一次粗劣的实验。即便如此，他还是常常想到它，甚至在许多年以后也依然如此。他常常想起那条将利普顿大街的那座房子围得严严实实的、弯弯曲曲的树丛。就是那条枸子、锦鸡儿和高山茶蘼子等多种绿色灌木混合的树丛把他的第一任妻子气疯了。她想要的是和别人家一样的草坪，而不是一片像蛇一样弯弯曲曲盘在院子里，让她浑身起鸡皮疙瘩的树丛。

拉里的第一个迷宫方案是从图书馆借的一本书上照搬下来的。那个方案是十六世纪一位名叫塞利奥的意大利园林建筑设计师设计的。当然，他不得不把他和多丽那所两卧室、带有木披叠板和水泥地脚的房子所在的迷宫中央部分进行了简化。按照原设计图，树篱的四个角应该都是规规矩矩的直角，可那时的拉里老不能及时修剪。他买的烧汽油的树篱修剪机又不好使。"就像生活在树叶堆里一样，"多丽说，"我简直羞于让别人知道我住在这里。"

夏天的晚上，吃过晚饭后，拉里喜欢拉着他的小儿子赖安的手，领着他从院子前门的迷宫"入口"进去，往院子侧门旁的"终点"走。那刚好是一个长满青草的方块，他准备在那里建一个电动喷泉。(当他有时间的时候，等他攒够钱的时候。)晚上洗过澡，穿着睡衣裤的小赖安蹒跚地走在父亲旁边，用闲着的那只手拨打正在生长的树梢，一边走一边唱，一边还默记每一个转弯的秘密——甚至早在三四岁的时候他就开始默记了：第一个转弯处向右拐，接着两个左拐，然后一直向右拐。这是一个古典模式。

也许拉里对这一情景的回忆浪漫化了：柔和的夕阳亲吻着面颊，蚊子不慌不忙地在耳边嗡嗡着。他拉着小赖安在迷宫里穿行。身穿短裤和T恤衫的多丽坐在门前台阶上，膝头摊着报纸，不时地抬头看他们一眼。院子里弥漫着树叶和青草的芳香，显得多彩而平静，偶尔有一辆汽车从门前驶过。如今回忆起来，他简直难以相信当年还曾经有过这样的天伦之乐。他无法想象当时为什么没有觉得自己是世界上最幸福的人。

拉里还在温尼伯的那家花店工作时，有一天他接到一个名叫布鲁斯·斯图沃克的人的电话。那人在电话里说他想委托拉里在他的西基尔多南地产上建一座庭院迷宫，他听人说到过拉里——事实上是他们的一位共同的朋友说的，听说过不少有关拉里的好话。拉里对这一差事有没有兴趣呢？太棒了！

拉里记起了他自己的树篱四角修剪起来有多难，特别是蕨类植物似的锦鸡儿，于是他便为布鲁斯·斯图沃克和厄琳·斯图沃克设计了一座大部分为圆弧形的迷宫，主要由槭树构成。这种树篱只需略加修剪就行。斯图沃克的迷宫采用的是他从图书馆的另一本书上发现的一种古代模式。该模式是由凯瑟琳·德·美第奇王后[1]的建筑师安德鲁埃·杜塞尔索设计的。拉里又别出心裁地另外加上几条圆弧和用以迷惑人的半圆弧，所以整个设计看起来如波浪起伏。该迷宫具有骗人的影子，起码等树篱长起来以后会有，但缺乏长远目光，没有人行道。而园林设计师们感到，人行道在迷宫设计中是至关重要的。美洲大园林设计师们的祖师爷埃里克·艾斯纳相信，人行道是正统迷宫设计的精髓。

然而，富有的斯图沃克家族的人不是正统的人。他们喜欢比较随便的圆形图案。拉里一有空就向他们解释说每一座古典迷宫

---

1. 凯瑟琳·德·美第奇王后（1519—1589），法国国王亨利二世的王后，生于意大利佛罗伦萨。

的中心都有一个"终点"。那是迷宫对成功者的奖赏,迷宫的最终目的地,其他所有令人迷惑、支支岔岔的小道都是围绕它安排的。迷宫的终点可以是一个小圆土堆,一棵装饰性树木,一个修剪出的灌木造型,也可以是一尊小塑像,一个小喷泉,甚至一个反射水池。著名的汉普顿宫迷宫中央有两只凳子,每只凳子上方有一棵树。你可以随意选择以什么作为终点,但总得有某种东西奖赏那些耐心地走完他们所选择的迷宫小道,最后到达目的地的人们。

布鲁斯是一位律师,并拥有一家地方电台。他和他默默不语、郁郁寡欢的妻子厄琳认真听完拉里的讲解后宣布——确切地说是布鲁斯宣布,他们已经决定用什么作"终点"了,那就是一个大露天宴会场,夏天可以举行大型消夏聚会。

好吧,那也未尝不可——停了一会儿,拉里吸口气,审时度势地说。

客户让怎么办就怎么办,这是协议的一部分。这一课迷宫先生拉里·韦勒本人早就学过了。

斯图沃克家的迷宫引起了当地一位摄影记者马克·莫斯利的注意。从迷宫动土种植到树篱长到第三年,他一直在跟踪摄影报道。温尼伯的美术馆举办了马克·莫斯利摄影展览。《麦克莱恩杂志》刊登了特辑,标题不太准确,叫作"将原始草原改造为伊丽莎白时代的庭院"。特辑里配有一幅拉里站在树下全神贯注地观看图纸的照片。照片上的拉里显得比生活中的他更高更瘦。毫无疑问,正是《麦克莱恩杂志》上的报道给拉里招徕了第二个客户——萨斯喀彻温地方商品交易会董事会。

商品交易季节结束后被拆除的萨斯喀彻温迷宫完全是用一捆捆一捆的干稻草堆起来的,高度达七英尺,形成了一条弥漫着稻草香味的弯弯曲曲的通道，吸引了十五万多游客寻找它的中心。迷宫的中心是一个略微向前倾斜的土轮盘，轮盘上栽种着草原野花。呈馅饼状一片接一片盛开的野花五彩缤纷，生机勃勃。

　　拉里本人对萨斯喀彻温迷宫的感想是复杂的。一方面，它受到了参观者近乎狂热的欢迎，这使他松了一口气，尽管有一位参观者——一位上年纪的农民——被困在里面，弄得晕头转向，以致焦虑发作，不得不立刻住进了雷吉纳的一家医院治疗。儿童喜欢它，狗和猫也喜欢它。骑自行车的人发现，要拐它的四个直角是一种挑战。一时间，一种不合规则的新型体育活动——骑自行车穿迷宫——盛行起来。然而，没有生命的迷宫材料使他颇为沮丧。稻草是棕黄色的，稻草里有尘土，稻草是静态的。而他所喜欢的是迷宫的生长，是它翠绿的颜色，还有它那被修剪成新形状后充满活力的植物组织。正因为如此，它才能够搅乱人们的感觉，给人们带来一个又一个惊喜，而且还能向人们提供一个在鲜活世界中定位自己的机会。（几年后，拉里在西伯利亚的乌兰乌德建造坚固的冰墙结构的大雪迷宫时，还满怀深情地回忆过萨斯喀彻温迷宫，回忆它那弥漫的稻草香味，中心部分野花的清香以及它那严密的封闭结构。）

　　拉里刚开始搞早期的那几座迷宫时，白天还照样在温尼伯西区的那家小花店当经理。那时候，迷宫还只能说是他的业余爱好，尽管他还没有说出过"业余爱好"这一词语。他们那一代男男女女，即所谓"婴儿潮时期"出生的人们，很少使用那个过时的惯用语。相反，他们谈论自己的热情、追求或者迷恋，有时候也会有所保留地谈谈他们的业余活动。

他母亲所收集的奶油罐——结婚二十五周年回母国旅游时在伦敦买的那头陶瓷牛,还有那个裙边向一边翻,露出一个喷水孔的细瓷牧羊女,收藏这些成了她的爱好,正像他的父亲收集开塞钻和开瓶器一样。父亲的收藏量无疑是该省南部地区最大的,总计已达两千种样品。有业余爱好的人收集、加工、展出他们的收藏品,并把它们绘图存档。不论走到哪里,他们总在"留心"找什么东西。因而,他们的周末郊游或长途旅行总有明确的目的和乐趣。

"我男人是个迷宫狂。"他的第一个妻子多丽说。要么她就说:"他染上了那种癖好。"

这种"癖好"最早是在1978年他们在英格兰度蜜月期间参观汉普顿宫时染上的。那里的迷宫的弓形结构和精心设计的混沌状态迷住了他的心。想到小树苗能够培育成枝繁叶茂的厚厚的活墙,使进入迷宫的人晕头转向,他对迷宫更是着迷。过去迷宫突然捕获了他,如今仍然在支配着他。当他仔细研究一套庭院规格或把目光投在他人的发明创造上时,他发现他的头脑里像是有一场柔和的雪暴——蓝天下飘着雪花。这能使他从孤独中走出来,并使他确信自己和别人一样。

这个星球漫长、辛酸、令人痛心的历史居然会给纯属玩物和谜语之类的东西留有奇妙的呼吸空间,他认为这实在是个奇迹。他到处都可以看到这类东西:游戏、雕像、象征、讽喻、双关和字谜、化装舞会、魔术师的戏法、小丑眨巴眼、喜剧演员耸肩、翻筋斗、各种各样的隐花植物,特别是——至少在劳伦斯·J.韦勒看来——迷宫结构撩人的幽雅和迂回。它像蜗牛,像草书,像地球表面的随意涂鸦,没有明确的目的,仅仅是为了弯弯曲曲地自我缠绕。

还有一点：到迷宫中心的路总是进去的时候长，出来的时候短。这种反常现象，每次想起，总会给他带来一阵乐趣。他还喜欢迷宫的另一个秘密：一座迷宫绝对不可能是真正对称的。这些小小的怪诞之处一直令他对迷宫十分崇敬、畏惧和忠诚。

他设计，建造，雇人承做迷宫。他为不再亲自动手而感到悲哀，但只是偶尔而已。

他已经达到了这样的境界：只要看一眼迷宫图纸，就能立刻找出最省力的路线来。他"阅读"迷宫设计图时能透过错综复杂的表象找到其中的关窍，就像别人"阅读"机械零件图或地形图上的地形褶皱一样。他偶然间对迷宫产生的荒谬迷恋使他有幸在这个世界上占据了一席之地。他清楚这一点——他独特的鸟瞰能力，他唯一，唯一能够拿得出手的东西。

伊利诺伊州的巴恩斯迷宫（黄杨木、光滑冬青）是拉里迷宫业务的一次突破，是当代迷宫设计的胜利——"胜利"一词起码一位建筑评论家在《芝加哥论坛报》上用过。

巴恩斯迷宫虽然被局限在奥古斯塔大街一处面积相对较小的场地上，但它后面是森林禁猎区。"它给人的启示是古典的，而它的后现代小姿态却是当代的。"（拉里曾想在迷宫的中央设置一座喷泉，后来又考虑到喷泉的声音太大。要使在树丛构成的小道上摸索的人们既被屏障挡住视线，又被周围的寂静包围，这一点十分重要。一个人在迷宫中应当有加倍的失落感，外部感觉被彻底切断，只剩下自己的呼吸声以及挑逗人的刻意营造的被遗弃感。）

巴恩斯迷宫半封闭的小道使人联想起高速撞击和突然入侵——一扇装有电子眼的铁门，一座近乎垂直的假山。这些小道径直通向一排人字形的充满有节奏的凯尔特回声的布置（卫矛属日本山茶）。"综合空间的胜利，"《论坛报》上的一篇评论断言，"这位年轻的设计师懂得：视错觉更多的是一种心理上的错觉，而不是愚弄肉眼的雕虫小技。"

拉里就是在罗西·巴恩斯和萨姆纳·巴恩斯家第一次见到他未来的妻子贝思的。当时他刚到芝加哥地区一个星期。他终于告别了在温尼伯的花商行当。巴恩斯的委托为他壮了胆。他希望这一委托能给他带来其他主顾。"所以说，"有一次，贝思一边端起一杯桃汁冷饮往嘴边送一边说，"你是一个专门把人们引入歧途的家伙。"

他对这种反语很不习惯。当时他肯定眨眨眼睛，或者是仰面长出了一口气。

"我指的是职业，"她细心地解释起来，每个音节都发得像水银珠子一样，"你的职业专门引导人们往错路上走。"

"啊。"他明白了，但是太晚了。她正转身跟别人谈话，要不就是正伸手往烤面包片上抹鱼子酱。那是拉里·韦勒第一次见到鱼子酱。他替她整整左耳边的齐耳短发。"那么你呢？"他急促地问，"你是干什么的？"

"我没有工作。"她说。她用手拨弄着一个用细皮条吊在脖子下的圆白镴片。"我是社会的寄生虫。"

"啊，天哪！很抱歉。我是说很抱歉，我不该问这个。现在，在这个经济时代，我们是不应该到处问别人干什么的——"情急之下他胡说起来。

她向他投来怜悯的目光。他不知道她的这种怜悯是从何而来。"我是个学生，"她对他说，"罗萨里学院的，顺这条街一直走。"

她的语调变了。她可怜他。她的名字叫贝思·普赖尔,刚刚读完博士学位课程,研究女圣人及女性的善良本性。她的父母是巴恩斯家的老朋友,她就是在这条大街上长大的。

"哦,"他说,"这么说你是和父母住在一起的喽?"他在试探,但重要的似乎是能直截了当地弄清情况。

"不。"她说。这时她的语气又变得冷漠起来。"他们终于在我二十五岁生日时把我赶了出来。就是说,他们卖掉了房子,搬到夏威夷的一套公寓去了。也许你会说:我已经听说了。"

"我一直在家住到二十六岁。"他对她说。他为什么要告诉她这个呢?为了宽容她?为了让她知道她不是唯一像孩子似的依恋父母的人?

"真的?"这一回她没有看他的眼睛。

"是真的。"

"在温尼伯?有人告诉我你是加拿大温尼伯人。"

"你去过没有?"

"没有。"

此时此地,他依然被温尼伯笼罩,那里的黑色空气仍然包裹着他的躯体,尽管此刻他正站在芝加哥郊外一间起居室里同这位女士交谈。她像一头小鹿一样站在那里一动不动,脸上装出天真无邪的样子。现在她又说话了。

"为什么?"她问,"你为什么在家住那么久?"

"啊,我自己也说不清楚。那你为什么要在家住到二十五岁呢?"

"我想我那时很幸福。"

"我也是,"他说,"或者说足够幸福。"

"你这人说话真有意思。等我的论文写完了,我就给它取这个名字。"

"什么名字?"

"就是你刚才说的呀,'足够幸福'。"

"为什么?"

"因为,啊,我不知道。我想,我现在相信,世上之所以有这么多好人,原因就在于此。他们的善良是身不由己的。他们太懒了,才没有学坏,就像他们不愿意费那个心思一样。也许他们并没有幸福到欣喜若狂的程度,甚至连中等的满足也没有得到。但他们的幸福足以阻止他们跌入地狱。"

一块鱼子酱黏在她的小拇指上,她用舌头舔得干干净净。"你离开家的时候二十六岁。"贝思·普赖尔重复道。她似乎是在仔细思考这件事。事关重大,必须弄清楚。"那么是什么原因使你最终搬出去了呢?"她和她的小银耳环在等待着回答。

"我结婚了。"

"啊,那你妻子呢?她也跟你来了吗?"到问题的最后,她的语气轻松了一点。

"我们离婚了。她住在温尼伯。"

"是这样。"她耷拉下眼皮,来回拨弄着脖子上挂着的那个圆白镴片。"有孩子吗?"她笑了笑,突然又认真地板起了面孔。

"有一个男孩子,叫赖安,八岁了,跟他妈妈过。"

"真够难为你的。我是说,你一定感到很孤独。"

"是的,"拉里盯着她那张正咀嚼着什么的美丽的小嘴说,"我很孤独。"他想,像这样的谈话在整个北美大陆,在这个倾斜的星球上肯定到处都有。社交性的访谈,收集必要的信息,揣度事情的可能性。结婚没有？你呢？开场白，了解，突然信心倍增，然后鲁莽地发表一通声明。"是的，"他听见自己对贝思·普赖尔说，"我是很孤独。"两人目光相遇。直接命中。

他会爱上这样一个女人吗？他会爱上一个干净利落，留着短发，说话直来直去，眼睛直勾勾地盯着他看的女人吗？是的，当然会。想到此，他惊奇地摇摇头。

"看来你好像有什么话要说。"她说。（后来她承认，她对他一见钟情。她喜欢他那张光滑、单纯的脸。）

他点点头，然后扫视了一眼挤满了人的房间。房间里的壁画上挂着小灯泡，角落里放着一架大钢琴。人们在低声交谈着。"咱们何不离开这儿呢？"他说。他想把他的脸埋在她白皙的脖子下面。然而，他这个离开人群的建议却像是从蹩脚的电影里学来的。

"对呀，干吗不离开呢？"听了拉里的话，她惊讶地说，"咱们离开这个鬼地方。"

后来他回忆起了她说"鬼地方"时候的表情，就好像那地方真的充满了幽灵、火焰与怪事，塞满了怪诞的生灵和奇花异草，但只要他们从未涉足、一无所知的世界招招手，这个地方他们就连一分钟也待不下去。

他们的蜜月（拉里和贝思的）是在田纳西州的孟菲斯郊外度过的。拉里在那里考察一个迷宫的选址。退休的乡村和西部歌手约翰尼·Q.奎斯特利要在那里建一座巨型迷宫。迷宫的设计要求用单行曲线，一个简单的蜗牛形，没有别的道路——像一个海贝、一条盘绕的蛇，让人走起来像要生孩子的女人一样心神不安。树篱种好之后，迷宫中央将安置约翰尼已故妻子奎妮的Q形大理石陵墓。奎妮是他的宝贝儿，他的心肝儿。

为了使游人在盘旋前进的时候目光有所寄托，拉里将白色的绣绒菊（他曾经很瞧不起绣绒菊）和黑色的冬青树混栽，并将树篱顶部修剪成翎领、角塔和喷射状，就像在放映一部包罗形形色色景物的旅行纪录片，惹得人不由自主地想伸手摸一摸。

"我的奎妮是上帝的天使队伍里的一员。"有一天他们在他巨大的、带天棚、铺着大理石板的阳台上共进素食午餐时，约翰尼对他们两个说。这个身材壮硕的人喝了一口冰茶（他说成"屁茶"），擦擦眼泪接着说："我们俩结婚四十年，她从未看过别的男人一眼。我经常在外面跑，她从未抱怨过一句。假如我喝醉了酒——我不能说没发生过这种事——她会故意视而不见。宽容——她是一个懂得宽容的真正含义的女人。我犯过几次大错，糟糕透了。嗨，有一年结婚纪念日，我给她买了一条项链。钻石的，全部是钻石。人们说：钻石代表永远。可那个该死的东西——原谅我说了粗话——她只戴过两三次便得了癌症，撒手西去了。她把《圣经》读得滚瓜烂熟。她喜欢简朴的生活。孩子长大以后，我们买了这块地方，就我们俩住在这里，傍晚看看落日，晚饭后看看电视。她常对我说：只要咱们俩相亲相爱，我就心满意足了。啊，我们当时的生活就是那样的，两人相依为命。"

去年，打从拉里和贝思买下奥克帕克镇凯尼尔沃斯大街的一所房子后，拉里就一直受夜半失眠症的折磨。尤其是凌晨三点钟，当他醒来发现自己规规矩矩地躺在被窝里的时候，顿时睡意全消，眼睛熬得生疼，千头万绪涌上心头。挂起营业招牌来就意味着焦虑，这似乎是不可避免的。你总得拼命寻找新的生意，签订承做合同，处理和客户之间的微妙关系，以建议的方式而不是以强制的方式提出自己的设计方案。

为了重新入睡，也为了不惊扰贝思——她总能无忧无虑、安安稳稳地睡七个小时，他强迫自己挨个想他房子里的那七个宽敞的房间，想那闩着的房门、方形的门厅，想过道里弄脏的玻璃，想安装着吸顶灯和侧灯的餐厅，想起居室的那一对凸窗，想壁炉炉栅上冷掉的灰尘的气味。

这时候如果还睡不着，他就回忆已经完成的各项工程：纽约州北部的长老会教友中心微型迷宫，结构复杂而别致的巴恩斯迷宫，马里兰大学校长花园，科罗拉多疗养地自我实现主义者联谊会迷宫，日益出名的田纳西州探索螺旋宫，古典灵感与现代园艺技术相结合、很有希望获得诺森登-艾登奖的圣马太迷宫。最后，他的思绪又飘回到他在温尼伯的第一次尝试——环绕利普顿大街小平房的实验性迷宫，层层包裹着他和第一个妻子多丽的新婚住所。那个迷宫当时为他赢得了能工巧匠的名声。

那座迷宫从一开始就成了冲突的根源。多丽想种红花绿草，而不是把她围在中间的稠密的灌木丛堡垒。他已记不清楚他当时是否责怪了她。那灌木丛看起来是那样怪诞，那样笨拙。她对拉里花钱买树苗耿耿于怀，尽管几乎所有树苗都是通过生意上的熟人以批发价买来的。每逢周末他总在那里栽种和修剪灌木丛，而不是像他答应过的那样铺设屋顶隔热层。该街区正在走下坡路，他的平房已不值几个钱。一等屋顶隔热层铺设好，他们就应该把房子卖掉，用卖得的钱加上她在曼尼托巴汽车公司越来越多的佣金，他们可以买下林登伍兹的一小块地产。

等我死了以后吧，拉里说，或者诸如此类的话。他明白她的意思，但他毫不动摇——一直到他的迷宫彻底完工。树篱长起来之后他也没有动摇。

多丽开口闭口就是林登伍兹。一所崭新的大房子，带一个展览室一样大的厨房；主卧室旁边是一个旋涡式浴室；大得能走进去的壁橱，还有工艺品，等等。她发誓说住在拉里古怪的灌木丛里她非发疯不可。果不其然，有一天她真的发疯了：趁拉里上班的时候她打电话给拆迁公司，将迷宫给犁掉了。

等他发现她的企图时，半个迷宫已不复存在：它已被铲除，前院已被夷为平地。

这不啻把他的心劈成了两半——拉里的一位朋友当时如是说。

然而今天，事隔多年之后，残留下来的那整整齐齐的半个迷宫依然存在。它那环形道路的末端敞开着，所以从任何一处都可以进去。严格地说，现在它已经不能再算是迷宫了，只能算是一个布满了小小后院的树丛矩阵。多丽——她现在是一家全国运动服装连锁店纽-克洛兹的销售部副主任——每年夏初和秋季都要请人把这个准迷宫修剪一次。

她和赖安并没有搬到林登伍兹去住，尽管他们完全买得起。这里有她的老邻居，也有刚搬来的新邻居。她最亲密的朋友露西·沃肯坦就住在隔壁。她真不知道离开露西她该如何生活。再说，那里还有拉里的妈妈，离她家只有几个街区远。尽管她和拉里离了婚，她还是乐于同她保持联系。她经常给她打电话或过去坐坐。事实上，几乎天天如此。此外，多丽认为，让赖安离开他的学校，离开他所有的小朋友，离开他如鱼得水的地方也太不近人情了。她需要安定。自从拉里离开她之后，她觉得她需要依附所有熟悉的东西。

一个月以前，拉里回温尼伯为父亲奔丧，当然他也去看了利普顿大街的那所房子，它就像他还在这座城市里住时一样。而且一如以往，他发现离开了他多丽的生活仍是那样完整。对此他颇感惊讶。这些日子里他和多丽的关系很好。他去看她时，对她在厨房里扩建的玻璃墙留下了深刻的印象。她称之为日光浴室。其实厨房很小，只有几平方英尺，但现在这个小黑屋里却充满了阳光，给人一种崭新的空间跳动感。

他不明白多丽为什么还保留着那半个迷宫，两个人也从来没有谈到过这件事。他感到，即使事情已成过去，提及这件事也是危险的。那半个被剪短、被劈断、不成样子的迷宫仍在生长，而且长得很旺盛。这实在是个奇迹。拉里常常躺在酣睡的贝思身边辗转反侧，夜不能寐。他想，他的第一个迷宫怎么能缺少其应有的封闭奥秘呢？然而它却继续存在着，至少迄今还存在着。那是他生命中最难揭示的秘密，一个旋转的、微妙的痛苦之谜，也是对痛苦的一种慰藉。

第九章
迄今为止的拉里1990

进入四十岁使拉里·韦勒内心一阵恐慌。他又不得不伤感地承认，这没有什么值得大惊小怪的。

伴随着四十岁生日而来的是忧虑，是极度的恐慌。这是可以预料的，是事物发展过程中的普遍规律。这起码可以从拉里的熟人中或电视广告节目中看出来。那些广告似乎专门以年过四十的人为目标，真诚而遗憾地对你说"你们四十多岁的人"必须了解心脏病、痔疮，或诱发性抑郁症的危险性。四十岁的人往往经济富裕，精神苦闷——拉里有时候竟会因为事业做得"出色"而感到羞愧，而且四十岁所带来的不平衡在心理运行图上又标得十分醒目。它向你走来时你耸耸肩膀，在呆滞的晨光下耸耸肩膀，无可奈何地忍耐着，等待你的大脑吸收它的汁液。四十岁会引来精神责难的烦扰，但即使这些烦扰也是可以有把握地、无趣地预言的，尤其是当你知道眼前有一条宽阔的抑郁症溪流时。"四十岁震颤"很令人烦恼。四十岁的人们被疑虑弄得精力涣散，但他们是预先得到过警告的，是不是？是的，他们得到过警告。"四十岁是宴会的结束，"拉里的导师埃里克·艾斯纳言简意赅地说，"在生命的宴会上，等到乳酪上来时，你已经没有胃口了。留给我们这些老人的则是自由降落的老年时代以及想象力的衰退。"

"我是一个四十岁的老人。"拉里至少每天对自己说一次，或是在喝咖啡的时候，或是在发动汽车的时候，或是在望着他住的那条绿叶遮盖的街道的时候。四十岁——这一想法在头顶上盘旋，构成了大气层的一部分。最后他终于明白了作为成年人令人吃惊的艰难与乏味。也许正因为如此，他变成了一个极易对逢场作戏和表面现象感到宽慰的人。现在，在庆祝过四十岁的生日之后，他又突然变成了一个无端伤感的人。他需要有人狠狠地打他一个耳光。与此同时，他似乎也认为，一步走错将会使他偏离航向。届时他失去的将不是金钱，不是友谊，不是目标，而是他自己。

他无法抱怨，或者说起码他不应该抱怨。在大器晚成，过上了一帆风顺的生活之后，他在芝加哥落脚了，成了一位令人敬重的专门设计庭院迷宫的园林设计师。他这个人一生有多次突变，而且一直令他吃惊的是，他的适应能力竟是那样强，别人竟能那样体谅他。一个人的好运太多了，看起来可能会乱糟糟的，就像一堆废弃物一样。到了四十岁后他发现，他早年的羞怯机器回动了。他的第一次婚姻终于失败，结婚之前就是没完没了的争吵。他挺过来了，而且和第二个妻子贝思共同找到了爱情，找到了爱情的酸甜苦辣。贝思是芝加哥伊利诺伊大学宗教系的博士后研究生。她是一位有头脑、爱思索、脾气温顺、四肢软弱的女子。她对女圣人的研究工作常让人相信她本人就是圣人。事实上，她也确实具备圣人的某些美德，最显著的美德就是她能够集中精力，而且她的思维总是像刀一样锋利。

她和拉里买下了奥克帕克镇凯尼尔沃斯大街的一所老房子。它坐落在一片葱绿色的林荫大道上，附近有许多同样的房子。他想要汽车,想要孩子,但他知道贝思对于事业和做母亲有自己的想法。他总还有一个十二岁的孩子在加拿大,那是他第一次婚姻的产物。再说,他已经四十岁了,哪还有精力再做父亲呢?哪还有时间呢?他和贝思似乎总是忙忙碌碌,不是工作就是旅行,要么就是忙于他们日益热心的社会生活:出席晚餐会、招待会、讲座,或者一些叫不出名堂但要求他们参加的临时活动。

他们的活动日程表排得满满的。他现在仍感到吃惊:他小时候是那样的怯弱和扭捏,长大后居然会多少有点不知不觉地每年穿好多次晚礼服。他的父亲若不是两年前去世了,看到自己的儿子穿着燕尾服,非惊讶得瞠目结舌不可。他几乎肯定会说他的儿子是个挥金如土的败家子,一个地地道道的花花公子,一会儿出席鸡尾酒会,一会儿参观建筑画展。这是怎么发生的呢?难道拉里·韦勒——已故温尼伯汽车厂车厢装修师傅斯图·韦勒的儿子——所追求的就是这种生活吗?

事实上,他无论如何也难以相信穿着晚礼服的那个自我,那个就像潜藏在梦中的妖魔鬼怪的堂兄弟似的自我。他像旁观者一样观看那个自我的表演。他痛苦,他害怕,但又渴望穿上那套借来的宽松下垂的晚礼服。但实际上他本人从来也没有登过台,露过面。

由于是个体经营者——开着Ａ／迷宫空间公司,拉里拥有他人梦寐以求的自由。然而四十岁的他依旧感到自己是一套住房的房客,是这个上没有顶下没有底的世界的房客。什么信息都能进入这个世界。总有某种新东西在他视觉的边缘闪烁,总有某种新东西需要他吸收。然而这种忽隐忽现的东西出现时他又常常会担心自己。无论他有何种技艺,他已注定得成为普通人。他必须得慢慢地，痛苦地，井然有序地度过命运早已规定好的人生的每个阶段。

证据是现成的。无论情况是出于遗传还是出于偶然，他知道他自己都注定得生活在可以预言的、陈腐的圆括号内，生活在会行走的、令人头皮发麻的陈腐环境里：先是爱幻想的儿童期，接着是悲惨的青春期，接着又迷迷糊糊地成了丈夫，现在又突然成了一位具有固定职业的、四十岁的白人男性专业人员。他对"四十"这个数字感到焦躁不安，夜里睡不着觉，老在考虑他是不是马上就要进入一个大家公认的权威阶段和令鼻孔颤动的真诚状态——当然，那只是一种表象，其下不过是一具肉体凡胎里咕嘟作响的蛋白质浓汤。这一点迄今为止还没有人注意到。然而拉里断定，一旦他们注意到，他们就会说他是患了"中年危机症"或"男性更年期"。这些老一套的无中生有的疾病！这些庸俗浅薄的当代人！他也很准时，准时把自己套进人们的期望的鞋子，就像那是专门为他做的一样——啊哈！为四十岁而焦虑！对，而且他还自我怀疑，而且他还成了性无能——起码正在朝那个方向发展。老人，老故事，哪还有什么新东西可言呢？

既然他已经从脑袋到四十岁的脚指甲都已体面地社会化了，那么他还要到哪里去呢？他精神迷惘，心神不定，与世无争，软弱无力，平庸无奇，随时都会有一个人把他拉到一边，建议他"看看医生"，并坚持认为那些使他愈发困惑的蓝色火焰，从统计学的角度来说和他的年龄是"相符"的。那人还会认为，男人和女人一样，也有周期性的循环，9月份的一阵风将会把他的悲哀刮得烟消云散；他应当振作起来，相信自己的运气。与此同时那人又说，他是否从精神方面认真研究过自己的性格呢？

那个人是谁？给我省省吧。

"我知道你在考虑什么。"几个月前，在他们即将做爱尚未做爱的时候，贝思对他说。刀刃一样锋利的月光从窗帘的缝隙插入室内，整齐地将他们的床和床上手工做的（阿巴拉契亚）被子一劈为二。她的手一直握着拉里疲软的阴茎，就像抚摩树林里的一只小动物一样抚摩着它。"我真不该硬要给你办那个惊喜聚会。谁愿意向世人宣布自己四十岁了呢？四十岁时我们应该走进一个山洞里，和那里吊着的蝙蝠一起坐禅，了解它们的回声波及反射秘密，学会如何在狂喜之后在平静的一面生活；也就是说，学会如何在我们当前的环境里自在地生活，如何适应新的环境。四十岁后我们知道我们要得到的东西已经得到了一半——如果走运的话。你低头往地道里看去，看到还有许多你想得到的东西。这很可怕。我可以理解。"

停，停，停。

拉里的妻子贝思还不到四十岁，事实上，再过七年也不到四十岁。拉里心里有一部分对于她对他的心理状态的迅速而准确的诊断颇为不满。她接受基督教的说法，认为黑暗包围着幸福的每一丝微光。奇怪的是，她为此感到抱歉，好像她对此起码负有部分责任似的。不一会儿，她便会讲起一位名字无法发音的凯尔特圣人的故事及其扭转性能力不足状况的魔力来。是的，这不，说来就来了。她对着他的睡衣袖口吹一口气，宣布她开始实施她的策略。拉里打起精神来想：她的本意是为我好，想帮助我，支持我。她是一位圣人般的妻子，而从统计学的角度看，她的伙伴只是个一般人物。

"啊,"贝思突然开始用她讲故事的语气说话,元音和停顿拖得很长,"他的名字叫圣吉厄奥雷,大约六世纪的人。"(大约这一模糊概念是她故弄玄虚加上去的。拉里听得出那是一种策略,目的是为了不让他认为她要说的话是故意安慰他,也是为了使语气不那么绝对。)"所以,"她接着说,"在法国布雷斯特的一座教堂里就有这样一尊圣吉厄奥雷的木雕像。我记得。"——这个精心加进去的我记得更是一个故弄玄虚的模糊概念——"这些年来,成千上万的善男信女朝拜了这尊圣像,以便能从圣吉厄奥雷那坚挺的器官上刮下一些木屑来,拿回家里放在肉里煮煮,晚餐时喝。"

"说下去。"拉里说。其实他知道她会说下去的。

"哎呀,那么多朝拜者都要刮可怜的老圣吉厄奥雷那肮脏的东西——"

"他的肮脏的东西?"

"就是他的阴茎。"

"哟,是那玩意儿呀!"他喜欢贝思说阴茎一词时那种惊慌的、略微酸溜溜的样子,好像是那东西在刺她的上颚,非要她说出来不可。

"因而,他的木头阴茎,那个器官,每二十年左右就得重换一个,再刻一个新的粘上去。后来,牧师们十分恼火。他们给雕像包上一层灰泥,看看朝拜者是不是也要刮些灰泥带回家去。"

"所以呢?"拉里问妻子,"你是建议我们去紧急朝拜?"

"我的意思是,这种会令你烦恼的东西是什么?它是自古以来人们普遍关心的东西。性能力,生殖力。这不过是人们把对死亡的恐惧加以伪装而已。"

"啊,"他用半嘲笑的口气说,"原来如此。"

"所以说,你是一个绝对正常的,典型的人。"

"一般性问题。太棒了。"

"那么你究竟想要什么呢,拉里?"

他要是知道就好喽。

他们私下谈论拉里的性能力状况时都用"它"代替。"它"又让你睡不着觉了?"它"还在折磨你吗?说说看,"它"怎么样。

不过,每当和贝思谈论完"它",情况就会变得更糟。她太热衷于帮助他;她太过分依赖精神疗法,太急于通过把"它"放进一个社会认可的环境里,放进拉里那个年龄的男人们都体验过、"经历"过的地方,以消除他的忧虑感,然而效果却往往适得其反。贝思相信,"它"就像一部长篇小说,情节有起有伏,有张有弛。每个人的生活仅仅是一篇讲述一个孩子的命运的故事。拉里正在经历的阶段是一个自然阶段,是小说中的一个章节,这种忧伤的膨胀只是一个短暂的现象。她很希望他能赶紧来一阵忏悔——起码这是拉里的感觉——那样她就能够转移他的思路。她会说,"它"随时都会被吹跑。事实上,她昨天噘起嘴唇朝他腮帮子上吹气时刚刚说过类似的话。

但问题的症结是,他不想把"它"吹跑。

每当他在半夜三点钟或四点钟醒来时,他立刻就会觉察到"它"就在房间里,近得伸手就可以抓住。他对"它"的忠诚和坚持不懈感到惊讶。"它"来到他身边,停留在那里,像核桃一样大小,像核桃一样坚硬。一个木质的,布满纤维的外壳,上面带有凸起的棱线,让人感觉其内部是空的。

他试图将自己的生命——迄今为止的生命——形象化。他的脑海里出现一片格子,一张边沿整整齐齐的方格图。但格子却分得稀奇古怪，似乎它的结构是梦中想出来的。他的父亲去世了，母亲还健在，另外在多伦多还有一个姐姐米姬。他很难见到姐姐，然而，假如她猜想弟弟对生活丧失了信心，她就会停止一周的工作，跳上飞机飞过来，随时准备用令人振奋的情绪为他治疗。他结识最久的好朋友比尔·赫舍尔正忙于重要工作——拯救地球上濒临灭绝的物种。拉里那眼泪汪汪的自我怀疑的小牢骚与大陆中部濒临灭绝的动植物群比起来简直挂不上号。不，他绝对不会同比尔讨论他的"它"。

外部世界对拉里·韦勒究竟有多大的压力呢？战争、瘟疫、种族歧视、第三世界的贫穷、妇女受压迫，难道这些就是他在他和贝思黑暗的卧室里夜不能寐的原因吗？但愿是这样。他希望自己是一个与巨人搏斗的人。他钦佩那样的人。

迄今为止，他的焦虑似乎只同悲哀的世界发生共振。他竭力想弄清楚的问题是：迄今为止他处在生命的什么位置。

这是一个十分安全的游戏，一个计数游戏，一道简单的算术题，只需在想象中的那个方格里填上数字就行。但他需要眯起眼睛左右观察这些数字。真理过多——而且是千篇一律的真理——就会贬值。（他希望他的情况不属于"盘点存货"或者更糟糕的"寻找灵魂"的范畴。）

好吧，他有一位母亲、一个姐姐、两个妻子、一个孩子。

他有曼尼托巴技术学院花卉艺术专业（1969）的毕业文凭，还有一份更新的、档次更高的（拉萨勒大学）园林设计（荣誉）学位证书。

他在两个城市生活过：温尼伯和芝加哥。两个国家。

孩子的抚养费他从未漏交过一次。他的满怀希望使他一直忠于自我,忠于那个随着一套临时驾驶灯忽明忽暗的闪烁而时隐时现的自我。

他有过两辆丰田车:一辆棕黄色的旧花冠,后来折价换成了半新的凯美瑞。凯美瑞之后是那辆银灰色的奥迪,现在则是一辆双门本田雅阁。这些汽车是他身上穿的衣服以外的另一层衣服。迄今为止,车这部分的情况就是这样。

房子有三所。他长大成人前住的那所房子是一所带游廊的平房。长方形的小院子四周围着一道链子似的篱笆。他幼儿时的卧室(有节疤的松木做成的)通向厨房。接下来是利普顿大街的房子,原是修理工的上层工作间。他和多丽婚后五年间一直住在那里,现在多丽和赖安仍住在那里。眼下他住的是奥克帕克的房子,一座坚固的两层小楼,大厅和楼梯用树脂树木头装饰,以沉重的抵押贷款方式购买的。房子还需要整治,尤其是院子。迄今为止他还没有动手收拾过——倒不是懒,而是缺钱。他曾想让它荒着,长野花野草,但转念一想,那样的话,街道居民协会非找麻烦不可。在这三所房子里居住的间隔期间,他还曾租赁过一些单元房和排房,大部分都印象不深,大部分都忘记了。那些令人心碎、简陋不堪的临时住处的地址是:卡洛尼亚大街566号、麦克奈尔大街312号、西斯克湾22号、哈莱姆大街2236号。

健康状况:这些年里,他曾经偶尔吸食过一点毒品,但现在不吸了。他又计划重新开始每天跑步。减少了对咖啡因的依赖。他的背上有一颗痣——还在长吗?腰带下方有一溜儿肥肉。半夜经常失眠。除此以外还有那个病。他曾经是个世人口中的性感的男人吗?耶稣啊。他有点怀疑。那是不可能的。他知道,无论有谁作证,他仍会继续怀疑这一点。你可以举出第一个证人——令人愉快、慷慨大方的萨莉，还有接下来的那几艘救生船——五位身穿连袜裤、牛仔裤和超短裙的女士，然后是多丽。还有另外两三个女人。这些人尽管与他交往时或热情如火，或羞怯扭捏，或心怀叵测，或如饥似渴，然而分手以后都是大大咧咧的，谁会确切地了解他现在的情况呢？然后是贝思，他安全的港湾，他的福分，一位后继者。这就是他和女人的交往史，但似乎又都不能反射出他。他是个性感的男人吗？这是一个无法回答的问题。他是谁，这个影子似的临时的自我？

业余爱好：当一个人健康衰退、历史混乱的时候，哪还有什么心思想业余爱好呢？

宗教信仰：如果说他曾经信仰过上帝的话，那个上帝早就萎缩成灌木树篱的影子了。不久前他乘飞机的时候，和一位年轻人挨着坐。那位年轻人在读一本崭新的《圣经》，铺设径直通向上帝的管道，而拉里则浏览最新一期的《麦克默特里》杂志打发时光。他曾从汽车的收音机里听过歌唱家柯蒂斯·梅菲尔德演唱歌曲——他忘记是哪首歌了，他感到浑身的肌肉都在抽动。他不知道这是不是人们所说的精神体验。那么，做爱这种性痉挛也是宗教的一部分吗？他的老爸生前曾说过一个老笑话：教堂是为罪人准备的，并且他们会出来抢你的钱。尽管近年来他的母亲已开始星期天去教堂做礼拜，但她打电话或写信时从来也没有提到过那两位主要演员——上帝和耶稣。有一段时间她的悲哀看起来要伴随她一辈子了，就像那些家具和瓷器一样持久，但是不然，它开始瓦解了。她变得热情而平静。他不知道她是不是在祈祷。他常想，祈祷肯定就像跟仙女们说话一样。过去他自己也偶尔祈祷过——让这个停止，让那个走开，让我的阴茎在我死以前再勃起一次，耶稣·H.基督。

有一次拉里听到一个女人说:"我信奉白银,标准纯银。"他的父亲信奉干净的地下室。他的母亲似乎信奉内疚与超度。而他的姐姐则信奉灌肠冲洗法。那些无形的刷子会在拉里身上投下什么影子,会指示他相信什么呢?

每当进入一座未知的迷宫,尤其是树篱迷宫,都会给拉里带来他所认为的精神刺激,这是千真万确的。迷宫那既变幻莫测而又宁静安详的预先设计与复杂结构、明暗的转换、既被促进又被控制的植物的起伏生长——所有这些都给拉里带来一种均衡感并令他情绪昂扬。

他四十岁生日那天(8月17日),母亲给他寄来一大摞男子生日贺卡,上面印着色彩鲜艳的安乐椅、烟斗、高脚玻璃杯和爱尔兰塞特猎犬。其中一张贺卡里还夹有一张二十美元的支票。他不知道她对他的生活——他和贝思的生活——是如何想象的。"你自己庆祝一下。"她用几乎无法辨认的笔迹写道,"相信我的话吧:生命的确是从四十岁开始的!"

贝思送给他一本精美的十八世纪著作的再版书,即巴蒂·兰利的《园艺学新原理》,1728年出版。书中有一些不寻常的迷宫设计方案。

在温尼伯的老朋友露西·沃肯坦给他寄来了一套她亲手制作的带有隐隐约约的大理石花纹的明信片,上面只用书法笔写了一个词:"前进!"

比尔·赫舍尔发来了一封庄重得令人吃惊的传真:"让我们共同保证,你下一次的生日咱们一起庆祝。"(在温尼伯,他们俩还是小孩子的时候，每逢生日二人总是互赠运动眼镜或塑料狗屎。）

拉里的姐姐米姬和她最新的同居者伊恩·斯托克寄来了一张滑稽的贺卡，上面有一个根据forty（四十）一词构成的文字游戏。四个T：Taste（兴趣）、Talent（天才）、Technique（技术）、Testosterone（睾酮）。

哈哈。

拉里的儿子赖安像往年一样寄来了一条领带。拉里知道，那是他的前妻多丽挑选、付款、包装和邮寄的。这些领带都是近年来最高档的。四十岁生日寄来的是一条意大利丝绸领带，深蓝色带斑点，通体都是图案，非常漂亮。拉里仔细看看，认出那图案是根据古代的桑威克迷宫设计的。她是在哪儿找到的呢？她意识到这一点没有？

真正令他吃惊的还是多丽本人寄来的生日贺卡。自从他们离婚以来，他们之间很少互赠贺卡或礼物，甚至连信也很少写——多丽从来不爱写信。再说，打从他离开她之后，她一怒之下六个月没和他联系。拉里在温尼伯的时候，她和拉里偶尔见见面。他们经常在电话里交谈，讨论关于他们的儿子赖安的事：他在学校的考试成绩，他对花生过敏——去年曾因此去医院看过急诊，矫正牙齿了没有，赖安一年三次去芝加哥的旅行安排，赖安对体育活动的热情——这也有必要担心吗？多丽认为不必要，而对体育活动仅仅略有兴趣的拉里认为有必要。

不管怎么说，这些年来他们两人的关系还是友好的，但其实他们互不了解。看着多丽的贺卡——盘绕花环形，深绿色，中央有一个凸起的数字40，拉里惊讶地发现自己居然忘记了她的笔迹：字体那么小，那么细，那么像出自少女之手，字行排列得那么整齐。贺卡上写着:"献给越来越老、越来越聪明的人。"像是用自来水笔写的。接着是"你亲爱的多丽"。

亲爱的。她居然用了这样一个词,像是宴会后的薄荷糖。这个词击打着他的心。不是爱情。不,不是爱情。哎呀,谁还会指望得到一个前妻的爱情呢?

接着,就是昨天,他吃惊地想起,多丽,他的多丽本人,再过几周也要到四十岁了:9月24日。不可能。多丽结实而充满活力的肌肉如今已经松弛,起皱,并悄悄地失去了颜色。不,绝对不可能!她那会说话的、鼓囊囊的小乳房已经下垂,乳头已经发紫。对此他实在难以想象。她半夜的时候会醒来吗?她会呆呆地坐在床沿上盯着窗外破碎的月亮出神,思索她的生命何时会耗尽吗?

他眨巴眨巴眼睛,努力睁大困倦的眼皮,两眼里慢慢灌满了悲伤。年龄的增长就意味着要亲眼看着无限多的可能性逐渐减少。就是这么回事。

密尔沃基的拉蒂默家族年老消瘦的劳拉·拉蒂默·穆尔豪斯约定到莱克大街拉里的办公室去见拉里。他帮她脱下大衣——一种有光泽的毛皮,请她坐在一把藤椅上。她跌进椅子里,呼呼地喘着气,两手紧握着手杖的顶端。

一个老古董,拉里想。健康状况糟糕得可怕,下巴上像装饰着一簇簇棉绒,脸色蜡黄。

"您坐得舒服吗?"拉里问。

她愉快地点点头,但她那逆梳的金发并没有动弹。

她想在密尔沃基儿童纪念医院的空地上建一座树篱迷宫,将整体设计委托给拉里。她听说拉里的活儿干得特别棒,就同医院董事会成员进行了磋商。当然,费用将由她负担。她准备为这座迷宫的修建及以后的维护花费重金。她说因为她已不久于人世,而且她意识到她这一辈子过得愚蠢、轻率、自私。

"我断定您——"拉里感到自己不得不"反驳"她几句。

"愚蠢,轻率,自私。"她又重复一遍。她的嘴变成了一撮皱纹。

"可我们大家也都——"拉里说。

"不,大部分人都过得明智而认真。这是事实。我注意到了。除了惯犯,大部分人都孕育出了有意义的情感。他们互相照顾。你知道,我从来也没有那种孕育出真实情感的机会。我的两位丈夫——怎么说呢?他们都是卑鄙透顶的家伙。不,韦勒先生,我没有自己的孩子。这对女人来说是一种烦恼,对我很可能也是。我一生肥胖,小时候是胖姑娘,长大了是胖女人。要不是我胖,我妈妈兴许会更爱我一点,当然我不敢打包票。我八岁那年,妈妈给我一个紧身褡让我扎上。什么样的妈妈才会那样做?你可以想象。我紧身褡下面的皮肤起了一片湿疹,很可能是因为橡胶。我一直肥胖,直到一年前诊断出癌症,胃部、肝部,到处都是。这就是我有生以来第一次变瘦,快散架了的原因。你眼前看到的只是过去的半个我,事实上,只是原来的劳拉·穆尔豪斯的三分之一。难以置信,是不是?从前的我体重三百磅,现在瘦到九十九磅。你可能会说我有悖常理,但我确实为自己变成一位九十九磅的女人而感到自豪。我的自豪感溢于言表。这又是一种过错,但也是一种安慰。我为什么要建迷宫呢,韦勒先生?我知道你一定会这样问。因为我一直很喜欢迷宫。啊,这话听起来也许离奇古怪,但我感到我本人过去的一生就是一座迷宫,我是说我的身体。我的身体里隐藏着某种东西,但谁也找不到,它隐藏得太深了。我指的不仅仅是脂肪细胞。为什么要建儿童医院呢?问得好。不是因为我爱孩子,我并不认为我爱,真的,而是因为我渴望自己是个孩子,哪怕是个生病的孩子,病得很厉害的孩子。我想我的爸爸妈妈。我想让他们站在我的小床边,一边一个,轮番守着我,伸手摸摸我的额头看我是不是发烧,哄我逗我。我想让他们就这样爱我。你一定得原谅我。我不想在你面前装疯卖傻,韦勒先生,我一般是不会那样的,但我是不常像这样坦率地跟人谈话的,事实上从来也没有过。可能是我正服用的药物使我的舌头松了。我从未告诉过任何人我渴望有人把手放在我的额头上久久不动,用劲压它。真的,这不是个多高的要求,是不是?我从未和人讨论过这种渴望,也从未说出来过。这话怎么能说出口呢?我是说一般性的交谈中是不便提及的,对不对?可话又说回来了,真正的谈话一个人能有几次呢?就像我们这样,你我两个人坐在你的小房间里谈古论今,四周只有白色的墙壁,绿色的植物,没有什么东西干扰,没有任何人把指头放在我的嘴唇上说'停,停,够了。你在难为我'。啊,我敢说过去从来没有发生过这种事。没有,一次也没有。"

两年前,在斯图·韦勒弥留之际,拉里飞回温尼伯去陪他。陪他的父亲,这个芬芳的短语伴随着使父亲康复的决心。然而,他到达医院后的真实感觉则是束手无策,惴惴不安:他的父亲已病入膏肓。

他父亲的嘴在鼻子的肉洞下边显得很大,而且两唇突出。一个男性躯体厚厚的外壳还躺在医院的被单下面,但外壳里面却是发臭的朽木。拉里发誓说,当他哭丧着脸进入病房的时候,他的父亲抽搐了一下。是你呀。

"他很容易疲劳。"拉里的母亲说。意思是没办法治了。拉里立刻认识到了这一事实。没有拥抱，没有祈祷，没有忏悔，也没有祝福。啊，在他们生命垂危甚至病情继续恶化的时候盘问将死的人，要他们说出他们埋在心里的秘密，那是不正当的行为。

成群结队的探视者、邻居、朋友和家人来到圣博尼费斯医院，都想从病入膏肓、即将死于癌症、臭气熏天、气息奄奄、事实上已不可救药的斯图·韦勒那里得到最后一分满足。拉里认为，对于他们，还是不理不睬，让他们不舒服为好。

"我唯一的希望就是能和老头子说说话。"拉里的姐姐米姬说。她是从多伦多坐飞机回来的。她在那里开了个服装店。她眼泪汪汪地抽泣着："你知道，我们从来也没有好好谈过话，一次也没有。"

拉里从口袋里摸出一方纸巾说："他不怎么爱说话。"

"除了发牢骚，除了抱怨妈妈老往她的基督徒仁爱小组跑。而你就不同了。你小时候只要有足球赛他都带你去看，还有曲棍球。"

"哎，那是不错。"拉里突然被提醒。他已经忘记了那些户外活动。"那都是很早以前的事了。"

"那么你们做过那种父子之间的事没有？比方说，你们在看台上坐着的时候真正交谈过没有，你们两个？"

"我想没有。可能说过'好球'或'可恶的阻挡'。大多是与球赛有关的。"

"我想也是。"

"有一次他问我是不是在和多丽谈恋爱，那是我和她结婚以前。"

"真的？他真是那样说的吗？'谈恋爱'？"

"我难以相信，'恋爱'一词居然会从他嘴里说出来。"

"当时你怎么说的？"

"什么意思？我怎么说的？"

"关于和多丽谈恋爱的事。你是说谈着呢还是没谈？"

"我记不得了。"

"是啊，我敢打赌你记不得了，"她看了他一眼说，"结果让糊里糊涂的多丽怀孕了。"

"这是无法挽回的过去，米姬。耶稣啊。"

"是无法挽回。哈，不管怎么说，你由此得到了一个大胖小子。"

"对。"

"尽管后来你难得见到他。"

"我知道，我知道。"

"我希望你再见到他的时候和他谈谈。我的意思是指真正的交谈。一位父亲连一次也不愿和他的亲生女儿交谈，这实在叫我难以相信。就算是保罗得了艾滋病，躺在晚期病人收容所奄奄一息的时候，咱们亲爱的父亲斯图也一次都没有，他都没有，他只知道——噢，基督啊，你为什么要让我说起这些？"

"他就是那么个人。但这并不意味着他没有最深沉的感情——"

"我真想杀了他。不应当允许任何人如此不善于表达感情。不愿意和自己的子女交谈的人都应当关进监狱里去。"

"这是个代沟问题。"拉里感到和姐姐的这番谈话很痛苦，但他愿意继续下去，"对他们那一代人来说，和子女的交流并不是什么值得优先考虑的大事——"

"你以为他和妈妈曾经交谈过吗？我敢打赌没有。我断定他们仅仅是在沉默中生活。这么多年来他们吃、睡、照看房子和院子，但从来没有进行过任何思想交流。保罗和我至少——可他们两个！"

"我们无从知道——"

"'无从知道'是什么意思？你想说什么？你真的相信他们一辈子的夫妻生活中有过真正的交谈吗？"

"可能有过，"拉里对她说，"但我无法证实。"

近来拉里大部分时间里都很伤感，即便是在他签合同，或吃饭，或哈哈大笑，或试图和贝思做爱时，他也会感受到失去某种东西的痛苦。他很想退回到原先的生活，但近年来喧闹的振幅必须得找到一个去处。他已经厌倦了——厌倦了自己的名声，厌倦了做男人，厌倦了幽灵似的自我，多年来他像一条拴着链子的狗被人拖来拖去。他无法摆脱接电话时自己那种充满希望的声音带来的耻辱——那种过分耐心的声音已不是他真正的声音，而是一种言不由衷的声音。他的言谈话语的矫揉造作、为人处世的谨小慎微令他恼火，还有他遇到压力时或说话前不必要地清嗓子时总要把一个指头压在领带结上的臭毛病。这就是我：一个在生命中随波逐流的严肃而可爱的男人，一个正处于个人危机中的男人——这一点你肯定看得出来。噢，那个呀！

但从深处来说这是很烦人的。他感到就连他的很有耐心的贝思也已经厌烦了。最近一次她问他"'它'怎么样了"是什么时候？夜里两人躺在床上时，贝思鼓励他从忧郁中振作起来，从她庞大的故事库中挑选故事讲给他听。她努力改变他,将他的心灵重新调整到工作状态。她为那些令人倦怠的枕边谈话投入了大量精力。也许将来她回首往事的时候会对此愤懑不已呢。真扫兴。此外,她现在正忙着准备一个关于贞女圣人塞西莉亚、玛格丽特、阿加莎、玛西娅和多萝西的讲座。她想证明童贞就是力量,是身体储备的一部分。不应将这种力量看作被动的顺从,而应看成一种潜在的能力。她想得可清楚了。

拉里纳闷,个人的失望要怎么办呢?如何处理它呢?他解释不清楚,甚至对他自己也解释不清楚。不过,他已经忘记了从前他盲目相信的那些东西,在爱情中大大咧咧地安逸过活、昏昏欲睡,或是沉湎于惯常的满足。他的信仰一直在衰退,但他认为这种衰退只是暂时现象,迟早是会恢复的。他对此很有把握——但这一天何时会到来呢?

然而,即使处于现在的迷惘之中,他也很清楚地知道,他这一生中的重要谈话将始终是同女人进行的。

想起维维安·邦杜兰特,那个有一对清澈的棕色眼睛,一双巧手的维弗,他的心里美滋滋、甜丝丝的,脸上挂着笑容。七十年代,他们曾一起在花人公司工作过,两个人一天到晚谈个不停。他们的谈话不拘形式,随随便便。谈话被打断或时不时地出现沉默时,他们能够随时接下去。刚离开学校时,他是个沉默寡言的孩子。她教他开口说话。他有好几年没见过她了。她今年多大来着?——四十七岁,将近五十岁了。耶稣基督啊。

他和多丽就不知道如何交谈。没有人告诉过他们结了婚的人会怎么样,也没有人说过他们多么需要空间,以释放他们那不断发出低沉的咕噜噜响声的思想。他们两人只交流消费信息,他记得的就是这些。他们为鸡毛蒜皮的小事争吵，为被伤害的感情争吵，为金钱和双方的亲属争吵，仿佛他们争论的这些话题都是从安·兰德斯[1]的文章里学来的。其余大部分时间他们都保持沉默，特别是后期——尽管拉里心里有一部分逐渐相信他们的沉默自有其丰富的内涵。

可他和贝思就不一样了。两个人搂着躺在黑暗的卧室里，在睡着之前他们一谈就是一个或一个多小时。拉里感到他的耳朵里充满了愉快的感觉。那是一种惬意的，无须寻找的幸福。10月初的一个夜晚，狂风撞击这房子的北墙。拉里将劳拉·拉蒂默·穆尔豪斯拜访他的情况说了一遍。贝思将雪白的四肢换了换位置，对着他的耳朵咕哝道：不！太可怕了！后来呢？啊，拉里。现在她提出了一个问题：离开了和圣人们的接触，这个世界将会发生什么？我们渴望强烈的感情支持，以便能置身于自我之外，进而战胜那个自我。可如何才能达到那个境界呢？

她的语气只是委婉的猜测。她只需在思索的过程中将那些话轻轻地推出来。她的话如缥缈的空气吹向毛毯的衬里，吹向拉里的胸膛。拉里想象着她声音的声波会钻进壁纸里，径直穿透翻修后的干式墙，穿透古老的板条和砖块，进入空旷的后院，然后化作微粒混入大地玻璃状的腐质土壤中。

接着他回忆起来——他经常回忆起来，小时候躺在童床上，他能透过灰泥墙听到爸爸妈妈在隔壁房间的说话声，他们夜间的响动，他们的枕边话，他们咳嗽时坚硬的刺耳声以及呼呼的喘息

---

1. 安·兰德斯为《芝加哥太阳报》栏目"安·兰德斯问答"中专栏作者所采用的笔名，该栏目最为人熟知的专栏作者是美国女记者埃斯特·保利娜·弗里德曼（1918—2002），她于1955年接替他人主持"安·兰德斯问答"专栏。

声。有时候能一直响下去。他听不清说的什么，只听见一种低沉的、乱哄哄的回响音乐。而音乐的内容起码他们的儿子拉里是猜不出来的。先是妈妈的声音，接着是爸爸的声音，就像编织一样来来往往。中间也有停顿，接着又恢复了含糊不清的说话声。听着这种奇怪的韵律，拉里已昏昏欲睡，而他的沉默的父母斯图·韦勒和多特·韦勒却在他们自己窃窃私语的声波中消除了睡意。他们在漫长黑夜里选择的话题使他们显得悠然自得。

11月份的这些日子里拉里忙于拉蒂默的工程。他喜欢忙碌，因为他感到他的奇特职业乃是唯一能使他不致消失的东西，而且他还可以唱着改编的歌曲"我们再来，再来，再来"平复这些天来席卷世界的千禧年失望。他已经画出了一套草图。他一边工作一边考虑幸福是如何潜伏在手眼之间，潜伏在具体的设计与他头脑里的抽象概念之间的。那是一个被忽略的狭小空间，但却是必不可少的。上个星期他驱车前往密尔沃基，向医院董事会递交设计图。

他的简短讲话赢得了一阵掌声。董事会主席对了不起的劳拉未能活着看到她的梦想实现，甚至连设计蓝图也未能看到表示遗憾。然而，呃哼，一个有价值的工程已顺利地正式启动，必要的资金已经切实到位。董事会对拉里开了绿灯。他计划立即动工。

冬季他将进行规划和转包，第一年的4月份栽种第一批树篱。他决定将小檗（取其秋天的橘红色枝叶）和欧亚山茱萸（取其易修剪）混栽。如果天气好，第一年的6月到7月间树篱将会长高一倍。到8月份——到8月份！想到此，一个令人眩晕的想法趁机闯入他的头脑——到8月份他将是四十一岁！不再是扛着一副笨拙凄苦的圆肩膀，被懊悔刺痛的四十岁，而是四十一岁了！那是一个体面的年龄，一个温和、自信、聪明、善良、刚强的年龄。

四十一这个数字像一个甜蜜的气球一样在拉里的头脑里成倍增大。他粗暴地将它甩开，似乎那是一块愚蠢的东西，他一点儿也不愿屈尊承认它的存在。

在密尔沃基迷宫的中心，他设计了一些剪影造型，围绕一口装有镜子的许愿井分为几组。孩子们可以在那里扔出硬币，小声嘀咕他们最深切的愿望。想要学好，想要生活，想要长大，想要像所有人一样。我们大家想要的归根到底不就是这些吗？

该迷宫本身只有一个入口，却有四个出口，四角各有一个。为什么要留四个出口呢？大多数迷宫只有一个或两个出口，但拉里却毫无道理地设计了一座四个出口的迷宫，平生第一次。他对医院董事会说，在这座迷宫里丝毫不会有迷路的可能性。

至于他本人，他竭力使别人相信，他四十岁那年只是在假装迷路而已，其实根本没有遇到任何麻烦。他只是在排练，熟悉一下情况，试试那是什么感觉，似乎他能够用他伪装的失望劝慰真正的东西——那种东西将会到来，它一定会到来。箭已经离弦。这一点他很清楚。

然而，此刻他是安全的。镇定的浪潮又奇迹般地回归了。他又重新变成了拉里·韦勒，一位丈夫、父亲、户主、穿晚礼服者，一个有事可做的好人。到目前为止，一切顺利。

第十章
拉里的孩子1991

拉里·韦勒一年三次驱车前往奥黑尔国际机场去接儿子赖安。赖安现在十二岁,快十三岁了。从八岁开始他就独自乘飞机从温尼伯到芝加哥度春假,夏天在那里住一个月,圣诞节期间再住几天。

温尼伯位于黑暗起伏的世界尽头。那是一个冰雪世界,一个令人捉摸不透的地方:那里有骑警,是钓鱼天堂,而且在推行社会主义健康计划——这是拉里芝加哥的朋友们的看法。然而拉里对它更为了解。它和别的地方没什么区别。它位于宽阔的雷德河与弯弯曲曲、颇有几分女子气的阿西尼博因河的交汇处,是一个中等城市,热闹而繁荣。将近十三年前,在8月末一个阳光灿烂的日子里,下午三点三十分,赖安出生在温尼伯的格雷斯医院,顺产。温尼伯是赖安生活过的唯一地点。

孩子去芝加哥的事弄得所有有关的人都很紧张。拉里的第二个妻子贝思,这位颇有社会活动能力,体态优美,在罗萨里学院讲授妇女学的三十多岁的教师,在孩子面前尴尬得令人惊讶。她选择不要孩子,而且她本人又是年迈父母的独生女。对于赖安,她的态度一会儿像比阿特丽克斯·波特[1]一样,是一种充满温情的宠爱,关心他吃得可不可口,电视是否看得太多了,觉是否睡足了,一会儿又对他表示异乎寻常的亲近。她咧着嘴对他笑,尽管她不是个爱笑的女人。她坚信总能用脓包或者脚底下的香蕉皮讲出笑话来。你听,她可爱的小嘴儿常说错话,常提错误的建议。只要是赖安在场,就连她的身子,她那令拉里为之倾倒的轻盈、纤细、老爱耸肩膀的身子也总有点站不稳,老想向前栽倒的样子。怎样拥抱一个十二岁的男孩子呢?也许你根本用不着拥抱他。贝思断定,让拉里拥抱他很可能会更好一点,因为他毕竟是赖安的亲爸爸。今年夏天,她用满脸的笑容(嗨,你瞧,伙计)和一个有力的握手欢迎了她的继子,这是个硬着头皮闯过这一关的姿态。她注意到,孩子的手总是黏黏的。她已经给拉里说过两三次了。是所有孩子的手都是黏糊糊的呢,还是只有赖安是这样的?是出汗多呢,还是不讲卫生?再说他也太安静了。

"他并不是真的安静,"拉里说,"他只是不知道我们希望他做什么。"

"噢,那我们希望他做什么呢?"他们过去曾讨论过这个问题,但她还在问。每当谈到这个问题时,她就会像民歌手一样嗓子里发出低沉的颤音。

"做办不到的事。"

"什么是——?"这正是他的继母苦不堪言的原因。

"很简单,要他像个孩子,我们的孩子。成为家庭的一员,我们中的一个。"

---

[1] 比阿特丽克斯·波特(1866—1943),英国童书作家及儿童读物插图画家。

"我懂了。好吧,我懂了。你是说,要他跟我们亲近而又意识不到是在跟我们亲近。"

"对。啊,还有一件事。"

"还有什么事?"

"他小的时候或多或少地被冷落过。记住,离家出走的正是我。所以我们起码得从他的观点看问题。"

"而且还有一点:你又给自己讨了个老婆。"

他瞪了她一眼。他感到妻子说的不是心里话。他不知道她的话是什么用意,也不知道她想把谈话弄成什么气氛。"都有。"他最后说。

"怪不得他这么安静,"贝思的话最后变成了一声同情的叹息,"他肯定一直在想呀,想呀,想呀,考虑他为什么受到不公正的对待。可怜的孩子。"

"起码他还有一些稳定感。多丽总是——"

"你说他什么时候回温尼伯?"

"22号。"

"还有十天!"

"我知道。"

作为园林设计师,拉里的工程遍布北美各地,因而他得经常旅行。他常在飞机上见到父母离异的孩子。他们很容易染上坏毛病。飞机起飞前,乘务员把他们安排到靠窗的座位上,给他们提供彩色蜡笔和智力玩具,并弯着腰平静地同他们交谈,似乎是要补偿他们小小年纪已经承受的感情噪音的折磨。这些孩子大都衣着干净整洁,头发梳得光光的,脸上带着习惯旅行但又心神不安的旅客常有的那种感情脆弱而复杂的表情。然而,尽管他们年纪很小而又忧虑重重,尽管他们无疑都遭受过粗暴的蹂躏,他们仍然表现出一种渴望交往的意识。他们过去都旅行过,而且都旅行过多次。妈妈在得克萨斯,爸爸在多伦多,或者相反。他们从来不晕机(他们以自豪而又羞于公开承认的口气这样说)。他们去过迪士尼乐园两次,观看过蓝鸟队比赛。他们的数学相当好,特别是自妈妈的男朋友帮忙辅导过除法以后。至于爸爸的女朋友……

想到此,拉里的心在流泪,真有点痛不欲生!

奥黑尔国际机场是一个巨大的迷津。各式各样标着彩色代码的航线终点、大厅、数百道门——对于熟悉的人来说,它是一部巨大的分拣机;对于不熟悉的人来说,它是一种困惑。旅客们在出口处不知所措。他们奇迹般地拿到了行李,但又很难相信他们终于回到了这个安稳世界的新鲜空气中。虽说各个航班都承诺向残疾旅客和儿童旅客提供护送服务,但等赖安等得心急火燎的拉里一直担心这种安排会出什么纰漏。两年前还真出过这样的事。那一年赖安十岁,一下飞机,孩子突然发现自己成了孤单一人。

尽管如此,这个十岁小孩子的反应仍镇定得令人吃惊。他在互相连接的宽阔走廊里一边走一边问路,一个地方一个地方地找出口。由于他为了度暑假而新理的发型很显眼,拉里终于看到了他,差点哭了出来。他看到了儿子那张白皙的加拿大面孔,暴露在世界上的脆弱的脑袋;看到了孩子穿着短裤和T恤衫,仿佛被过大的帆布背包压矮了的瘦小身躯。赖安的眼睛里是不是含着泪水呢?拉里无法断定。他认出父亲的那一瞬间眼睛里燃烧着的光芒可能意味着一切。

对拉里来说,每一次到机场去接赖安情况都是一样的:急于在人群里寻找他，接着看到他真的出现时，心里一块石头落了地，然后努力捕捉他的目光——是的，就是他，一脸不知所措的表情，做梦似的在远处挥手。安然无恙。他们同时向对方走去，不一会儿两人便笨拙地拥抱在一起。拉里弯腰抱住赖安的肋下。赖安弄不清自己在拥抱中起了什么作用。就这样，两个大小不匹配的男子的躯体拥抱在一起，试图向周围的人们证明某种重要的东西。他们的身体接触实际上只有两三秒钟——啊，基督啊，简直是在弄虚作假，然后拉里使劲拍拍赖安的肩膀。嗨，小伙子。是的，不过——

情况就是这样的，对不对？别人也都这样。

拉里一看到赖安，不可避免地会首先想到孩子的母亲多丽。那个名字在空气中闪闪发光。他的前妻多丽的脸像火苗一样扭曲着，她瘦小结实的身躯也在旋转扭动着，以应付生活兜头抛给她的麻烦，应付他兜头抛给她的麻烦。是她多丽残忍地强制赖安理发，在远在一千英里以外的温尼伯，在黎明时刻，是她把背包捆在孩子身上，并把一双双袜子团成像炸弹一样的圆球塞进背包里的。她一次次地检查孩子洗得干干净净、叠得整整齐齐的内衣、衬衫、裤子，一件防备变天的暖和的夹克，一把装在卫生盒里的崭新的牙刷——这一切都是她干的。她竭尽一切努力。再瞧瞧可怜的孩子牙齿上的金属箍。正是多丽通过多方打听，为孩子找到了一位具有行医资格而且又不会敲诈她的正牙医生。当赖安正忍受一月一次紧缩牙齿矫正架的折磨时，是她坐在橘红与浅棕色的候诊室里，翻看老旧的杂志和南非一家出版社出版的《圣经》故事。事后她会给赖安买一个蛋卷冰淇淋，也许会租一盘录像带吃晚饭的时候看，就他们两个人放松地享用着热好的意大利卤汁面条。那是赖安最爱吃的食品，而且吃起来不牙疼。气氛平静，祥和。天天晚上如此。

"你妈怎么样？"驱车前往奥克帕克的家时，拉里总要这样问。这是他第一个真正的问题。

"很好。"赖安说。

1987年夏天赖安在芝加哥多住了一个星期。"但愿不会有什么问题，"多丽从温尼伯给拉里打电话说，"我得趁这个机会到伦敦去一趟，再进行八天的谈判。"

"嗨，太好了。"他提高嗓音说。

"你能保证贝思不介意吗？"她机敏而谨慎地提到了拉里新妻子的名字。她说到贝思两个字时直喘气。

"贝思喜欢赖安待在身边。"

这不是真话，但也不是假话。赖安令贝思紧张而缺乏信心，这才是实情。

"这么说是一次商务旅行喽？"拉里在电话上问他的前妻。多丽很有推销本领，而且已经升任一家大型运动服装厂的副总裁。可能他们正考虑走向国际市场。

"主要是度假。"多丽说。接着她又巧妙地补充说："从我们上次度蜜月以来我还没有横渡过大洋呢。你能相信吗？1978年。"

"那是，那是。"拉里说。他想问问她是不是单独旅行，但想想还是不问好。

"我打算住在一位朋友那里，"她接着说，"我想你一定需要我的地址，一旦有什么事好联系，比如赖安过敏了什么的。注意花生！他不可以接触任何形式的花生制品。"

"我知道。"拉里说。

"你一定要特别注意花生油，那可是到处都有的。"

"我知道。"

"他已经因为花生过敏看过两回急诊了——"

"我知道。"

"我只希望你能跟我联系——"

"好极了。"拉里说。他发现每当和前妻说话时，自己心里都不可避免地顿生过分的敬意。"等我拿支铅笔。"

"汉普斯特德，韦尔弗利特大街7号。在伦敦北面，也许是伦敦的一部分，我拿不准。戴维·埃林伍德转。"她细心地告诉他埃林伍德怎么拼写，并匆匆说出了一个电话号码。

拉里写了下来：戴维·埃林伍德。他的心怦怦直跳。手指也随着脉搏在发热。戴维·埃林伍德。据他所知，打从离婚以后，多丽并没有和谁确定过恋爱关系。

"万一我们出去了或者有别的什么事，他有一部应答机。"

万一他们出去了，多丽和那个名叫戴维·埃林伍德的男人。出去了！他攥着电话的手直冒汗。

他和多丽于1983年分居，第二年离的婚。婚姻破裂了：两个人闹翻了，而且已经无法挽回，所以两人一致同意离婚。如今他娶了美丽的贝思，正巧这个时候她悄悄溜进了他情意缠绵的思念之中。他这是怎么了？为什么一想到多丽的生活中可能会有什么风流韵事，他的头皮竟会如此痉挛发热呢？他的心脏为什么会像勺子碰炒锅一样砰砰作响呢？戴维·埃林伍德，这名字很体面，此人的相貌很可能也很体面。多丽一直很注意保持她的容貌，她为什么就不能引起一位漂亮男子的注意呢？一个很有心计的英国男子邀请她到英格兰度假。说不定连机票也是他寄去的。他那么急于见到她。多么渴望……什么？他们俩来往多久了呢？

"你妈昨天夜里来电话了，"第二天上午拉里对赖安说，"让你在这里多待一周。"

"为什么？"他一副愁眉苦脸的表情，咬着嘴唇。

"她要跟埃林伍德先生一起度假。"

"跟谁？"

"跟戴维。"拉里不经意地说出了这个名字。

"噢，是他呀。"

"这么说，你认识这个戴维？"

"就是教我下棋的那个人，不过后来他搬走了。"

"你会下棋？"拉里问。他从小就跟他的朋友比尔·赫舍尔下棋，可从来也没有想到过教赖安那么大的孩子下棋。

"他先是教妈妈，后来又教我。"

拉里试图想象多丽俯身在棋盘上的情景，但想象不出来。不，那不像他的多丽。她连拼字游戏都玩不好呢。

"你是说你妈现在会下棋？"

"她下得可好啦，有时候还能赢他呢。"

"谁？"他想让赖安说出那个名字，他想让那个名字像一支尖端带毒的箭一样射进他的心窝。

"戴维。"

"噢。"

赖安第一次单独来芝加哥时拉里和贝思刚结婚几个月。开头的几天对他们三人来说都很可怕。赖安拿眼睛使劲瞪贝思，露出独生子那种专注的目光。他的嘴角耷拉着；由于疑虑，梳得光光的头发似乎被包裹在一个气泡保护层中;他的头在肩膀上僵硬地转动着。拉里看得出来,关于继母的事他已经听说了。他小心翼翼地提防着。

贝思也很害怕。这是一个新角色,一个她这一辈子原本不准备扮演的角色。"就叫我贝思好了。"当她已经看清楚赖安怎么也不打算叫她时,她对赖安说,"我们会成为好朋友的,我知道。"她的言谈小心翼翼,似乎时时都在寻求使用成对的引号。对赖安的蝙蝠侠风筝她说"妙",对他的"拯救濒临灭绝物种"T恤衫她说"哇",假如赖安意外地猜对了电台上举办的棒球统计测试,她就说"棒"。

拉里带赖安去参观办得相对成功的战地博物馆和办得不成功的艺术学会。他还带他到格伦科的芝加哥植物园去看剪形动物。(他指着一个用绿树修剪成的动物造型对赖安说:"那是一只长颈鹿。"赖安迷迷糊糊地说:"可不是吗。")还有一天他领他去里格利菲尔德看小熊队比赛。

所有这些活动贝思都恳求免于参加。她正在撰写一篇关于一位无名的中世纪修女的论文。那位修女亲吻别人坐过的座位,喝别人的洗脚水。她断定,这是宗教狂热与精神错乱并存,但她还是细心地将事件放在历史背景中加以研究。如果单纯讥笑她的过分虔诚或别的什么那就太轻率了。

贝思和拉里都注意到,赖安很少笑,很少出声地笑。他在家和邻居家的小朋友在一起时可不是这样。是想家了还是有点忧郁?他也不主动和人说话,回答拉里的问题也总是用单音节词:是,不,嗯。问他电影《超人》怎么样,他说"可以"。(他说话的时候嘴边黏着苏打饼干屑。)难道不吸引人吗?吸引,很棒。那么那条章鱼如何呢？很好。

这样一个傻乎乎的、问一句答一句的孩子你能喜欢吗？爱孩子意味着什么呢？

拉里当然爱他的孩子。他能说出孩子的一连串明显的优点。赖安安静、整洁、规矩、听话、学习好、上课用心听讲，而且已经显示出了勇敢的迹象——有一次他乘地铁时，一个手拿凶器、半裸的疯子用身体挡住车厢的通道，命令所有人跪下来管他叫宇宙之主。"宇宙之主，宇宙之主。"赖安一边喊，一边傻笑着。

赖安在芝加哥期间，拉里每天变着法儿地更新他的父爱，创造他的父爱，将爱的理由倾注到他的头脑里和与孩子的对话中——是的，我爱这个孩子。我当然爱他。哪有父母不爱孩子的呢？就这样，他通过自己的技巧唤起了那根极其重要的神经——那根神经紧靠他的心脏或肺叶或脾脏，反正就在那些位置，然后将爱的话语搬进头颅里的闲置处，好让它们能叽叽喳喳地表达它们的强烈要求并占领现有的空间。

偶尔——赖安每一回来芝加哥时起码有一次——真诚的父子之爱会喷发出明亮的火焰，变成一时间肆意流淌的洪流，变成实实在在的东西。那是当拉里开车挤进北海滩附近的一处拥堵的停车场，坐在他身边的赖安说"嘿，停得真棒"的时候；或者是在赖安低头看《论坛报》上的连环漫画，拉里瞥见他洁净的脖子的时候（啊，孩子那弯曲的脖子的力量）；或者是当赖安在水族馆看完电影《水底探险》后出来的时候。当时赖安的眼睛是那样明亮，那样晶莹，放射出惊喜的光芒，显示出渴望了解海底奥秘的强烈欲望。拉里知道，他和赖安之间的关系正走向正常，无论将来会发生什么事，无论将来谁辜负了谁。每当这种时候，爱意就会像爆竹一般噼噼啪啪地在拉里的心中爆炸。他的这个孩子，这是对他首次炽热的父爱的奖赏。他的亲骨肉。他的亲儿子。

六岁时赖安的体重还达不到标准。他很挑食，对有些食物过敏，害怕黑暗，有时候会尿床。他经常患感冒，要么就是耳痛。他爱哭鼻子，忍受不了责备。他不愿看别人的眼睛，连他父亲的眼睛也不愿看，尤其不愿看那个抛弃了妻子和孩子的父亲的眼睛。在温尼伯的时候，一天傍晚他的父亲提着两个手提箱离开利普顿大街的家，搬进了威斯敏斯特大街一套破旧的公寓大楼里。

拉里自然将儿子的种种毛病归咎于自己。父母的婚姻一旦破裂，这些家庭的孩子也会破裂。道理就这么简单。

刚刚离婚的那些日子里，拉里仍住在温尼伯。他每天晚上都给儿子打电话，但他又能对一个那么小的孩子说什么呢？孩子的世界不是对话。孩子是一个在允许干什么和不允许干什么之间前后摇摆的没有骨头的小人儿。你必须待在他的身边去感受他在感受什么，随时了解他在某个特定的时候害怕什么，能忍受什么。

赖安五岁时曾对拉里说过一件怪事："我头脑里有很多声音。它们一直在不停地谈话。"

起初拉里对此非常担忧，直到他琢磨明白那些声音究竟是什么才算放心。那不过是他儿子心灵的思考，是自觉意识的开端，是长久的、不间断的、重复不停的内心对话的开始。这种对话将伴随他一生。

"我不相信将孩子日托有什么好处。"赖安出生后多丽对拉里说。但几个月后她还是那样做了。当时家里很缺钱,尽管他们还能靠拉里的收入维持生活。赖安出世前多丽工作过的曼尼托巴汽车公司给了她一份销售差事——几个女人在商品陈列室管销售。这是一个新工种。多丽发现,她特别能激励顾客的信心。她有这种天才,能够让客户感到他们占了便宜。她爱说:"我总是称他们为客户,而不是顾客。我喜欢看到他们愉快地成交。"

拉里对日托有顾虑。因为他自己是跟着待在家里不出门的妈妈长大的。然而两三岁时,赖安就给人一种印象:他是一个叫人有理由感到满意的孩子。晚上给赖安洗过澡后,拉里给他读一个故事,然后他喜欢穿着睡衣在温暖的家里乱跑。他愉快地尖叫着,摇摇晃晃但又不会摔倒,像滑稽演员一样逗人发笑,但拉里却笑不出来。这不会长久,他自言自语地说,但他又难以确定自己感到不安的原因。

生赖安的时候拉里在医院里陪护妻子。事前他还和多丽一道去听过生育课。多丽临产的时候,他花了整整七个小时计算阵痛,帮她呼吸。然后他瞧着他儿子热气腾腾的小脑袋急切地在多丽两腿之间那个红得几乎无法辨认、流着水的椭圆里出现。脑袋之后是肩膀,接着,随着一股羊水喷出,一个小小的像包裹一样的肉体落地。肉体的中央有两个暗红色的小球球——他儿子的睾丸:男孩儿。谁能相信这一对标记在生命一开始就那么显眼呢?(相比之下,阴茎很小,而且是被褶皱包裹着的,像一个玫瑰花蕾,只是一个象征。)

医生将一把银光闪闪的小剪刀放在拉里手里,教他从哪儿剪断脐带。时至今日,拉里仍然记得,随着他的手指加力,肉状组织准确地收缩。幸福像歌曲一样涌向他的咽喉。他认为，儿子头上那几绺湿漉漉的头发乃是完美的征兆。

紧接着他突然明白了为人父的含义，那就是原始的保护欲望，提防危险发生。

多丽·肖怀孕了。那是在1978年。她和拉里已来往一年有余——"来往"，那是他们自己的说法。其间，她停服了避孕药，改用避孕器。几个月前，多丽的母亲轻微中风，吓得多丽怕有副作用，再不敢服避孕药了。当时大家也都不敢服了。

这时候多丽有一套公寓住房，她想让拉里搬过去和她一起住。当时他还住在父母家里——多丽说对他这种年龄的人来说，这多少有点古怪。他们时不时地提到婚姻问题，但都是以含糊不清的、抽象的方式提到的，就像他们打发时间时看的一部五十年代的家庭电影里一样。"别忙。"拉里对多丽说。他心里很害怕，但努力使自己的声音保持平稳和随便。

"我想把这件事说定，"多丽对拉里坦言道，"我不想要我父母的那种婚姻，家里闹哄哄乱糟糟的，孩子没人管。"

接着，她怀孕了。月经两个月没来，第三个月还没来。他们甚至从来也没有商量过堕胎。两个人关系太亲近了，无法谈及堕胎；要么就是还不够亲密，不便谈及。两个人谁也不知道认真讨论起来时该说什么话或该持什么态度。双方父母勉强赞成的态度使他们只好保持沉默。认命吧。

甚至在赖安还在襁褓之中的时候，多丽就开始发愁孩子长大了该怎么跟他说。"比如说，为什么我们结婚五个月就生了他呢？你知道，孩子们会提出这样的问题的。他们会注意到的。"

"他总得先学会识数。"

"现在的孩子识数可早了。瞧瞧《芝麻街》!"

"他也不会是第一个——"

"别说出来,我讨厌那个词。"

"非婚生儿?"

"你说出来了。我对你说我讨厌那个词,可你还是说出来了。"

"这个词现在没人用了。没有人再注意这种事了。"

"那你姐姐米姬呢?她会认为我是故意的,引诱你,引诱她亲爱的弟弟中圈套;会说我故意在避孕器上扎个眼儿,或说别的什么话。嗨,中圈套的是我自己。"

"干吗要管米姬怎么想呢?"

"那你父母呢?为什么他们老是说赖安是早产的,是个才一丁点大的小东西呢?八磅重,哎哟!还用你说吗?"

"那是因为他们没别的话可说。"

"啊,我们得想想看将来跟孩子怎么说,你和我。这一天很快就会到来的。"

"那我们就告诉他,"拉里说,"我们当时还是一对荒唐的孩子。"

"更像是傻孩子。"多丽说。她做了个鬼脸,一个痛苦的鬼脸。

赖安很可能几年前就知道了,拉里想。赖安于1991年夏季来到芝加哥,比春季至少长高了两英寸。这个快十三岁的孩子已经知道了。他很可能偶然见到过一张旧结婚照,要不就是见过某种更正式的东西,比如带有日期的文件。或许有人对他说过什么,向他做过暗示,甚至已把整个故事都抖搂出来了。当然也很可能是他自己琢磨出来的，慢慢地往他的推理中滴入一滴逻辑，整幅画面就会显露出来。

然而，一个小孩子将会如何吸收这种知识呢？假如赖安相信他是父母结婚的唯一理由，整个失败婚姻的结局都是他造成的，那该如何是好呢？

当然，他肯定会这样想的，他还能有什么别的想法呢？这就是他，一丁点儿蛋白质在错误的时间滴在了错误的地方，他的细胞开始一天天繁殖，汇成悲惨的溪流，最后以父母的灾难告终。一个十二岁的孩子如何忍受得了呢？他如何能够怀揣生命之井里这一有毒的秘密去闯荡世界呢？他会怎么做呢？他又不能加入一个早产儿救助组织，也不能参加一个旨在原谅父母以及他们的粗心行为的十二步治疗项目。

这件事最近令拉里十分头痛。它折磨着他的心。难道你不该趁他还是个孩子的时候和他心里的那个孩子谈谈吗？拉里7月份休假一个月，在赖安的帮助下整治他和贝思在奥克帕克购买的这所旧房子的庭院，竖立了新栅栏，靠着石头房基栽上了棚树——东方紫荆，并在车库附近栽种了一排山茱萸幼苗。

"什么是棚树？"赖安问。

拉里对他说，棚树就是培植一种植物在棚架上或绳子上攀缘，它想朝三维生长，那是它的本能；不过，你也可以强制它占据一个两维平面，让它呈平面铺开，正好用来覆盖篱笆或无门窗的墙。"听起来很残忍。"赖安说。他是那样直率，那样自然地说出了自己的想法。拉里像他那么大的时候肯定也会说出这样的话。他的话在空中萦绕片刻，叫人无法回答。拉里心里犹豫着要不要将问题引向植物是否有"感觉"上，最终决定还是不要这么做。这一天的气氛太宜人了，这一时刻也太短暂了。他摇摇头，以温和的目光注视着儿子。"也许是有一点儿残忍。"拉里最后说。赖安对他的话报以羞涩而欢欣的微笑。

赖安对这种工作的兴趣大得惊人。他同拉里一道去过苗圃，他对如何使院子右边的栅栏显示出久经风雨的样子提出过很好的建议——先涂一层灰漆，再涂一层白漆，然后再粗略地撒上一层沙子，让人看起来好像"从第一天就有它"似的。拉里有许多机会观察赖安专注、机敏又文静的孩子气的举止。他错误地将这两者解释为痛苦的信号。

他断定，现在是和他的独生子谈一谈，解除他内心暗藏的怀疑所造成的精神压力的时候了。他认为，这将是他本人一生中最重要的谈话之一，对于他的儿子来说可能也是如此。一想到将要把真相和盘托出以及随之而来的轻松，他的心里颇为激动，尽管他明白到时候他很难说得出口。但他认为他能做到。当黑暗和秘密隐藏起来的时候，他就得让它们曝光，加以解释。

但他必须先跟他的前妻多丽商量好。

一天夜里十一点钟，他往温尼伯挂了个电话——那是在赖安在阳台上入睡，贝思在罗萨里学院上了一天课精疲力竭地上楼就寝之后。（为什么赖安在这里时他就得过双重人格的生活，连谈话也得小心翼翼，偷偷摸摸？情况一直如此。）

多丽回了电话，声音听起来很困倦。她告诉拉里说她正在厨房的桌子边看一份销售报告，明天一大早的早餐会上要用。她计划周末去魁北克的特鲁瓦皮斯托勒，她已报名参加那里的一个短期法语培训班。在几周的干旱之后，温尼伯下了整整一夜雨。赖安还好吗？

"我在考虑和他进行一次严肃的谈话。"拉里说。他为自己声音里的夸张色彩感到胆怯。

"谈什么？"她立刻警觉起来。

"我认为有些事他应该知道。"

"如果你想跟他谈性的话，拉里，那他可是知道。几年前他就知道了。我给他买过一本书，后来又和他进行了一次长谈。那时候他——可能是九岁。"

"太好了，多丽。"他假意恭维道。

"算不了什么，只是必要而已。"她知道他是虚情假意。她看透了他，不是吗？

"我说的是心里话。"

"不过，如果你还想跟他谈的话——"

"我想谈——是这样，我想我们应该把我们的情况告诉他。"

"我们的什么情况？"

"关于我们的婚姻，关于他的出生。我一直认为将来他会为此而烦恼。即使现在还没有，将来他也会胡乱推断的。"

"噢。"

"我想听听你的意见。"

沉默了片刻之后，她说："我，啊——"

她在哭，他听得出来。"多丽！你怎么啦？"

"不，"她说，"不，我不让你把那种事告诉他。"

"可是，很可能他已经猜出来了。"

"那就更没有必要——"

"我是怕他将来会很孤独，就为这个。他只能一个人闷在心里，生活在问号里。你懂我的意思吗？"

"我懂。"

"那么，难道你不认为——"

"他知道。我明白他知道。有过暗示。他问过。"

"问过什么？"

"比如咱们为什么离婚。"

"你怎么回答的？"

"我说我结婚的时候太傻了。"

"我也是。耶稣啊，司空见惯的傻事。"

"不，拉里。当时我们两个是都傻，不过我除了傻还蠢，还——"

"你对自己太苛刻了。"

"还荒唐。但冷静下来之后我明白了这一点。你走后的这些年里我考虑过，不能再剪什么购物优惠券了，要保持理智。我弄明白的还有一点，那就是人不需要什么事都搞得一清二楚。不是所有的细枝末节都要大白于天下。我不想让赖安认为……认为，你知道，认为我们结婚是被迫的。"

拉里突然记起，她哭的时候说话总是磕磕绊绊的。

"我们曾经相爱过，多丽。那是我们结婚的真正原因。"

"是吗？"

他无法判断她的口气是辛酸还是乞求。"是的，我们相爱过，"他语气坚定地说，"也许我忘记了许多事，但这一点我没有忘记。"

她抽抽噎噎地说："他会好起来的，拉里。他自己能处理好这件事。用不着对他直言相告。"

"你不是也曾经发愁如何向他解释吗？"

"那时候我还年轻，还没有镇定下来。"

"你不认为那样做会有好处吗,如果我们把——"

"这件事他会处理。就这一件事,拉里。请相信我。"

他沉默了片刻说:"假如你有把握——"

"我有把握。"

"他就要成为大孩子了。"

"可不是嘛。"

"谢谢你。"

"我也谢谢你。"

"我不该再打扰你了。"

"再见,拉里。"她的声音带着哭腔。他听得出来。

"晚安。"

拉里一放下电话,立刻感到如释重负,紧接着是一阵强烈的电击似的幸福感。这种幸福感极为强烈,似乎要把他的身体从头到脚切成碎片。顷刻之间,他所有的感官都进入了纯粹的销魂状态。多丽的声音,她的声音结束时的震颤。他的多情的、四肢雪白的妻子正在楼上睡觉。还有他想不起来当时为什么取名叫赖安的亲爱的儿子,他将永远拥有这个取得莫名其妙的名字。

还有什么呢?拉里问自己。他自己的好运气,他的错误和承诺,这所黑暗、沉寂、宽敞的房子,还有他们的秘密和妥协,全都平静地躺在这个屋檐之下。

第十一章
拉里对美好事物的追求1992

四十二岁时,在芝加哥郊区拥有一个公司的园林设计师拉里给人的印象是,他已过上了平静和安逸的生活。他对冲破权力的桎梏不感兴趣。事实上,他在这个世界上发展得要比预期的顺利。他的一切情况都表明他是一个相当走运的人。瞧他那带有令人费解的标志的商业名片;他那已经付款的维萨信用卡账单;他那叠成正方形,分类归档,整整齐齐地保存着,只有他和妻子才能找到的纳税收据;瞧他的衣服、他的牛仔裤、他的汗衫、他的有宽有窄的皮带、他的运动鞋和挺括的袜子。拉里·韦勒中年的骨头和与之相伴的精神被所有这些东西——这些质量上好但从不自我炫耀的宽松的衣服——恰当地包裹着,美化着,得体地调节着。此外,他身上的肌肉,他那像帆布一样绷得紧紧的大小适中的脸庞,他那宽阔的略显粗壮的躯干和四肢:在他愿意的时候,所有这些都可以使他呈现并保持一种罕见的稳重姿态。他的妻子贝思(实际上是他的第二个妻子)相当自豪地注意到了拉里姿态的优美:他能连续坐一个或一个多小时而不扭动,不挠痒痒,四肢一动不动,简直变成了一尊温厚的塑像——比如坐在后院的烧烤野餐会上或坐在公共讲座的教室里时,无论坐在什么地方,他都不会像那些扭捏不安、追求舒服的人那样两条腿一会儿交叉，一会儿放下。贝思还注意到，拉里能够以恰当的分寸向人群屈身：他的头向前探着，身体保持平衡，专注而急切地捕捉最微弱的说话声。他对别人的话总是一副赞赏的表情，或者看起来是那样，无论是支离破碎的、乏味的见解，品位低下、相互吹捧的笑话，或者是在某一个社会阶层广为流传的轶事趣闻，拉里·韦勒总是洗耳恭听，鼓掌叫好，这从他那放松的身体就可以看出来。

没有人教他这些，但他却学会了。你可以说这是拉里的好运气，是脊髓带中几个行为神经元结合的结果，就像他的血型和指纹涡一样是独一无二的。他身体的精练状态——它的稳重，它的不由自主的和蔼可亲——随时存在，同时还有耐心这一潜在的问题：这些美德是他的基因里原有的呢，还是他自己压印上去的呢？

他的声音也给人一种平静和仁慈友善的印象。他说话以低音为主，常常夹杂着表示恭敬的停顿。一般人都认为，所有这些主要归功于拉里的加拿大背景，因为他和贝思的好朋友都知道，他出生在加拿大城市温尼伯并在那里长大。至于那座城市在什么位置他们就不大清楚了。反正就在那里，北边什么地方，在那个礼貌、沉寂的白色王国中一块有代表性的土地上。那个王国有皮肉松弛的年迈女王和冰雪覆盖的山脉；那里的人民爱熬制槭糖、喝茶、捕鳟鱼，爱友善地点头——就像拉里·韦勒穿过奥克帕克的某一个后院时冲着邻居点头，喝加利福尼亚夏布利酒时冲着邻桌的顾客点头，当有人问到他对乔治·布什的计划或关于全国公共广播电台的过高开支问题的看法时，他抬头望着拱门上的槭树枝点头一样。至于说对全民保健计划这一政治主张的看法，拉里则显然不愿发表意见。这个话题最好避开。啊，不过（改变话题），谈起加拿大荒原，谈起令人瞩目的乘火车穿越北美大陆西部的旅行，有人说那是所有人的梦想。这话对不对？拉里同意这种看法吗？显然同意。"噢，是的，一点不错。我和贝思还希望有朝一日能……"

拉里时髦吗？不，不可能。他的遗传基因是足够聪明活泼的，但他受到的教化使他对"时髦"保持怀疑。他最近做了个流行文化测试，得出的结果是"青年守旧者"。

他是个生活得舒舒服服的人，舒舒服服地在美国安了家，不过，假如有人问他——但迄今还没有人问过，拉里会说他跌进了一种与以往他所熟悉的生活结构大相径庭的生活中。他在温尼伯的童年不可言喻地平静——尽管任何人的童年也许都不应该用这样的词汇描述。他是家里的第二个孩子，父亲是工厂的工人，母亲是家庭妇女。他们主要的休闲活动是星期六上午到邻近街区去看别人家清宅出售的旧货，或偶尔到温尼伯运动场看橄榄球赛。小时候拉里上过公立学校，而且同他的父母一样，没有受过其他种类的教育。他的学习成绩至多能赶上中等水平，有时还要更差一些。在麦克唐纳中学混到毕业之后，他在当地一所技术学院上过一年学——鉴于他的数学很差，考试成绩一塌糊涂，所以没有一个人建议他申请上大学。在雷德河学院他拿到了花卉艺术毕业证书，然后便开始了缓慢的螺旋式升迁。先是升任温尼伯花卉商店的经理，后是南下芝加哥，在著名的埃里克·艾斯纳博士指导下学了一年园林设计，接着便向高雅而先进的奥克帕克市那被绿地包得紧紧的、洒满阴影的空间进军，最后竟成了以庭院迷宫为专业的合格的（名誉）园林设计师。这令他本人大为吃惊。（实际上，他今年只做了一座迷宫，即为印第安纳州曼西市的儿童博物馆做的那一座，但他的客户多得令他难以招架，特别是来自美国阳光地带的客户。他们想把设计精致的伊丽莎白花园硬性移植到他们的后院里去，在游泳池和网球场之间设置一块正方形的、青枝绿叶的、具有历史意义的迷宫。还有一个纽约人要求在他的曼哈顿屋顶上设置一块假草坪。）

四十二岁的他——又吃了一惊！——已经多少有点应付的能力了。他在这个世界上前进着，他和贝思。

不过，长期以来——事实上是每一天的每一分钟，他一直在准备着冻馁和毁灭：他没有大学学历可以依靠和吹嘘；他从未读过查尔斯·狄更斯或拉尔夫·沃尔多·爱默生；如果要他在地图上指出内布拉斯加州的位置，他多半会被难住；他也不了解美国参议院及其对美国政府的稳定性的贡献或院内气势汹汹的精英主义的喧嚣。所以，当他离蒙受公众羞辱只有一步之遥的时候，他怎么能够盛气凌人、妄自尊大呢？其他人能够在离毁灭的火焰这么近的地方生存吗？（藏在他的视网膜后墙上的是一段以流利的字体写成的提问式的字幕，很可能是他本人的手迹。字幕是：我是怎么到这里来的？这是如何发生的？）

他用一笔数目相当大的抵押贷款买下了奥克帕克凯尼尔沃斯大街上一座七室的房子。有三个卧室呢！——仿佛像他和贝思这样没有子女的夫妇也可能需要三个卧室似的！他和贝思居住的那条街上的建筑都有色调素雅的石头灰泥外墙，尽管拉里知道那些建筑物的背面很快就会像电影的外景拍摄地一样风化瓦解，变成野草、垃圾箱和气味难闻的陋巷。（陋巷一词加拿大不用；在加拿大，那些规模赶不上大街的小街道叫作里弄——拉里认为那是一个很美的词。它能唤起人们的遐想：古雅的鹅卵石路面，两边是经过修剪的常青植物。那些逍遥自在、没有名字、鲜为人知的微型林荫道必然会通向远处苔藓覆盖的教堂。一对对恋人挽臂徜徉其间，互诉衷肠。是的，永远爱你，是的。他是一个浪漫主义者，而且一直都是，尽管直到最近他才得以确认这一点并给自己贴上浪漫主义的标签。）

关于拉里·韦勒还有什么呢？他是一位中年丈夫，有一个学者妻子——"她对我是什么看法呢？"他眼睛后面的提问字幕这样写着。他的学者妻子比他小几岁，是一位以妇女研究为专业的妇女（分科为宗教），她的研究领域颇让拉里困惑。他很愿意更准确地了解妇女研究的范围与目的，但他的问题似乎提得太迟了。他刚认识贝思的时候，她还在撰写关于女圣人的博士论文，当时她对自己所选择的研究领域还漫不经心，总在扬起眉毛注视着其他领域。她认为她在圣女研究方面所做的工作只是一个大笑话，无须认真对待。后来她的看法改变了，研究起来更加如饥似渴，当然也更急于发表她的研究成果。如果说现在她扬眉看天，那很可能是想表达她的失望：对于她的研究没有人关心，没有人注意。追寻学术成就乃是一种轮盘赌博游戏，要不就是恶毒的背后插刀。

自从早年的婚姻失败之后，拉里的生活变了。今天，他和贝思正在他们房子后部灯光明亮、小巧舒适的私室里安逸地度过漫长的美国夜晚，在新安装的煤气壁炉边烤着脚。在他们读书，用带花的大杯子喝着脱咖啡因咖啡的时候，偶尔会感到焦心的无聊，于是他们就转而看"名著剧场"电视节目，要不就是播放租来的录像带。如今他已明白，为了排遣无聊，男人和女人会如何回味他们的幸福，以便重新唤醒他们早年深沉的爱情。拉里从书上抬头看了看（那是一本新出版的书，可能是关于正统花园的）。拉里常常为他和妻子占据的金色的、虚幻的、美好的场面所困：周围是摞着杂志的书架，妻子像刀子一样薄的小手扶着放在腿上的论文手稿浏览。直接融入这一场面的另一个场面是：当晚晚些时候，他本人和贝思爬上楼梯，进入他们的方形卧室。大号床上的床单不一会儿便被弄得皱巴巴的，四壁朝一边倾斜，仅有的声音就是他们呼哧呼哧的喘息声以及温情但偶尔又自私的努力。接着便是她湿漉漉的肌肤在他身上滑动，停下来休息，嘴里低声呼唤着他的名字：噢，拉里，我的拉里。（"这是怎么回事呢？"一个声音悄悄问他的大脑，"我怎么配得到如此厚爱呢？"）

当然，晚上他们也经常出去。他和贝思定期去看芝加哥交响乐团的演出，因为贝思的父母贝尔福特·普赖尔和鲁思·普赖尔——"贝尔斯"在去夏威夷之前是该乐团的担保人，而鲁思是税法律师——每年圣诞节都要给贝思和拉里寄两张该乐团的季票。贝思和拉里当然是要去的，尽管在大环（芝加哥的商业区）停车非常困难，尽管汽车没有人看管他们很担心，尽管贝思对音乐出奇地讨厌，往往听一半就打瞌睡。

原加拿大人——温尼伯的拉里·韦勒——是如何理解音乐会的系列节目的呢？说实话，他发现交响乐是深奥难解的。他在温尼伯长到那么大，连一个晚上的经典音乐也没有听过，尽管那个城市里随时都有交响乐团演出，可他并不知道。另一方面，交响乐变幻的节奏很奇特。不知为什么他听起来觉得很熟悉。那些曲调哗啦啦地冲向他的耳朵，声音有高有低，如潺潺流水，圆润悦耳，时而滑动，时而停止。这些变幻的音乐乃是他生活的回声，时而欢快，时而哀伤，有升有降，有快有慢，有高有低。他不知道自己的生活将来是否总是这样。就是这样了吗？

去年元月，在等待了多年之后，拉里的妻子终于出版了她的关于早期圣女的著作：《足够幸福》，贝思·普赖尔博士著，根据她的同名博士论文扩写；伊利诺伊大学出版社；定价二十九美元零点九五美分，插图本。

那本书是大开本，装帧很漂亮，所有大书店的书架上都可以找到，起码在芝加哥地区是这样。华丽的蓝绿色封面上有一幅圣阿加莎（公元三世纪）的精美画像。画面上的圣阿加莎端着一个大圆盘，明亮的圆盘上摆放着她的两个乳房，乳头高耸。那两个乳房是作为对她的狂热信仰的惩罚强行从她身上割下来的。那奶油状的乳房使拉里想起小时候母亲为他和姐姐米姬做的两杯烤蛋奶糕。"这可以使你们免去病痛之苦。"他的母亲一边往餐桌上放小玻璃杯，一边故弄玄虚地唱道。她的声调既愧疚又自豪。杯子上面稀稀拉拉地撒着金色的肉豆蔻。他和米姬立即刮起这一层湿湿的、呈浅凹状的表皮，抹在舌头上。两人相视而笑，似乎他们骗过了母亲。

学界对贝思·普赖尔著作的评论意见不一，但一般是肯定的。那些评论倾向于这样的学术观点："普赖尔博士很明智。她没有嘲笑早期基督徒过度的心醉神迷，而是把她们放在早期西方社会女性毫无权利可言的背景中加以审视。"（《西北艺术与文学》第16卷，1992年5月，第24—25页）

凭借《西北》杂志的评论和《妇女著作纵览》4月号上的赞誉（"博学，富有人情味，具有创新精神"），贝思申请了古根海姆研究基金[1]，因为她知道，他们——且不管他们是谁——做梦也不会想

---

[1]. 由古根海姆纪念基金会提供给学者、作家、艺术家的研究基金。该基金会由美国实业家兼慈善家约翰·西蒙·古根海姆（1867—1941）于1925年建立。

拒绝她的申请的。她毕竟有年轻的优势；她有望得到（几乎已经得到）哲学博士学位；她博览了好几个学术领域的著作；她的观点明确，目光敏锐；此外，女权主义者/解构主义者重写历史目前是一大热门。她不能错过。

一想到能获得这样一笔研究基金她就非常激动——这一点她的丈夫拉里同样很清楚。他注意到了她填表时是多么兴奋紧张。她的笔发疯似的在指定的方格里飞舞，她苦苦思索着能指望哪一位同事给她写一封推荐信。芝加哥伊利诺伊大学的罗斯马利·斯坦利博士？——不行，此人太保守。为《足够幸福》一书写序言的费利克斯·朱格勒？——也许他与这一研究课题的关系太密切，别人会认为他的意见带有感情色彩。她所想到的人不是太重要了就是还不够重要。整整一夜她都在考虑推荐信的问题，尽管第二天早上她对拉里宣布说，她认为和她的个人简历比较起来，推荐信不会有多大分量。她的简历是一份写得密密麻麻的十五页的文件（拉里爱说：不久就会拍成大部头的电影）。

看到妻子对研究基金的期望那么大，拉里有点担心。过去她对才智的渴望可并非如此。他不知道万一她的期望落空了，他该如何减轻她所受的打击。他对自己说，应该有个变通计划，这很重要。他早就应该想到这一点。他应该从别的方面考虑，甚至考虑他本人申请这项奖金，不管获奖的机会有多大。

这回该我了，贝思轻松地说，似乎世间的公正总是伴随着奖金而来的。她对拉里解释说，古根海姆基金几乎是获得终身职位的保证，关系到一生。几年来，博士后职位她找了一个又一个，总是不能长久。再说，如果能拿到研究基金，一年的旅游和研究经费都足够了，也许还有钱再出一本书。这回她要用当代女权主义者的透视观点对天使传报[1]加以研究,那既是历史,又是神话传说。当时,天使加百列对圣母宣布说她已被选定为救世主耶稣的母亲。拉里·韦勒心爱的、难以理解的第二个妻子,三十五岁的贝思·普赖尔宣称:这是"有史以来对一个女人最严重的强迫"。

"你可以关门几个月,陪我旅游半程,"她对他说,"你知道,你一直想去看看欧洲的迷宫。听我说,拉里,我认为我们现在就应该去租赁代理处登记把房子租出去。这些事你得及早着手办,先做好计划。"

当古根海姆基金会来信通知她说,很遗憾,她未能获得研究基金时("因为今年收到的申请空前的多"),她被打蒙了,脸上的骨头绷得像石头一样坚硬,接着涕泪涟涟地破碎了。她哭泣,愤怒,拳头砰地砸到枥木咖啡桌上,桌子腿咔嚓一声响。她重新考虑了自己的获奖资格。她先是抱怨申请程序不合理,后来又抱怨评审委员会无知。她怀疑那些评委都是男人,都是欧洲白人,他们带有男人固有的、受睾酮限制的偏见——古根海姆项目素来因偏向男申请人而声名狼藉,她早就应该知道她会被推到一边。受骗了,上当了。

第二天基金会又来了一封信,这一次是给拉里的。来信说他的申请被批准了,并对他表示衷心的祝贺。

"你没有告诉我你也申请了,"贝思态度生硬地说,"你一次也没有提到过。"

"我原以为希望不大。"

---

1. 《圣经·新约》中天使加百列向马利亚传报耶稣将通过马利亚成胎而降生。

"你好像从来没有出版过什么东西。"

"当然,我也没有哲学博士学位。"

"他妈的,他妈的,他妈的,他妈的!"

"贝思,你——"

"这不公平。连你也能看出来这不公平。"

"是的。"拉里说。看到她气得两手直发抖,他心里很难过。"你说得对,这不公平,但我们俩可以分享。是谁说过的,两个人旅游和一个人一样便宜?"

"那是胡扯。我希望你不要再试图安慰我了。那会使我发疯。我觉得这是——"

"什么?"

"羞辱我。"

"怎么会是羞辱呢?"

"你居然背着我做这种事。"

"我没有那么想过。"

"背信弃义。等于是背信弃义。"

"很抱歉。你知道我决不会——"

"我不知道。而且我也不知道你是不是真的抱歉。"

"我又没有撒谎骗你。"

"你不能不承认,拉里,你的所作所为并不完全诚实。而完全诚实是基础,我们的全部——"

"我只是想——"

"想什么?我倒很想听听。"

"当时你似乎太想去旅游了。"

"不仅仅是去旅游,拉里,天哪!而是——怎么说呢——

得到。"

"但从某种意义上说,我们俩都得到了。"

"你就是不明白我的意思,是不是?"

也许他没有明白。现在他知道了。有很多事情他没有"明白"。他也不知道自己是否相信真有什么绝对的诚实。他想起了多丽,想起了他的父母,想起了那鸿沟似的沉默,那被割断的心灵沟通。

"听着,"他说,"如果咱们抓紧点,可以一个月后去英国。"他意识到,他的话说得老练、圆滑、婉转,那口气像是一个充满温情的大叔,"要不咱们这就打点行装,明天就走?"

"明天不可能。我们怎么可能——?"

"那就下一周。"

"我不知道。"

"咱们当然得去。"

"不管怎么说,"她停了停说,"我把房子登记出租了,这总是好事。你说要我等一等,记不记得?当时我对你说我们应当这就动手。"

"我们会玩得非常愉快的。"

他的话声音很大,是故意用洪亮的男人腔说的。在他看来,这话是在不诚恳的情况下说的。谁不诚恳呢,是他拉里还是贝思?他和妻子之间的均势微妙地转化了。这在很大程度上可以清楚地看出来。他以某种方式辜负了她。她要用很长时间才能原谅他。

"该死,该死,该死。"她用刀刃般的手捂着脸喃喃道。她在骂他。

他们在香农上岸,租了一辆淡蓝色的福特嘉年华,直接去看英伦三岛上可确定年代的最古老的迷宫——建于公元550年的好莱坞石旧址。天空乌云滚滚,大雨如注,将他们颠簸的小汽车两边涂成了银灰色。"我觉得我的美国细胞已经湿到中心了。"贝思坐在前排座位上打着哆嗦说。二十分钟后,雨过天晴,阳光灿烂,爱尔兰翠绿的田园景色在他们周围闪现。"就像市场上最好的西兰花。"贝思观察了一会儿,挥了挥手说。

拉里解释说,重要的还是好莱坞石的位置。那是几年前人们在一条朝圣小道的起点发现的,那条曲折的小道穿过威克洛山,有十四英里远,通往格兰达洛河谷——早期凯尔特僧侣社区——的起点。

这个基督教迷宫清楚地刻在那块浅褐色大圆石上。它暗示出互相关联的两种信息,其中之一是告诉行人通向凯尔特圣所的道路曲折而艰难,很像今天通用的之字形转弯标志,告诫人们前面是急转弯。还有一种更深刻的解读,认为该迷宫与人生,与人生曲折的精神旅途之艰难相一致。

两种信息居然能够合并成一种象征性的符号,这在贝思看来非常奇妙。"好像是未经正式训练的画家画的幼稚的透视图,"她惊叹道,"既没有绝对的规则,又不在乎实体与精神之间的混淆。"

她高兴得满脸通红。她在接近神圣的时候总是这样。尽管她坦率地承认她好争论,相信神圣已经被心理学取代,但她是个一见上帝的善行就会被感化的人。在她看来,上帝的善行就是灿烂的阳光,是历史上最强大的力量。

遗憾的是,好莱坞石如今已不在圣凯文大街旁边它原来的位置,而被移到了都柏林的古物博物馆里。当天晚些时候,拉里和贝思在那个博物馆里看到了它。

"这是腐败,是耻辱,"贝思对着玻璃柜喃喃地说,"居然将圣物从它所在的地方移走。它是朝圣的路标,是用来鼓励人们继续前进的。"

"也许会使朝圣者泄气。"

"那倒也是。"整整一天她的情绪都很好,很随和,很好奇,尽管她和拉里都因为时差而晕晕乎乎的。

"它的表面很快就会被磨平,"拉里提醒贝思说,"被我们这样的旅游者,要不就是被风雨。"

"你说得很对。"贝思叹了口气。她的好心境消失了。"我们真应该做出必要的和解了,是不是?"

英格兰的天气特别好。当时正值6月下旬,伦敦到处盛开着丁香,房子的门廊上、公园里、广场上。一想起这座一度烟雾弥漫、堆积着历史和污染物沉淀的古城如今居然能负载这么多如此娇嫩芬芳的鲜花,贝思就感到十分惊讶。扑鼻的清香飘进他们下榻的诺丁山彭布里奇花园宾馆的窗户。他们呼吸着这麻醉药似的浓重香味,一遍又一遍地诉说着他们远离伊利诺伊州被太阳烤焦了的平原——(正如他们从昨晚的新闻节目中看到的那样)那里的一场干旱正威胁着今年的农作物收成,来到这个祥和、青翠、鲜花盛开的城市是多么幸运。

每天早上一吃过早饭,贝思便乘地铁赶往国家美术馆或维多利亚与阿尔伯特博物馆。她打算看看所能找到的每一幅关于天使传报的画像并做记录。几乎所有描绘天使与圣母相会场面的绘画构图都一样:画面右边的圣母马利亚平静地坐着,面前放着一本打开的书。左边站着——确切地说是蹲着——天使加百列。加百列有一张女人似的脸，满脸堆笑，头发松垂，一对华丽的翅膀折叠在背后，怀里抱着一束被强行扭曲成阴茎状的百合花。在两个人物之间隐藏着画家对文明社会的联想：不是画着一两座塔楼，就是画着通向一座封闭花园的石头拱门，那是童贞的象征。而且蓝天里的什么地方必有一只小鸟，尖尖的鸟嘴对着马利亚，向她传达激动人心的消息：在所有女人中，她被选中了。

贝思用潦草的字体匆匆写下这些细节，后来又输入她的便携式电脑里。她到处寻找不同的画面，一旦发现便欣喜若狂。对她来说，这种变异画面代表着和传统故事内容的决裂，象征着个人的解释权利。她打算在写下一部书时开始使用这种权利。下一部书要在古根海姆研究基金的赞助下写。赞助，这就是她对这件事考虑得越来越多的原因。

在奇妙美丽的欧洲迷宫中探索的拉里决定先研究汉普顿宫，从征服它开始。在一个天气温和、微风习习的星期二一大早，拉里随第一批参观者来到了迷宫门口。在短短的二十分钟里，他一边默默地背诵那传统的口诀：右，左，左，等等，一边在迷宫的通道里穿行，根据口诀自动转弯。晨光里，鸟儿在头顶上叽叽喳喳地叫着；一排排整齐的紫杉树篱还带着晶莹剔透的露水，犹如昂贵的家具装饰品，一丝不苟地挺立着。

最近几年里他在美国见过好几座梯形的汉普顿宫复制品：在宾夕法尼亚州的迪尔菲尔德，数千株六英寸高的黄杨木树苗正在慢慢长大，人们已明智地开始栽种杜鹃花作为迷宫的边界。威廉斯堡有一座迷宫以冬青为墙，修剪成几何图形，墙上编织着鹅耳枥枝条。那是一个小型汉普顿宫，宛如一颗小宝石。

他曾经预见到，汉普顿宫的漫游将会在他的意识中转动一把重要的钥匙，要么会使他充满对往日幸福的回忆，要么会促使他走向失败。这里毕竟是十四年前他和他的第一个妻子多丽蜜月最后一天来过的地方，在挑逗性的紫杉通道之间，他体验过他认为堪称革命性的经历：他始终难以确定他在迷宫里迷失方向、脱离其他人、茫然不知所措的那一个钟头里自己究竟出了什么事，但他记得他感到心情特别愉快。这在某些方面同自己身上满是凹陷的适应性有关。那令人迷惑的树篱似乎在说：他能够超越自我；他能够变成另外一个人，而不再是多丽·肖的新郎，一块前殖民地上不爱思辨的公民，想象力有限、选择机会极少的拉里·韦勒。

可是今天，他一边在树篱中轻松自如地转弯，一边赞扬难以捉摸的死胡同的设计。他顽强地保持着冷静。十六个交叉点，十六条分支，这似乎太简单了。他注意到，这些老灌木墙需要剪去多余的枝条，使它们变得稀疏一些。他感到太阳越来越毒，要是戴个帽子就好了。这时候来了一群小学生。他们的老师喊叫着，试图维持秩序，声音严厉、刺耳而又专横。他注意到这一古代迷宫缺少变化——假如1690年算是古代的话，而且中心的那两棵树似乎有点不成比例，显得古板而呆滞，似乎迷宫游览者不是在享受，而是在受奚落。他看到，重要的设计可能性被忽略了，尽管他认为树篱范围以内的那个别出心裁的"岛屿"还是值得赞扬的。恰恰是这一点当初并未得到充分的肯定。他停住脚步做了个深呼吸，想以此引出强烈的感情波涛来，但什么也没有。两个女学生站在灌木墙尽头咯咯地笑着，朝他的方向投来好奇而又挑逗的目光。

他搭乘当天的第一辆公共汽车返回了伦敦。

建在湖中心两个小岛上的利兹堡迷宫却别有情趣。贝思很快就对她的天使传报课题感到了厌倦——因为画面上令人厌烦的贞女面孔太多了，而那些使她们名垂千古的画家们在表现他们的男性傲慢与专横时又太过分。于是，她便陪同拉里在肯特郡的梅德斯通玩了一天。四年前设计建造的那座迷宫结构复杂、气势磅礴，令人叹为观止。拉里在设计巧妙的通道里走的时候发现了他原有的感觉：迷宫与人类的混乱是基本吻合的。"迷宫乃是一种机器，而人则是它的运转部件。"他对贝思说起不久前读到的一句话，这句话的出处他忘记了。

"可是，"贝思问，"我们是不想当机器零件的呀？"在连续几周失眠和在大英图书馆沮丧地做潦草的笔记之后，她原有的爱发问的好奇心又奇迹般地复活了。昨天她还对拉里说作为一个没有选择跟着狼跑的女人是多么幸福。今天下午，炎热的太阳晒得她的脸红扑扑的。她在伦敦一家时装商店里买的价格昂贵的南瓜色背心裙露出了她纤细消瘦的肩膀。拉里已由此想到了他们在伦敦住的宾馆里的房间、宽宽的双人床以及凉爽平展的床单。

贝思把她的问题又重复一遍："你真的认为人愿意当个机器零件吗？"她脸上"兴趣十足"的表情越来越明显。

"是的。"拉里说。他对自己回答速度之快感到吃惊。"至少我想当。"他向周围拥挤的度假者挥挥手。人群中有孩子，有挽着胳膊的情侣，有全家出行的游客，有一群群身穿制服但不怎么守规矩的童子军。那里还有庞大的日本旅游团，那些犹豫不决的日本人像椋鸟一样迅速地移来移去。咯咯笑着的德国人肚子上挂着照相机，背囊里背着水瓶。美国人三五成群，游来荡去。"相当华丽。"一位美国老人说。

"设计迷宫就是为了让我们成为艺术的组成部分。"拉里对贝思说。

"这么说你认为这是一件艺术品,对不?"她做了个很夸张的手势,但用的却是半讥笑的口气。

他回避了这一问题。"艺术"一词使他不安。"关于迷宫,整个情况是这样的,"他说,"你只有从空中鸟瞰,才能看出它们的完整含义。"

贝思理解这一点。"你是说,就像上帝从天上独享一幅逼真的世界地图一样。"

"差不多。"

"那么,什么样的上帝才想让我们困惑,并使我们永远处于困惑的状态呢?"

"我们不是一直都是这样吗?从上帝创造天地的第一天起我们不就很混乱吗?不过,迷宫是逃避困惑的避难所,真的,是为锲而不舍的人们有条不紊地前进开辟的一条小道。一种没有拥堵的前行。"

"你是从什么地方读到的。"

"很可能。"

"起码它们提供有出口。"

"至少有一个出口。"

"得救还是死亡?抑或是更大的困惑。一个解不开的迷宫毋宁说是毫无价值的。"

"有人会说,困惑之中可自得其乐。"近来,他用语言表达思想的时刻越来越多了。过去,他一直羞怯地将这些想法锁在头脑里。

"你想说困惑也是乐趣吗,拉里?"

"说是乐趣不大确切,不过是一种消遣。上帝知道,我们都需要消遣。"

"你总是试图利用一切机会向我灌输点什么,拉里。"

"你工作得——"他在寻找词汇,"太苦了。"

"你是说太费劲了?"

"也不是。就是太——"

"太不要命了?"

"我不是那个意思。"

此刻他们到了地下岩洞。周围都是装饰着海贝的墙壁、笑眯眯的塑像和小瀑布。那是一个公共露天娱乐场所。娱乐景点被扭曲得奇形怪状,以暗示出某种更大更原始的东西。

"想想看,"拉里接着说,"我们偶尔也需要爬进一些落脚的小地方。那是我们受惊的动物本能作祟。挖个地洞钻进去,然后再设法寻找出路。"

"是谁说过生活主要是个地洞的问题?"

"我不知道,"拉里说,"有谁这样说过吗?"

"我记得是奥登[1]。"

拉里只能模糊地猜到奥登是谁——他无知得可怕!一位诗人?他含含糊糊地点点头。

"要不可能是加缪[2]。"

---

[1] 威斯坦·休·奥登(1907—1973),英国诗人、文学评论家,三十年代英国左翼青年作家领袖,四十年代思想开始右倾,后期的诗歌带有浓厚的宗教色彩,1946年入美国籍。
[2] 阿尔伯特·加缪(1913—1960),法国小说家、戏剧家、评论家。其作品反映世界的荒谬和人类的孤独与无能为力,1957年获诺贝尔文学奖。

他们来到了位于树篱迷宫以下九十英尺处的一条地下通道。眼前是一个灌满水的洞穴，也是迷宫的终点，山林水泽仙女的洞府。其他一些迷宫游览者也来到了这里。他们有一种感觉：似乎又要升到阳光普照的世界了，在那里奋斗与困惑将全部停止，起码是暂时停止。

贝思突然转过身来，两手紧紧抓住拉里的手。"我真高兴。我们现在生活在同一个洞穴里。"她急切地小声说。

"我也是。"他用湿润的声音说。他能够听到自己咽唾沫的声音，他的叛逆的唾液。他那极大的热情溶解在它自己的汁液里。

"而且还在共同分享古根海姆基金。"她的语气变得调皮起来。她迅速瞟了一眼拉里，想看看他的表情。

他低头朝着她的眼睛，然后又朝着她黑色鬈发的分界处笑了笑。他感到她暂时原谅了他。

他们在旺兹沃斯租了一小套房子住了进去，还买了些食品杂货。于是家庭的祥和气氛一下浓厚起来，因为两个人都是喜欢家庭生活的。

尽管如此，他们从没有失去旅游者的感觉。他们可以看到周围有很多和他们相似的男女。世界的现代居民都是流浪者、旅行者，迷宫是他们的天然栖息地。如他们所说，每逢周末，拉里和贝思就去"逛迷宫"。他们先去看世界上最大的树篱迷宫。该迷宫位于威尔特郡的郎利特庄园，三百八十英尺长，一百七十五英尺宽，由紫杉和一组六座木桥构成，1978年设计建造，运用了螺旋形交叉点和一种心理引诱法，直接唤起并控制着游览者想要节约时间和精力的强迫性思维。"太妙了。"当天晚上拉里说。"我的脚疼死了,"贝思说,"而且我的大脑需要一个星期的牵引治疗。"(她的天使传报研究工作又开始了。)

在几个晴朗或阴雨的周末,他们还参观了肯特韦尔庄园的砖铺迷宫、布莱尼姆宫的象形树篱迷宫、肯特郡海韦尔城堡的一个带有建筑扶壁的紫杉树篱结构、威尔士的一座颇有名气的环境迷宫(杜鹃、白桦、橡树)、奈特谢斯庄园带有塑像壁龛的庞大的城垛式树篱迷宫,以及萨弗伦沃尔登的草皮迷宫。"我有一种感觉,好像我从前来过这里,"当拉里和贝思来到风景如画的大街上时,拉里说,"不是说迷宫,而是这座小镇。"

"这些是做什么用的呢?"贝思问的是草皮迷宫。那是中世纪时在地上挖掘的一系列圆环。拉里从导游手册上读到,萨弗伦沃尔登迷宫的设计属于表现基督教精神的传统模式,但有人认为,该迷宫为男女青年提供了一种下流运动的场地。"妙极了,"贝思说,"你能够想象出他们互相追逐,被衬裙绊倒,然后偷偷接吻的场景,对不对?"

"草皮会被磨光,"拉里解释说,"所以白垩质的地面变成了路,草皮则变成了分界线。"

"听起来你很适合当老师,拉里,就像我一样。"

德文郡比克顿的脚形迷宫是当代迷宫设计天才兰多尔·科特和阿德里安·费希尔的杰作。拉里和贝思沿着通过每一个脚趾头的路线走了一遍,最后气喘吁吁、兴致勃勃地到达了圆圆的脚后跟处,在那里他们开始讨论迷宫的奥妙。"原来迷宫就是这样的,"贝思说,"你一直对我说迷宫都与爱情、性、死亡或上帝有关。其实它们只不过是为了娱乐。"

"我告诉过你它们是为了娱乐。你忘记了。"

在他看来，这种事是经常发生的。贝思知道怎么去修复他们的共同生活，知道如何去整理他们的谈话、他们的聚散以及他们婚姻的历史章节。这使他有点担心，但只是偶尔担心而已。他有一半时间认为自己是个非常幸运的男人，居然能娶到这样一位富有想象力的妻子。一面代表着假话的旗子始终在他头脑里飘扬，但他选择对它视而不见。

8月份拉里和贝思去了法国，在那里十三岁的赖安和他们共同生活了两周。在拉里看来，赖安到达鲁瓦西机场时显得更加瘦长了。（拉里内心的遗憾之一就是再不会有人说他自己瘦长了。他已从瘦弱的青春期直接进入了肌肉丰满的成年期。）

他们的第一站是巴黎植物园里最近刚修复的一座十八世纪的迷宫，迷宫中央有避暑别墅和一座大钟，然后他们驱车（租来的一辆雷诺19）前往沙特尔参观大教堂里的地面迷宫。"这个地面迷宫是世界上现存最古老的中世纪基督教迷宫。"拉里对他的儿子说。他的声音要比他原先设想的大，口气也比原先设想的更像教师。

"你还可以看看那些窗户。"贝思说。她是一位忧虑重重的继母，从来不知道该用什么样的口气说话。

给他儿子的这一礼物，这一景致，这片刻神圣的沉默，令拉里大为感动。他认为这是一种难得的荣幸。我们能有几回，可以公开地给人以可贵的惊喜？然而赖安却在目不转睛地看着一对情侣躲在圣约瑟夫雕像后面接吻。"卿卿我我。"他自言自语地说，也可能是对站在几英尺之外的他父亲和他父亲的妻子说的。

"这座迷宫是十三世纪修建的。"拉里接着说。他认为，让孩子理解他正在观看的这一单行曲线奇迹似乎是重要的。它不仅仅是地面上的跳房子游戏格,尽管——他禁不住进一步解释起来——跳房子游戏事实上是根据大教堂的建筑设计的。"那是早在一千二百年以前。"

"第十三世纪。"赖安用法语说。他说得非常轻松,就像吃泡泡糖时吹出一个泡泡一样。

赖安刚六岁的时候,拉里的前妻多丽就坚持给他报名参加了他们学校的法语沉浸式强化训练小组。现在他才十三岁,法语已流利得惊人。他能为他的父亲和继母做翻译,询问明信片的价格,在宾馆预订餐桌。有一回,他们在普罗旺斯地区艾克斯参观具有三百年历史的宏伟的沙托讷夫勒鲁日迷宫时,他居然还说服一位警察放弃了对他们违章停车的处罚。贝思懂得规范的法语语法,拉里还记得上高中时学过的一些法语短语,但两个人都听不懂街头人们讲的法语,更听不懂赖安用俚语和法国人进行的滔滔不绝的交谈了。

在维朗德里堡(一个令人失望的去处),在雷恩的阿尔托夫人迷宫,在巴洛伊尔堡1989年栽种的现代迷宫,在瓦兹省讷伊的骑士团辖区(环形的鹅耳枥树篱)……在游览所有这些历史遗迹或迷宫时,都是十三岁的赖安领头、问路、翻译小册子。假如有导游的话,他还会耸耸肩膀,有些羞怯地将夸夸其谈的导游讲解的大概意思转告他们。

他以前同拉里和贝思一起度假时,气氛一直很尴尬。春假或圣诞节到奥克帕克来时,他往往很少说话——或者按贝思的话说"郁郁寡欢",似乎不能自然而主动地和他们两人交流。然而现在,在这个陌生的国度里,他很快使自己变成了眼下这个具有讽刺意味的三人团体中的一员。意想不到的矛盾是：两个一筹莫展的大人让一个机灵的小孩子领着，漫游令人眼花缭乱的、六边形的法国。

在与孩子的关系上贝思第一次松了一口气。他们甚至还互相开玩笑。

"一个男人爱上另一个男人，你管这个男人叫什么？"赖安问。

"这，我不知道。"

"基督徒。"

可笑吗？贝思似乎拿不准，但接着她哈哈大笑起来。"谁告诉你的？"

"皮埃尔。"

"皮埃尔是谁？"

"我妈的男朋友。"

"我还以为是戴维呢。"拉里小心翼翼地说。

赖安显得有点茫然。"那是很久以前了。皮埃尔是她的老板。与其说是她的男朋友，不如说是老板。"

"他很会讲笑话吗？"拉里接着问。他不该这样刨根问底的。当心点！

"是的。"

"他还讲过别的笑话吗？"

"是的，我的爸爸，不过都是用法语讲的。"[1]

"我的爸爸"这两个词刺痛了拉里的心。那比空气还轻的友好情谊不啻迎面一击！他不配领受这一称呼，远远不配。在源于爱

1.原文为法语。

意的一击之下,他瞧着儿子在眼睁睁地看着他——一个栽了跟头的成年人——犯错误,犯糊涂,做傻事,但他起码还是愿意被人拯救的。这一点一定会产生好的结果。

贝思很喜欢马德里,喜欢它灿烂的阳光和杂乱无章的明媚模样,尤其喜欢她在普拉多博物馆发现的十余幅天使传报图。弗拉·安杰利科[1]画的那幅令人目眩,构图十分简单,全是曲线和直线,充满着缠绵的虔诚。贝思站在画面前竟一时茫然不知所措,开始怀疑起自己雄心勃勃的研究计划是否正确来。埃尔·格列柯[2]画的那幅极为成功,画面上的马利亚被别出心裁地画在了左边而不是右边,似乎画家要用画笔向世界挑战,并且说:我就敢这样。(贝思迅速将这些想法写进了她的活页本里。)十五世纪的马特乌的画就只是奇怪而已,但几乎和索毗特兰的画一样令人陶醉。十五世纪早期皮卡尔多的画实在是一件瑰宝,画面上除了圣母马利亚的一本书外,还有整整一架书。("好像当时拿撒勒就有书架似的。"贝思喃喃道。)荷兰画家迪里克·鲍茨[3]笔下的马利亚一脸谦恭的表情,眼睛极其虔诚地微闭着。在十六世纪画家莫拉莱斯[4]的笔下,天使右手托着一纸谍报念给马利亚听,而马利亚假装没有听见。

然而,贝思最喜欢的还是十四世纪画家罗伯特·康宾[5]画的天

---

[1] 弗拉·安杰利科(约1395—1455),意大利佛罗伦萨画家,代表作为佛罗伦萨圣马可修道院湿壁画。
[2] 埃尔·格列柯(1541—1614),西班牙画家,早年师承提香在威尼斯学画,作品多为宗教题材。
[3] 迪里克·鲍茨(约1415—1475),早期尼德兰画家。
[4] 路易斯·德·莫拉莱斯(1512—1586),西班牙画家,作品多为宗教题材。
[5] 罗伯特·康宾(约1375—1444),被誉为佛兰德斯和尼德兰早期绘画的第一个大师。

使传报图。画上的天使加百列站在马利亚的闺房外，正准备进去。画家破天荒地画成马利亚真的在读书，一双尚未圣化的眼睛全神贯注地盯着书页，态度安详而愉快，丝毫不知道自己身上会突然发生什么事。

在巴塞罗那，拉里和贝思花了整整一个上午游览奥尔塔迷宫。他们是那里仅有的两名游客。那些古老的花园很浪漫，甚至有点多情。那里竟然还有一座陈旧的农舍复制品，农舍附近有一块假墓地。"所有家具都很富有浪漫的想象力，"贝思赞叹道，"贫穷与死亡造就了这里的娇媚。"

迷宫没有开放。一个矮胖的男子——拉里和贝思猜想他可能是园丁领班——匆匆向他们走来。那人身穿挺括的绿裤子、绿衬衫，多少显得有点不协调。他一边走一边用粗壮的手同迷宫里忙着剪枝的园丁们打招呼。

拉里双手合十，恭敬地朝他微微一躬，请他通融通融，放他们进去。那位园丁连忙报以微笑，耸耸肩膀，挥手放他们进入柏树拱道，然后又举起十个手指头。"我想他的意思是说十分钟。"贝思提醒拉里说。

深绿色的拱道墙壁高出他们两米，使他们较容易走向终点。迷宫的终点呈圆环形，周围有八座树木拱门环抱，中央的爱神厄洛斯雕像在斑斓的西班牙阳光下闪着白光，似乎要射出一支爱情之箭。

"很高兴你坚持要看，"事后贝思对拉里说，"我真高兴你竟会双手合十。过去我从来没有见你那样做过。"

在接下来的几周里他们将要游览卢塞恩的镜子迷宫。他们还要去看神秘莫测的斯堪的纳维亚迷宫。仅芬兰一国就有一百多座石砌迷宫。明年春天他们将要去日本参观逗人的当代木制迷宫，然后再到澳大利亚去。要看的奇迹太多了，其中注定要在拉里的记忆里模糊与淡化的东西也太多了。

然而，他将会记住，永远记住，他和贝思经那位和蔼的园丁允许，进去游览巴塞罗那的奥尔塔迷宫的情景，记住那天上午是何等寂静，清新芬芳的柏树香味如何真诚地迎接他们，以及喷泉飞溅的水声、周围咔嚓咔嚓的手动修剪声、工人们用扫帚重新打扫砾石路时呼啦呼啦的响声是多么富有音乐感。他还会记住贝思如何伸手抚摩光滑的厄洛斯大理石雕像，然后转过身来，眼中流露出异常惊讶的目光。

第十二章
拉里的服装 1993 — 1994

无知是一种滑溜溜的东西。你似乎无法拥有它，但同时又知道你拥有它。然而拉里·韦勒自己感到自己是一个无知的人，没有一点言不由衷的天赋。据他猜测，人们之所以信任他、雇用他、付给他钱，远方的朋友和以前的客户之所以以感激的话语和亲切的问候记住他，原因就在于此。如果说生活是一个舞台，它的两翼应该是通风的，开阔的，露天的。他脸上交叉线勾画出的迷惘表情构成了他魅力的一半。他知道这一点，但他让自己和他人都相信他不知道。对他来说，更糟糕的是他的两次婚姻均告失败。难道他这个男人连女人的爱情都保不住吗？

导致他第二次婚姻破裂的一系列事件开始于（1993年）3月的那个上午。当时，拉里的妻子贝思接到英国苏塞克斯大学的一个电话，邀请她出任该校妇女学系的系主任。拉里记得，一想到这件事她就哈哈大笑。不可能，她用猫头鹰似的声音喊道。她和拉里在芝加哥郊区的奥克帕克有自己的房子，七个宽敞的房间和一个院子。院子里刚刚栽上灌木和装饰性果树，布置好常青苗床。可以说他们马上就要在这个家里"安顿下来"了。拉里的公司就在莱克大街的拐角处，步行才十分钟的路程。再说，贝思除了在罗萨里学院业余代课之外，还在发疯似的急着要怀孕呢。

然而，她还是收拾起旅行袋，穿越大西洋来到了英国。她想看看给她提供的到底是个什么样的职位。

"这地方太棒了。"夜半时分，她打电话将拉里从酣睡中叫醒并对他说。（她从来都弄不清国际时差。）

"薪水不算低，上帝啊，事实上高得惊人。还有各种补助呢！人家根本不指望我教课，除非我自己特别想教。教不教我还正在认真考虑呢。有三位秘书。三位呀！五名教学人员加上四名兼职人员。他们认为我的宗教研究领域将会使该系的课程设置达到必要的平衡。这里人人都读过我的书，我是说整个委员会。他们能提出很有见地的问题。我忘记了这个世界上还有口齿伶俐的人。这里的住房市场价格高得惊人，不过——啊，你认为怎么样，拉里？"

"这里现在是半夜。明天我给你回电话如何？"

"明天我要去伦敦。他们要我同原来的系主任谈谈。她退休了，住在汉普斯特德，一个真正的好心人，正在写一部关于世纪之交的工厂女工以及她们的贫穷的书——"

"那就星期天给我打电话吧。"他知道，她的情绪异常激动，讲起来会喋喋不休。在他的想象里，她的褐色眼睛正直接向他的视神经发射着灼热的目光。

"我爱你。"

"我也爱你。不过——"

"不过什么？"

"不过我们还是不要仓促行事为好，贝思。"

到星期天她已经接受了那个职位。（她说："这样的美差不会常有。")

于是他们将不得不经常在两地之间穿梭,就像现在的许多夫妇那样。对此拉里十分清楚,尽管他还从未听说过有两口子远隔大西洋的,并对此持怀疑态度。他们可以先试一年,然后把问题摆到桌面上再做决定。如果拉里能将他英国之行的时间调整到贝思的受孕期,他们将会受益良多:银行里有存款,炉子里有面包,眼前有一系列闪光的机遇。比如说,他们可以在英国住七个月,在美国住五个月。他们可以办到。

10月,拉里在背包里装上一个星期的换洗衣服。他的衣服,他的threads[1]。(他儿时的朋友比尔·赫舍尔指衣服时爱说threads,这个词肯定是他从摩托车电影里学来的,或许是从哈罗德·罗宾斯平装书里学来的——反正这些年来每当拉里叠衬衣或裤子的时候,都会想起比尔,想起那个戏谑的、神秘的、绝妙的词:threads。)

"商务还是娱乐?"希斯罗机场的一位移民局官员问。拉里想说"有配种任务",但却喃喃地说了声"娱乐"。这是禁欲两个月后的娱乐;是那些漫长的,天空挂着条条云彩的晚上,他和贝思在整治了一半的家附近游荡,去马里恩大街的卡吕普索咖啡屋吃些简餐之后的娱乐。是娱乐。

看到贝思租住的地方,他大为震惊。他原以为只是小点而已,因为他们曾商定要节约。但这也太简陋了:三楼上的一个单元,没有电梯。所谓的厨房就是一个碗柜,唯一的卧室十分狭小,白墙

---

[1] 美国俚语,意为衣服。

白顶，没有窗户，只有一张狭窄的白床，那是一张修女床。"起居室里有折叠沙发。"手足无措的贝思抱歉地说。

她还弄到了一衣柜修女服装：一套朴素的黑套装，一条漂亮的黑色毛料长裙。她还在黑色紧身衣外面穿了一件飘飘荡荡的黑色丝绸束腰外衣之类的东西。另外还有一件白色维耶勒法兰绒长袖睡衣。这就是她的新衣服。

"但愿你带着西服，"她对他说，"副校长和他的妻子要请我们吃饭。他们急于见到你。"

"不，我没有带。"

"噢，天哪。那咱们得去给你买一套。"

他们很快就相中了一套纯深灰色的双排扣西服，价格高得离谱。毛料很厚实，布纹特别密。他习惯穿宽松的衣服，而那件上衣，还有裤子，穿起来都有点紧。他感到活动起来很受束缚。他不得不两次回店里要求做必要的修改。接待他的是一位瘦小机灵的小男孩或者说小伙子。他在为拉里量尺寸时用鼻子叹了口气。拉里照照镜子，心想：葬礼服，送老衣。

"好极了，"贝思说，"什么场合都可以穿。"

事实上，他再也没有穿过第二次。他把它装进一个两面斜印着令人讨厌的"先生们自己的选择"的黑色塑料袋里，连同衣架一起带回了美国。

转眼到了11月。在荣获伊利诺伊州优秀创造奖一周之后，从实际利益出发，为最终赢得中西部地区技术精英奖章，拉里·韦勒再次收拾起衣物——他的石磨蓝牛仔裤，对于一个累得像被石头磨过的男人来说再好不过，登上一架波音727飞机前往波士顿。他要在那里会见该市市长，讨论一项投资一百万元的景观美化工程。那项工程后来一直未能实施。

他打电话告诉贝思，贝思理解他的用意。事实上，这样也许很好。听着很遗憾，但未必不是好事。她应邀参加一个朝圣团，要从吉尔福德出发，步行去诺威奇朝拜著名的朱利安神殿。

"朱利安是谁？"拉里问。

"是个女人，也是一个圣人，只不过不是教会当局正式册封的。十四世纪的。从前我对你说起过她。"

"还有12月份呢。那你圣诞节还打不打算回家？"

"我听你说话很不耐烦的样子，拉里，要不就是电话线有问题。"

"我不是不耐烦，而是孤独。"

"很快就到12月份了。整整一个月我们可以天天交媾，夜夜交媾，让精子与卵子不断地愉快地结合。"

他对她甜言蜜语般的哄骗口气感到恼火，他对她需要靠一次朝圣使灵魂成熟感到恼火。"说得对。"他说。

"可你自己也过得很好。我的意思是说，你吃得挺好，还自己洗衣服，等等。"

等等，等等。

他的第一个妻子多丽承包了洗衣服的活儿。他们从来没有讨论过这种安排，可她都干了。

那时是七十年代末，人们的思想比较简单，容易进入传统角色，对此也没那么大怨气。多丽把他穿脏的内衣拿到他们在温尼伯的小房子布满蜘蛛网的黑暗地下室里，和白衣服一起扔进洗衣机。（今天他有一柜子黑色、红色和浅蓝色内裤。但那时候，他想不到除了白色,还会有什么别的颜色的内裤能接触他的下身。)

多丽把那些洗过的相同的三角裤头搭在拉里拴在两根水管之间的晾衣绳上——根本用不着夹子,全凭重力作用,靠炉子散发的热量把它们烤干。过一两天她匆匆来收衣服,从绳子上扯下来,扔进她用一只胳膊挎着的塑料洗衣篮里。拉里怀着某种好奇心瞧着她做这一切:像收获农作物似的,那么迅速,那么自然。然后她把这些内衣倒在他们的植绒床罩上分类:她自己的一摞尼龙短内裤、胸罩,拉里的三角裤头,用手掌迅速展平,叠成整齐的三角形。他发现她的这一行为具有令人无法忍受的挑逗性,尽管她的动作敏捷、简单、不慌不忙、不动声色。

他结婚时想都没想就把这些衣服带了过去。是她多丽·肖·韦勒——一位警察的女儿——给他收拾,给他洗,给他叠,然后放进梳妆台黑暗的抽屉里。婚姻里充满了奥妙。这乃是其中的奥妙之一。

婚后的第一个圣诞节多丽挥霍了一次,在温尼伯北区的一家设计师批发店给他买了一件昂贵的意大利衬衣。蓝色的。多丽纠正他说是靛蓝。那件衬衣和他以前穿过的所有衬衣都不同,剪裁宽松。袖子、腰身、无领的领口——所有这一切都像是舞台服装,使他觉得很不好意思。这样一件衬衣要在什么场合穿呢?他的余生会不断被新型的自我意识绊倒吗?

他把那件衬衣推到柜橱的最里面,希望大家都忘掉它。

"耶——稣——啊!"当他在感恩节的家庭宴会上第一次穿上那件惹眼的衬衣的时候,他的姐姐米姬说,"这衬衣真绝了。"

他也当真穿得越来越勤了,而且每一次都得准备好迎接别人的恭维话。"料子真好,"他的母亲说,"我敢打赌,熨起来非常容易。"

"好像你出门时忘记脱睡衣了一样。"他的父亲说。

"你从哪儿弄来的?"数年之后贝思问道,"这衬衣——上帝呀,这衬衣真漂亮。"

贝思不像多丽,她拒不洗熨那件蓝衬衣,而是把它送到洗衣店去。"这种衬衣得好好爱惜。"她说。那意思是:拉里自己洗不了,她也不行。但另一方面,她的确很欣赏那件衬衣的料子。她用手抚摸衣缝,摆弄遮掩着扣子的下摆。他的特殊衬衣,他的非拉里式的衬衣。

我的两位妻子都摸过这件衬衣,拉里想。这种想法很隐蔽,充满了诡秘的幽默感,似乎他这个大男人尚未完全脱离童年时代。

在巴黎的一周,拉里和贝思开销巨大。那是2月的时候。奥贝宾馆的房间很小,而且并不总是很暖和。当他们不沿着塞纳河散步的时候,当他们不参观柯罗[1]画展的时候,当他们没有去近处的玻马舍百货公司(在那里贝思说服拉里买了一套丝绸睡衣)购物直到精疲力竭的时候——当他们不做这一切的时候,他们就脱光衣服躺在平展的床上辛勤地进行繁殖后代的活动。两人之间的对话越来越短,声音越来越粗,仿佛他们简单的咕哝声和尖叫声表明,他们已决定把他们所有的精力都奉献给这一有目的的行动。由于焦虑,贝思感到寒冷而紧张。她的生物钟在她闭上的眼睛后面嘀嘀嗒嗒地走着。而拉里的眼睛则睁得圆圆的。"这是个好主意吗?"他问凹圆形天花板,问旁边的台灯,问梳妆台上的矿泉水瓶,问下

---

1. 柯罗(1796—1875),法国画家,是使法国风景画从传统的历史风景画过渡到现实主义风景画的代表人物。代表作有《沙特尔大教堂》《阵风》等。

边大街上购物、散步的人们听不真切的说话声,"我们真的应该这样做吗?"

"我想这回成了!"贝思每一次都这样说,要不就是"我真的感觉到精子和卵子砰的一声撞上了。那只精子箭正中靶心。"

从玻马舍百货公司买来的那套睡衣是深紫红色,他觉得自己很像是某个色情电影里的人物。睡衣的标签上印着"曼谷制造",穿在身上轻轻飘荡,胸口凉丝丝的,尽管他很少穿上身。

宾馆女服务员每天都把那套睡衣叠得整整齐齐的,压在他的枕头下面,就像是藏起一个她和贝思共同的秘密。他发现自己早晨越来越爱随手把睡衣扔在地板上,想象着那个不见面的女人弯腰将它捡起来,用手把料子弄平展,然后先工工整整地叠好袖子,再叠好扣上扣子的前襟的情景。

他从这种想象中寻求乐趣是不是有点儿有悖常情呢?这一问题的答案他心里很清楚。(这些任性的小瑕疵他本人很难看到,所以他索性不看。)

他在巴黎时睡眠很不好。他先是抱怨时差,后来又抱怨新睡衣的上衣太滑溜,要不就是抱怨一种空悬的懊悔,一种十分偏激、十分朦胧、十分苍白的懊悔,他无法拿眼睛盯住它的中心。一天夜里,凌晨四点钟,他打开灯。远处传来摩托车的尖啸声——教堂的钟声还不该响吗?他凝视着身边熟睡的贝思。做什么呢?他伸手在床头柜的抽屉里摸索那本基甸国际[1]赠送的《圣经》,心想:读一两页试试,看它那稠密枯燥的版面能不能使他入睡。

然而,他没有摸到《圣经》,只摸到一本薄薄的、用钉书钉钉

---

1. 基甸国际为一宗教组织,1899年成立于美国,专在旅馆、医院等处放置《圣经》。

在一起的小册子，仔细一看，原来是一本纽约汉考克米尔斯镇（村庄？自治市？）的电话号码簿，一共有二三十页。他翻了翻，见有一个号码上圈了个圈儿：贾斯·沃尔福德，卡特勒里奇路27号，3778999。

小册子前面印的地区代码是518。拉里周围的世界收缩成，或者说急剧升腾成为小小的518，美国东部一个森林覆盖的神秘王国，然后又继续紧缩，变成了贾斯·沃尔福德。他或她（贾斯敏？）无论是谁，都是一个坐在电话机旁的人，这一点几乎可以肯定，就像他一样，在等待，在纳闷，随时都在盼望有人给他打电话。

他正在变得越来越古怪，常常像这样以固有的忧郁自慰，乞求忧郁。该回家了。

拉里小的时候，母亲每年去北达科他州的法戈采购一次东西，每一次给他买六条三角裤头，名牌产品"鲜果布衣"牌，充满了诗意，一大堆承诺，但实际上跟别的内衣没什么两样。

事实上，她给他买的所有衣服都是伊顿商店地下室或哈德逊湾公司卖的减价货，包括他上学时穿的裤子、衬衣和毛衣。那些衣服都不怎么样。拉里大约十二岁那年，她给他买了一件红黑方格图案的毛线衫，他穿上后觉得刺痒，后来她又辛辛苦苦地缝上一层人造丝塔夫绸衬里。丢人。他上高中时穿的灯芯绒都是腐烂物一般的棕色；他的牛仔裤裤裆太肥，蓝色也太浅，做的根本不是流行的那个样子，连像都不像。他恨这些衣服，但他爱不知疲倦的妈妈，所以他决不愿流露出失望的情绪。他主要是不愿让妈妈知道他在乎这些东西。她认为男人对穿什么衣服不应当在意。男人们不屑于操这些闲心。他们不懂女人的秘密，不懂织物，不懂穿戴，不懂颜色，不懂质量，不懂洗涤说明，没有一点判断扣眼锁得好坏的本能。

她不懂鞋子，不懂袜子，不懂领子的妙处，也不懂裤子应当如何下垂。

拉里十九岁时，她说服他买了一件哈里斯花呢上衣毕业时穿。她笑容满面，赞不绝口。她喜欢英国布料的厚实与耐脏。

他喜欢那件上衣，一直穿了好多年，他喜欢生活在它那粗犷安全的怀抱里。他发现自己平生第一次能够体面地周游世界，他知道自己平生第一次看起来像个正常人。在恰当的时间恰当的衣服拯救了他。

1978年和多丽结婚时，他穿了一身具有喜剧色彩的浪漫年轻人的服装——一套藏青色海军蓝西服。上衣的翻领很滑稽，裤腿呈喇叭形，料子发亮。胸前的领带又宽又红，幸好上面没有图案装饰。在照片上，拉里站在婚礼大厅外面的走廊上，呆呆地傻笑着，似乎不知道他穿得多么糟糕。（多丽穿的是一件米黄色毛料套装，袖口收紧，以粉红色的玫瑰花形图案装饰。看得出来，她知道自己打扮得很漂亮。）

1986年在奥克帕克大酒店的宴会厅和贝思举行婚礼时，他穿了一件晚礼服。事实上，那件衣服是他买的，而不是租来的。（菲尔兹的一位聪明的商人向他指出，租六次花的钱就够自己买一件晚礼服了。事实证明这个主意不错。）要穿的东西太多了：裤子、背带、宽腰带、衬衫和饰纽、极其重要的领带、王子似的缎子绲边上衣——令他吃惊的是，这些稀奇古怪的人类发明他居然都有。

他一边为那个正式举行婚礼的晚上穿衣打扮，一边吹着口哨，似乎是在告诉带条纹的壁纸和大穿衣镜：他毕竟是一个正常人，一点都不害怕穿重要的衣服。

像所有人一样，拉里也听说过有的男人喜欢穿女人的衣服。那是异装癖。他不知道那样做会像什么样，尤其不知道那些细腻的网眼尼龙织物柔和地摩擦着腿肚和大腿会是什么滋味。

几年前，他的父亲到了癌症晚期。拉里去医院看他，见他穿着一件发亮的粉色女式长袍。"这是你妈的，"父亲不好意思地咕哝道，"她说这样要暖和些。"拉里记得当时他心里对母亲一阵愤慨。他想跑到最近的商场去给父亲买一件男式长袍，一件款式简洁的素净的深色长袍，整齐地束上一条暗色腰带。"何必浪费钱呢？"他的父亲说，"我的日子不多了。再说我也习惯了我这副滑稽相。"

现在是1994年4月，一个寒冷的雨夜。在奥克帕克度过一周为繁忙的性生活所累的复活节之后，贝思最近又返回了英国。拉里光着身子站在他和贝思宽敞的、弥漫着污浊的性行为气味的方形卧室里。时间很晚了。他正准备就寝，突然看到贝思挂在衣柜里的一件松垂的睡衣露出一个褶边。那件睡衣是淡蓝色的，点缀着散乱的白花，汤匙领，短袖。他把它拉过来套到头上，照照镜子。

他的嘴抽动一下，淫荡地眨巴眨巴眼睛，又把它拉了下来。当那件丝绸睡衣唰的一声落在他的膝盖上时他究竟是什么感觉呢？没什么感觉，也许是羞耻感，还有某种满足感。

据记载，这是芝加哥有史以来雨水最多的一个春天。5月中旬的一天上午，拉里和他的老朋友兼导师埃里克·艾斯纳肩并肩地沿伍德朗大街踩着水走着。他们刚同一位富有的慈善家一起开完会回来。那位慈善家委托他们两人共同负责慈善协会附近一座古老花园的修复工作。

芝加哥的街道在大雨中为自己鸣冤叫屈。它们流下了拌着烟尘的泪水，它们尖叫，它们畏缩。七十多岁的艾斯纳博士打着和拉里一样的雨伞——一种普通的黑色男用雨伞。他们的雨衣也是一样的。见此拉里有点吃惊：一个四十多岁的男人和一个七十多岁的男人穿着同样的衣服。雨衣当然是浅棕色的，肩部有纽襻，暗纽扣，后背上有增强防水功能的小曲面贴片，随便你叫它什么。

两件雨衣下面露出几英寸穿着深色裤子的腿，准确地说是四条。同样的黑袜子和光洁的皮鞋啪嗒啪嗒地拍打着被雨水打湿的人行道，左，右，左，右。这太吓人了，两个怪异的形象。他觉得自己突然被喝干了血，像破镜子里照出的一件破烂不堪的男装。

他迅速吸入一大口空气安慰自己。一个星期之后他就要到英国去了。听贝思说，那里的阳光一天比一天灿烂，是20世纪英国最好的春天。不列颠的春风柔和宜人。她说她给自己买了一件带花的连衣裙。"还可以当孕妇服穿呢，"她说，"假如下一次我们走运的话。"

他只有四双鞋。他喜欢这些鞋子。（别的男人都有满满一柜子鞋，十到十二双，但拉里限制自己只能有四双。）

他晚上穿的鞋——闪闪发亮的拖鞋——并没有算在内。拖鞋是黑色的，有光泽，像弗雷德·阿斯泰尔[1]那样有些不正经。这双拖鞋永远也穿不烂，当他需要它们的时候，它们又不断地包在他的脚上，轻轻将他带进那些用星号标在日历上，但很快又消失在记忆里的晚上。

黑色牛津鞋。这就是他低头一看，发现比他大三十岁的男人埃里克·艾斯纳也穿着那双鞋，一样的剪裁，一样的做工，一样的隐形鞋底，一样的鞋带儿打成了整齐的蝴蝶结。假如只允许你有一双鞋的话，你很可能会选择这一双——它们很普通；它们是像个鞋子样的鞋子；它们宣布一个持重、明智、深谋远虑、用皮革充实起来的、具有男子气概的成年人来了。

他还有饰有流苏的便鞋，他称之为周末鞋，因为他不好意思提起那家意大利制造商的名字，甚至连想都不好意思想。多年来每逢懒散的芝加哥星期六，他都是穿那双柔软的便鞋——它们和周末早晨红铜色的心情匹配得天衣无缝。那双鞋是用棕色的小牛皮做成的，颜色像红木一样厚重，价格比他衣柜里的任何一双鞋都贵三倍。设计者的名字不显眼地蚀刻在鞋帮上。但拉里对此毫不在乎，真的不在乎。（一位加拿大前总理珍藏有几十双这样的鞋，后被公开揭露，很快便落得个身败名裂的下场。）9月份拉里穿着他的流苏便鞋去了英国。（这种鞋坐飞机时穿最理想，因为那昂贵的皮子具有柔韧性。）他在南安普顿一家饭店就餐时穿的就是这双鞋，吃的是意大利食物。饭店里弥漫着扑鼻的香味和嘈杂的谈话声。这时，他的妻子贝思显得异乎寻常地活泼美丽。她倚在桌边，

---

1. 弗雷德·阿斯泰尔（1899—1987），美国舞蹈家、歌唱家、演员，先同姐姐一道从事流动轻歌舞剧演出，二十年代以后在好莱坞对音乐喜剧进行过改革，后来又演电影，对歌舞片贡献巨大。

隔着面前的玉米羹和太平洋油鲽，宣布说她想离婚。不是因为有了别的男人。什么人都没有，只是因为她的生活现在所处的这个位置。生孩子的梦想破灭了，和他一同生活的心思也断绝了。伊利诺伊州的奥克帕克只不过是另一个星球上的一个点，那个星球上有自己的一套引力定律，而这些她再也无法理解了。失去性爱对她来说将是一种悲哀——她认为，他，拉里，始终是一位最多情的爱人，真的；但是，宣布断绝关系也自有其刺激，甚至是色情刺激，一种令人着迷的痛苦。这件事她并不指望他能理解，因为她自己也不理解。但他绝对用不着担心。她很愉快，是的，很愉快。他可能会认为那样做很愚蠢。瞧她的小白屋，她的床那么窄！但那是她自己的选择。

他的跑鞋，耐克的，已经穿了十年了。

说起来可笑，到了二十世纪下半叶，居然人人争购这种宽大、疙疙瘩瘩、雕塑似的杂色鞋，似乎人们一夜之间发现，他们的脚上不一定非得穿黑色或咖啡色的鞋，也不必追求什么流线型和文雅的情趣。传统样式的鞋子受到了挑战，第一个回合便败下阵来。这种跑鞋能向人们炫耀它们精致的外表、鞋底、优质的垫料；它们能以各种意想不到的方式展示自己，使全人类都转而追求运动员的风采和高度的健美感。拉里的跑鞋红白相间，鞋头附近有公司的标记。每只鞋后跟都填塞有透明的泡沫，在坚硬的人行道上跑步时能增加舒适感和弹力。

对于拉里·韦勒来说，他生命里最像衣服的东西乃是他的毛发。

有些人（不是拉里）的头发从前额向后逐渐脱落，为了掩饰，便在后脑勺蓄一小撮非正式的小辫子或一撮绒毛，一看就知道像杂草一样无用。他们似乎在说：哎，可那是真正的头发。你瞧，我这个骷髅头上还能长出头发来，尽管就这么一绺，但它表明我有头发。

还有的人，比如埃里克·艾斯纳，秃瓢上戴着假发，又硬又密，像个洋蓟。这些人看不到自己多么滑稽可笑，尤其是从后面看的时候，所以一直相信他们的形象良好。

拉里的四十四岁生日即将来临。尽管一想到头发他总装出一副无所谓的样子，但实际上他无时无刻不在一定程度上关注着自己身上各种各样的毛发：长而稀疏的腿毛、稠密的波浪式的胸毛、他一直感激不尽的繁茂的阴毛、浓郁的腋毛、紧挨着衬衣袖口的手腕上浓黑的卷毛、手背上薄薄一层的绒毛、脸上粗硬的胡茬儿，最重要的还是他头顶的这一层衣服，平滑又整齐地日渐稀疏着。

他认为在毛发方面他是一个幸运的人。他有一块很好的毛发围垦地。他多毛的那部分自我给他带来了无穷的乐趣，这一点他不大愿意承认。已经和他分手的妻子贝思无疑已准备从心理和神话的角度就男性的毛发及其对于男子自我形象的重要性提出一系列理论，但拉里对其中的任何理论都不会感兴趣，起码这些天里不会感兴趣。

他的体毛长得很早，十三四岁的时候就有了。这对他是一种慰藉。它悄悄地迅速成长，覆盖了所有该长毛的部位，并使他确信：他已经拥有了有朝一日能够随时利用的资源。

从1970年到1978年，和所有北美洲的男子一样，他也留起了满头披肩长发。他用日用洗发香波保持头发清洁。日用洗发香波乃是七十年代的一大发明，也许是六十年代后期，似乎没有人因使用它洗头而丧命。即便如此，他的父母还是讨厌他的长发，尤其是他的父亲。他常常抱怨洗澡间的排水管里有头发，他说从后面看简直分不清他的儿子是男孩还是女孩。而拉里本人则喜欢突然转头时丝绸般的长发亲吻脸蛋儿的那种快感。

和第一个妻子离婚以后拉里留起了胡须。那是因心灰意懒开始的——他太伤心了，不想走动，不想说话，也不想刮胡子。他的朋友们既不愿公开地对他表示同情，又不愿给他提什么建议，于是就趁此机会评论起他的胡须来，说他的胡须长出来怎么怎么好看；说是棕色中闪现着惊人的红色；还说有的人能留胡须，有的人不能留胡须。"就像耶稣基督本人。"他的父亲评论说。后来，花粉症多发的季节可把拉里害苦了，豚草花粉使他的胡须过敏，他夜里发疯似的睡不着觉。9月的一天，他早晨五点钟爬起来，将胡须刮了个精光。他对着镜子里光光的下巴说了声"喂，你好"，并做了个鬼脸。

最近几周正值夏末，他又留起了髭须。这只是一次试验，看能不能留成，会长成什么形状。这也是他送给自己的礼物。无须金钱投资，只需要这些自产的毛发从它们秘密的毛囊中长出来让人看到就行。

一个经过打扮的他。一千个误会的总结。

贝思，贝思，你现在应该来看看我。

一开始，他的手老爱摸上嘴唇，摸到那里一片粗糙就觉得安下心来。他的情绪反复无常，喜怒哀乐因时而异。他觉得自己像个孩子一样怕难为情，然而他惊奇地发现，刚留髭须的那些可怜的日子里，竟然没有一个人评论过他的鼻子和嘴之间暴露无遗的、像裸露的伤口一样的奇奇怪怪的皮屑。也许毛发已不再是社会关心的话题,也许它已不再有什么含义了。现在,人们想怎么摆弄毛发就怎么摆弄,按那句响亮的陈词滥调说,什么都可行。事实上,什么都不太可行。

拉里的小胡子慢慢长了出来,软得像小画笔。现在他因某种爱心每星期修剪它(它们?)一次,就像修剪灌木,就像面部雕塑一样。尽管如此,他还是不知道他到底喜欢什么样子的胡子。他的嘴变成了傻笑的形状。他的房子正待出售,他不知道他的髭须是否会使他显得像小商贩一样贼眉鼠眼、不可靠。你愿意从一个蓄着髭须的男人手里买旧房子吗?

然而,髭须下面依旧是原来的拉里,依旧是拉里在自己的人生风险中闯荡的感觉。这就是"拉里·韦勒的故事"。没有人知道他的故事,但他自己知道,这才是重要的。衣服下面依旧是拉里原来的身子,他与生俱来的身子,装了他四十四年、不断增值的身子,他的肌肉的厚壁,他的砰砰作响的导管,奔流着血液与电力。现在他正保持着身子的健康和神秘。(噢,贝思,亲爱的。)他正存活在里面,存活在他的皮肤、他的颅骨、他那精心打理过的棱角分明的面孔里,做着大家让他做的事,即保重自己,站在意识的边沿没完没了地原谅自己,一再解释着宽慰自己——我们在一起时有过几年好日子,并不是人人都能够这样说的,紧紧抓住他一路收集的、交错编织的丝状物不放。那些丝状物要么会将他活活缠死,要么会给他一个喘气的机会。

第十三章
拉里其人1995

拉里可以是别的什么人，但他不是。他是拉里·韦勒，一个运气时好时坏的普通人。

四十五岁的劳伦斯·约翰·韦勒是一个藏在昵称的欢快韵律里的人。那个昵称并不惊人，它就是"拉里"。除了一些罕见的场合外——他的洗礼命名仪式、他的两次婚礼、他的各种文凭和园林设计奖项，人们通常都管他叫拉里，以后很可能还是如此。

有时候他认为，世人被分成了两部分：用昵称者和终生都用他们的正式名字者，如名字不可分割的"威廉"们、"安德鲁"们，名字永远完整的"玛丽"们和"玛撒"们。拥有昵称的人可以随随便便地闯荡世界。他们乐于让别人打扰他们，要不他们就伸手要特权。拉里想起了他在奥克帕克的邻居埃斯·霍利亚德："管我叫埃斯，'胜券在握'的那个埃斯[1]。"还有拉里以前的客户——那位爱尔兰娱乐业大王"培根"·马隆。

当然，也有些名字拒不变化。拉里想起了他的朋友和导师埃里克·艾斯纳。"埃里克"这个名字能怎么变呢？还有"加思"。（加

---

[1]. 埃斯在英语中写作Ace，习语"胜券在握"（ace in the hole）中含有该词。

思·麦科德，多伦多著名工业家和土地开发商，最近——事实上就是上一周——曾就一项重要的园林工程同芝加哥的拉里·韦勒联系过。拉里正在认真考虑把它接下来，尽管这意味着在一年中较好的季节他得搬到多伦多去。）

拉里已故的父亲也有昵称：斯图，斯图尔特的缩写；他年迈的母亲叫多特（多萝西）；他唯一的姐姐马乔里打从四十年代末出生以来一直被称作米姬（有时叫鸽子或维姬）。由此你能够看出，这一家人都沉湎于昵称。这表明韦勒家族的人还没有长大，这个家族更像是一张家庭示意图——爸、妈、姐、弟，只具有一个名字更完整的家庭的雏形。

拉里在温尼伯（简称"伯市"）长大。他家和赫舍尔家是邻居：赫什和格特，以及他们的孩子比尔和图茨。似乎赫舍尔家也和韦勒家一样，没能挣到充分的尊严，不像那些坚持叫"乔纳森"或"安-玛丽"或"克拉克"或"苏珊娜"之类完整名字的人。但另一方面，你也许会争辩说：叫昵称的人适应性较强，他们在阳光照耀下带着满脸雀斑闯荡世界，他们愿意这样"随大流"。他们是地球上的哥们儿姐们儿；他们怀着友好的感情亲身实践一切；看他们漫不经心的名字就能知道，他们已经放弃了一小份DNA，放弃了他们的恐慌和自负。他们站在这个世界上，好像没有任何秘密似的。他们仿佛不知道该如何长大并放弃他们的燕麦片——盛在特别的礼品碗里，碗的边沿刻着他们的名字。

被唤作"拉里"就意味着拉里的一部分总是那个夏天在家里闲着，在8月份仿佛停驻的天光里等待着什么事情发生的男孩子。百无聊赖的时候，那孩子就在一张纸上一遍又一遍地写自己的名字，"拉里·韦勒，拉里·韦勒"，直到最后胡乱涂写起来。纸上满是铅笔画的波浪形曲线。

说来也巧,拉里的两位前妻都有昵称。他第二个妻子的昵称是贝思,"伊丽莎白"的缩写。她原本可以轻易地叫"莉兹"[1],可那样她就会是另外一个人,有一套不同的安排。他的第一个妻子多丽,父母给她取的洗礼名叫"多拉"。她认为"多拉"这个名字散发着老处女的气息、难闻的脚臭味、成为一屋子打字员之一的野心。事实上,多丽仍在使用"多丽"这个名字,尽管最近她已被任命为一家国际贺卡公司加拿大分公司"天蓝色祝福"的首席执行官。她先是卖汽车(曼尼托巴汽车公司),后又转而经销运动服装(纽-克洛兹),一直升到管销售的副总裁。现在,自去年12月份以来,她又在经营文具用品。这些年来她步步高升,但据拉里观察,她所经营的商品却越来越小,越来越轻,越来越短命。

不久以前,拉里从全国电视新闻联播中看到了她:多丽·肖-韦勒女士——她现在都是这样自称——正在为她的公司生产的一种低俗的父亲节贺卡向公众公开道歉。那张伤害了公众感情的贺卡在电视屏幕上闪现了一下:一个小女孩儿漫画似的扁平的脸,头顶有一个气球,气球上写着:"谢谢爸爸,我出生时您没把我溺死。"

"我们对新产品一向认真把关。"她对着麦克风说。她的声音极为真诚和痛心,一双灰眼睛里流露出她内心的痛苦,但也显然准备直面公众的愤怒。"我们'天蓝色祝福'公司对妇女和少数人群的问题一向很关注,我们为此声誉感到自豪。然而这张贺卡因为一些原因没有经过焦点小组的讨论,对此我们深感遗憾。当然,我

---

[1] 莉兹(Liz)和贝思(Beth)都是伊丽莎白(Elizabeth)的简称。

们已经停止了销售。"

当然，当然。

拉里很吃惊，甚至印象很深刻。多丽的声明难道是她先准备好又背下来的吗？这些年来她的声音本该变得像应付差事似的冷漠，然而她讲话的语气却饱含深情。这是一个富有同情心的人在讲话，一个消费者先生和太太可以信赖的人。他记得，两年前她曾在温哥华学过三个星期的管理课，她很可能学会了几样公关诀窍。

"非常感谢您同意在电视上向观众做出解释，多丽·肖-韦勒。"电视节目主持人眨巴着眼睛总结道。

"我也要感谢您给我这样一个机会。"多丽以令人信服的诚恳态度说。她直直伸出双手，似乎是给观众送来一箱清新的空气，然后又微微张开双臂，耸耸肩膀，似乎是要给观众一个拥抱。那手势是说：瞧，我们大家都会犯错误，所以拜托了，请原谅我们，你们这些理智的人。

很多人都是以他人的名字命名的，但拉里·韦勒却不是这样。他被偶然剥夺了这种冠名权。他的父母很喜欢"拉里"这个名字，仅此而已。不过，他们还是很有见识的。他们认识到，这个名字必须包含在较正规的名字"劳伦斯"里面——那是1950年的事。但他们叫他"拉里"。这名字可爱，活泼。"我只是认为它像一个真正的男孩子的名字，"有一次母亲对他说，"就像是'杰克'，那是我喜欢的另一个名字。你知道，它具有男子气概。它一点儿也不傻气，但同时听起来一点儿也不道貌岸然。"

"你敢断定，"他的第二个妻子贝思问他，"你的名字不是按照圣劳伦斯的名字取的？"贝思写过有关早期教会女圣人的博士论文,所以她能够向拉里描述圣劳伦斯的英雄业绩和壮烈牺牲。罗马红衣主教要求看一看教会的珍宝,劳伦斯便将靠忠实信徒的施舍生活的穷人和体弱多病者集合起来。劳伦斯指着衣衫褴褛的人群说:"这就是教会的珍宝。"他因此惹下麻烦,被放在一种火钵上烤。拉里在贝思的一本《插图圣人生平》里见到过一个十九世纪的烤劳伦斯木雕。据信,傲慢的劳伦斯曾叫道:"我已经烤熟了。现在你们可以吃我了。"

尽管拉里很想把自己同这位传说中的英雄联系起来,但他非常怀疑他的父母心里是否有这位早年的劳伦斯,因为他们不是天主教教徒,不知道什么圣人不圣人。不,他只是"拉里"国的又一个公民,是那些吃烧烤的人,那些志愿做消防员的人,那些穿无袖贴身T恤衫的人中间的一个。名叫"拉里"的人必须要勇敢,而其他人则可以差一些。

他的中间名"约翰"也是胡乱取的。"我想让你有个中间名。"他的母亲多特说。她本人没有中间名。对这一空缺她一生都耿耿于怀。"而且'约翰'这个名字听起来有种皇室的高贵感。"

于是乎他就成了劳伦斯·约翰,成了拉里。这样一来,他向世界展示自身另一面的机会就被剥夺了。

男人不同于女人,他们得一辈子用自己的姓氏。一个姓氏连同它的相应重量安放在他们的胸脯上,就像系了一个X光防护围裙。拉里的第二个妻子,一个热情的女权主义者,做梦也不会想到要把她的名字改成"韦勒",而多丽则在1978年自动接受了那个名字。现在她又重新启用了她娘家的姓氏"肖",用一个连字符和"韦勒"连在一起。刚开始拉里听起来觉得很别扭,不过现在他已经习惯了。

拉里从贝思的一本书里查到,"韦勒"这个名字可能有两个起源。有一些资料对这一名字追溯到十二世纪,认为"韦勒"意即"熬盐者"。后来他又见到一种解释,说"韦勒"系住在溪流边或泉水边的人,类似一种职业管水人,拉里比较倾向于这种说法。

和许多人一样,拉里从来没有真正喜欢过他的名字。"拉里"这个名字包含的特质总像是一种禁锢,而且在狡黠地眨眼睛,朝向的正是明显和它押韵的一个词:普通人(ordinary)。他的中间名"约翰"没有任何意义,是专门用来填补空白的。然而通过研究,他爱上了"韦勒"这个名字:一个傍水而居,看得见涓涓水流,听得见潺潺水声的人;一个管水人,一个管泉人;一个所有清澈、纯洁、持久、永恒事物的管理人。

有一些人——多数是搞体育的,大家叫他们的时候总是以姓代名。谁也不知道这是从什么时候开始的。比如说,人们管比尔·琼斯叫"琼斯"或"琼西",从来不叫"比尔"。这有点像一所房子,要么一直使用后门,要么一直使用前门,谁也说不清是什么原因。

几乎从来没有人管拉里叫"韦勒",偶尔听到有人这样叫他拉里就想笑。那时,韦勒(Weller)这个名字就会在他的耳边破裂成语法碎片:well, weller, wellest[1]。有时候,他的姐姐米姬星期天夜里给他打电话,深情地叫他"拉尔-贝尔"。比尔·赫舍尔曾一度叫他"斯夸尔-拉尔",不过那只持续了很短一段时间,现在

---

1. 韦勒(Weller)一词中well这一部分还有"好"的意思,按照英语的语法规则,这个词可以变化为weller(更好)和wellest(最好),尽管真正的well一词并不遵从这种变化规则。

他管他叫"洛伦佐"。有时候,当他有什么事拿不定主意时,贝思会叫他"瓦里·拉里"(意即"谨慎的拉里"),但多数时候人们还是只叫他"拉里"。

拉里,拉里。这个词汇已长出了一层纯净透明的薄皮。他再也看不见它,听不见它了。这真是滑稽可笑,像无用的花木,像大海的潮汛,像黑暗的夜空里大眼瞪小眼的石头和星星一样滑稽可笑。无济于事,一切都无济于事。丰富而杂乱无章。

再也没有人取名叫拉里了。这个名字已经过时。一想起叫拉里的人,你就会自动想象出一个在六十年代的文娱活动室里喝啤酒的男人。他穿着涤纶裤,他正在看电视里的球赛,还一边轻轻地打着饱嗝。接着,他把手伸进T恤衫下面挠肚子上的毛毛,全然不顾有没有人看见。他知道他是叫拉里的这些人里最末尾的那一批。那又怎么样?拉里这个名字的"典型"形象是贝思提出的。那是几年前他们刚认识不久时。(他记得她当时说:"我真不敢相信我正在亲吻一个名叫拉里的男人。"她的声音里充满了诚实的好奇,嘴绷得像折叠起来的纸一样紧。)

然而,世上还残留着许多叫拉里的人,也许没有叫麦克、托妮、阿尔或格雷格的多,但如果你对别人说你叫拉里,绝对不会有人吃惊得直眨眼睛,也绝对不会有人问你如何拼写。

拉里·金[1]节目里有一个拉里。此人善于讽刺,但奇怪的是他讽刺得合情合理,有时候还显示出令人吃惊的克制。有一位拳击

---

[1] 拉里·金(Larry King, 1933 —),美国著名电视和广播节目主持人,曾连续多年主持访谈节目《拉里·金实况》。

手叫拉里·霍姆斯。从前还有一位伟大的演员叫拉里·奥利维尔，但本质上他是个劳伦斯。只有他那个小圈子里的人才能管他叫拉里，可你不能。

芝加哥的拉里·韦勒很快就要迁居多伦多了——他打定主意把这次搬家当作一次永久性的搬迁。他只认识三个拉里。每年4月的第一个星期六，窗口股份有限公司的拉里·利德尔都要带一帮子人到韦勒家里来拆除防风窗，去掉窗幔，秋天再来按顺序装上。此人是个红脸大汉，长长的肌肉像绳子一样凸出，一头浓密的纯灰色鬈发。拉里每次递给他支票时，他都要端详一会儿，然后吹一声口哨表示感谢。"嗨，又一个拉里。真想不到！"他似乎发现这种巧合很令人高兴，值得庆祝一番，尽管拉里·韦勒知道，等到明年秋天，拉里·利德尔也许早就忘记了他们俩同名，整个认识、吃惊的过程还得重复一番，同名感情还得重温一遍。

然而不会再有下一个秋天了。这是上星期拉里·利德尔来拆防风窗时拉里告诉他的。房子很结实，但他和他的妻子很快就要离婚了。他自己要迁往多伦多去办一个设计公司。"多伦多是在加拿大，对不对？"拉里·利德尔问。"对。"拉里说。然后他又抱歉地补充说："我就是从那里来的。""好，"拉里·利德尔说，"好，好，好。"他端详着支票，似乎对拉里的离去感到很难过，但又不知道说什么好。最后他说："这一带和我做伴的拉里要少一个喽。"这话不假。

拉里·K.韦林顿是一位芝加哥建筑师，以其设计的悬臂于瓦克大道上的粉红色办公塔楼（像一叠杯子蛋糕），以及屹立于密歇根湖畔土丘上的十几座炫目的避暑别墅而闻名遐迩。人们经常把拉里·韦勒和拉里·韦林顿两个人弄混。杂志上曾有两次张冠李戴，客户们有时拨错了电话号码而不得不重拨。这两位拉里只见过一面，那是在为很快就会拆掉的华盛顿大街上的沃德洛花园筹集资金而举办的午餐会上。席间，拉里·K.韦林顿对拉里·韦勒说："这么说你就是那个园林大师喽，嗬。"打这一刻起拉里·韦勒就不喜欢他。他的丝绸领带打的结鼓起老高，非常难看，活像一只小动物，活像一颗随时会飞出去的手榴弹。他握手的时间特别长，似乎想探索什么，手湿漉漉的。他的下巴也是湿的，似乎是喝红葡萄酒时滴湿的，而他又不愿动手擦一擦。"这么说，"拉里·K.韦林顿用眼斜睨着他，故作亲近地说，"我们两个这辈子摆脱不了同样的爱称喽。你知道他们在学校里叫我什么？斯卡里·拉里[1]。我确实有点特殊的气质，即便是在那个时候。有成功的样儿。这使得人们妒忌我，你明白我的意思吧。他们知道我就要高升了，可他们不会。多么糟糕的世界呀！到头来一切都得成为垃圾。"

这样一个人居然能够在芝加哥的大街上自由自在地行走，在拉里·韦勒看来简直不可思议。而且他的名字还碰巧是拉里。

谢天谢地，还有个拉里·法恩。他住在凯尼尔沃斯大街，和韦勒家隔一条马路。拉里·法恩是一位心理学家，或者说是一位行为主义者，他总会急着告诉你这一点。他在芝加哥大学教书。这一位拉里手腕粗粗的，上面长着厚厚一层茸毛。但他绝不是一个传统的异性恋者。他自己烤面包，自己做饭，自己缝窗帘，去年圣诞节他还用绿亚麻布为拉里·韦勒做过一件衬衫。他给自己所有的东西都取了名字：厨房里的炉子叫埃莉诺，汽车叫杰奎琳，他的计

1.意即"吓人的拉里"。

算机叫格特鲁德,是之前那位"格特鲁德"的女儿。拉里·法恩很可能有点儿爱上了拉里·韦勒,对此两人心照不宣。但这没什么。这并不妨碍他们聚在拉里·韦勒装有隔板的阳台上喝啤酒——特别是在贝思离去后的孤独的晚上,他们谈论体育,谈论性,谈论神学,谈论艾滋病研究,谈论园林迷宫的意义以及名字的重要性。

"回顾二十世纪,"拉里·法恩说,"我们就会看到,美国社会的重大变化之一就是人们要求拥有自己的名字。我们不再允许别人给我们取名字。你可以像拥有自己的呼吸一样拥有自己的名字。你可以将它缩短,也可以将它拉长,但它依旧是你的。你见过洛伊丝俱乐部的那些广告没有?芝加哥所有叫洛伊丝的女人每月聚会一次。不知道她们是在一起号啕大哭还是在一起喊洛伊丝这个口号,不过她们肯定是在闲聊父母原本随便给她们取的名字。另一方面,让我们看一看洗礼仪式逐步形成的特性。仪式可以告诉我们一切。过去家长制的那种抚头祝福已经不复存在,再没有'我命名你为埃尔维斯·普雷斯利'或者诸如此类的事情,更别提希望这个名字能长久存在了。现在的情况可完全不同了。如果我们愿意,可以自己给自己取名字。过去总有一些怪人这样做,但他们都是娱乐圈里的人,要不就是逃犯。现在这种事就跟我的脐环一样,已经成主流了。你知不知道,在西海岸、边远地区,去法院改名字的人最多?他们想成为别的什么人,他们知道他们必须摆脱原有的名字,一了百了。可我不那样做。有一段时间,大概是十年前吧,我曾想把名字改成亚伯拉罕或埃兹拉,带有一点《圣经》味道的,但最后决定还是叫拉里好。老天作证,我会迫使它改换成新形状。我会让它的词性延伸,加入一些纤维,甚至加入一些新的脑细胞。我们要敢于承认这是个愚蠢的名字,不过它是我们的。我们能够学会爱惜它。"

"家具卖了吧。"贝思从苏塞克斯大学发来传真说。她正在那里开始她第二年的妇女学系系主任工作。"要不你想要什么就留下好了。"

现在所有家具都卖光了，连一根木棍也没剩，只剩下他和贝思使用过的那张大号雪橇式双人床。买下这所房子的一对夫妇占有了它。他们喜欢它，不能没有它。拉里花多少钱买的他们就愿意出多少钱，再多出点也行。他们姓哈夫黑德，威尔福德·哈夫黑德和斯泰西·哈夫黑德夫妇。自从签过合同之后，拉里一直在纳闷，不知道一个姓"半个脑袋"[1]的人活着是个什么滋味。每一次对人做自我介绍的时候是不是都得下定决心，鼓足勇气？那么，每一次打电话呢？"喂，我是半个脑袋。"威尔福德·哈夫黑德和这年头的几乎所有人一样也在做计算机产业，斯泰西是织毛毯的。一个女人家跟着丈夫姓"半个脑袋"，她也真够勇敢的，要不就是有精神病。拉里猜想，这张床及其整个摇摇欲坠又色情的气质很快就会被斯泰西令人愉快的毛织品覆盖。

他不忍卖掉那张松木长餐桌和与之配套的十把椅子，就用载重汽车把它们运到了多伦多。在城里的一家拍卖行，为买这一套桌椅他和贝思花了不少钱——他们买家具的投资远没有收回来。这只是一部分原因，不是全部。他经常把工程图摊在这张桌子上，最近摊开看的是梅奥郡的马隆迷宫设计图。写字台上没地方时，贝思也是在这张桌子上拼贴她的博士论文修改稿的。每到晚上，

---

1. 哈夫黑德原文为Halfhead，意即"半个脑袋"。

他们两个人面对面坐在桌子一头，一边交谈一边吃着盘子里的烤鱼或意大利面条——这要看当天晚上轮到谁做饭。他们谈呀，谈呀。他娶了一个健谈的女人。然而现在，在奥克帕克的最后一周，事实上是最后一个夜晚，他感到这所房子里是多么寂静。

电视机卖了，录像机也卖了。那些过时的电器设备看来也没有必要托运到加拿大去。通过在《论坛报》上刊登广告，两只沙发也已很快出手，其中一只是在贝思离开前几周才换的新面子。她到英国就职去了。她不想再维持婚姻，起码不是跟拉里·韦勒的婚姻。那张石头面的咖啡桌卖给了马路对面的拉里·法恩。上星期六一位古董经销商从拉格兰奇开车过来——他的商业名片上写着"独一无二的罗恩·格兰杰"——抢购了两把翼状靠背扶手椅和贝思的枥木写字台，临走的时候又决定将地毯也买去。此刻，拉里的两只脚吧嗒吧嗒地踩在明亮的木地板上。房间里没有了家具，没有了他和贝思带来的、灯光照亮的一块块岛屿，有的只是直线构成的空间和清冷的空气。在奥克帕克家里的最后一夜，他感受到的是带有隆隆回声的爱情的真空。不，这更像是被极度的哀伤所取代的爱情。明天他要开车走很远的路，但他知道今夜他是无法入睡的。他当初是如何从第一次失败的婚姻中恢复过来的呢？也许他压根儿就没有恢复过来，也许所有这些失败是渐次叠加的。

拉里·韦勒是他本人生活中的角色，而不是别人的。要承认这一点是痛苦的，但这是千真万确的。他的两位前妻都忙自己的新事业去了。她们并不真需要他，甚至也不需要他的钱。他的母亲被安置在温尼伯的一家圣公会护理机构里，在那里有经常更换的笑容可掬的护士们照顾她洗澡，为她换尿布。那些护士赞扬她性情和蔼，祈祷时很热心。

拉里第一次婚姻留下的十六岁儿子赖安也在温尼伯，他和他妈妈一直住在利普顿街234号原来的房子里，现在在拉里小时候就读的麦克唐纳高中读书。他和拉里不同，拉里小时候不擅长体育，而他却是学校田径队里的百米跑运动员，去年3月还入选了曼尼托巴省全明星队。假如他有志在将来的奥运会上拿奖牌的话，拉里绝不会感到吃惊。直到一年前赖安还没有昵称，不过现在他变成了"飞人赖安"，至少当地的报纸上是这样称呼他的。尽管这个名字带有过多的颂扬成分，作为昵称其实并不怎么合适，但要在这个世界上留下你的痕迹，要让世界在你身上打上一辈子的烙印，这个名字是多么好啊！拉里应该叫"跳跃的拉里"，那会是走过这些年的人生道路的好办法，那样拉里·韦勒也许就会一路争先。

拉里的姐姐米姬住在多伦多。她在那里开服装店，不知是租赁来的还是买来的。实际上，他对姐姐近来的情况了解得不多。然而，拉里之所以要迁居多伦多，一半是因为米姬。几个月来他孑然一身。他已经明白他清苦的生活里需要什么，他也明白他的生活已变成了纷纷飘洒的毛毛雨。他需要亲情的温暖，这一点他过去从未真正要求过。也许人过四十五岁以后都会这样。他需要有人关注他，他需要有人给他打电话，哪怕仅仅是为了闲聊：你昨晚睡得怎么样？你怎么会那么冷？

不久以前他问自己，贝思离去后还有什么能把他留在芝加哥。他可以在北美任何一座主要城市搞他的迷宫设计工作，帮别人做顾问。电子通信、即时交流，这就是九十年代的方式。他还决定给他的一人公司改名。自1988年挂牌营业以来，他在广告中一直称自己是"A／迷宫空间公司"。这个带有扭捏作态的斜线和双关语[1]的名字在多伦多就不管用了,这一点他很清楚。1995年开始绝对不能再用。他的新商业名片上还去掉了原有的"劳伦斯·J.韦勒"。现在的名片非常简单:"拉里·韦勒,迷宫建造商",干净,简练,直截了当。(今夜使他想起了将近二十年前的另一个4月的夜晚。当时他穿着衬衫站在寒冷的大街上,邀请他剩余的生命走过来把他拥入怀中。)

幸福的婚姻不论长短都能在其周围聚成一种高浓度的东西——那些轻易脱口而出的语言:"我的妻""我的夫",以及"院中秋千架"一般感觉的"我们总是……"——填空吧——"感冒时我们总是服维生素C""星期天夜晚我们总是待在家里""要出门一周的时候我们总是停止订阅报纸"。此外,那些同床共枕的时间加在一起也为爱情提供了某种保证:即便你对爱情不闻不问,它也会在你周围形成一层茧,包裹住你。去年一年拉里都无法适应一种触及灵魂的悲伤,睡眠中经常突然惊醒,并发现自己非常孤独,其原因就在于此。他不知自己是否也带上了孤独的人可悲的体味儿,像旧古龙水瓶、樟脑丸和烂鞋。

今天夜里他试图想象贝思就在他的身边呼吸,借以为自己的思想搭一个简陋的临时庇护所,促使自己入睡,但他却无法捕捉她的形象。他又转而回忆她变幻无常的声音和她的气味。然而这一切都无济于事。每一种记忆的闪现都加重了他的痛苦。他是一

---

[1] 拉里公司的名字原文为A/Mazing Space,暗含迷宫(maze)与绝佳(amazing)两重含义。

个正在渡过难关的人，这他知道，但他竭力避免看那个人。他用亢奋的思维、奇异的形象吓跑那个自己。他破车一般的生活，他的拉里生活，今天夜里都投射在了这间空空如也的二楼卧室的天花板上。街灯的光芒透过没有窗帘的窗户照射到房间里，使他联想起失败的强烈气味。（如果你的生活中没有性，你就会开始自言自语。）

终于盼来了一种睡眠，那是睡眠的黑暗塔楼，带有窗户，门锁着。他的睡梦里翻滚着沼泽地的绿水，刺耳的话语挥舞着长长的枝叶扑打他的面庞。

晨曦坦率而残忍。第一束光线照射到地板上，形成奇形怪状的影子。地板上放着他的手提箱，箱子是开着的。床上只剩下光秃秃的床垫，床垫上满是斑斑点点的污垢，那是血污、精液和汗水，是他和贝思的。不过现在，床上的弹簧正准备着承受不同的重量。再过一个小时他就要上路直奔多伦多了。是的，拉里·韦勒，一位四十五岁的白人男子，一个即使不罕见也是濒临灭绝的物种，将要上路赶去经历下一件事和下下一件事去了。他盼望着某种东西，可到底是什么呢？（那个坐在高脚椅子里的婴儿，是他让这一切开始的。）

人类的奋斗有其滑稽的一面，这他知道。面对照相机时过分心甘情愿的笑容里也有可悲的东西，总是对自己唠叨生命感觉的可能性在不断增加也是如此。然而，在他最后一次把车倒出自家的车道时，他却突然感到一线光明。他猜想这是被同一把愚蠢的勺子搅起来的激动与冷漠。他拉里，拉里·韦勒，是一个多么容易上当受骗的笨蛋啊！

在他驾车沿凯尼尔沃斯大街驶向艾森豪威尔高速公路的斜坡

时，他回想起上星期的一个晚上，他和拉里·法恩一起坐在装有隔板的阳台上看电视时的情景。当时电视上转播的是慕尼黑国际田径运动会。记者正在采访一位美国赛跑运动员。那位运动员壮得像一头公牛，块头巨大，肌肉发达，有一双惊呆了的蓝眼睛。"我从六岁起就有这个梦想，"他对着摄像机抽泣着说，"我一直梦想着能为国家拿金牌。这个美国梦，现在它仍然活在运动员的心里。不过，嗨，问题不在于输赢，而在于，啊，尽你最大的努力，跑出应有的水平。你知道，为我们这个国家扬名，这个唯一的自由国家。你明白我的意思吧？——在全世界。"

"基督啊，"拉里·法恩一边找关机按钮一边说，"基督啊，这些家伙怎么会如此愚蠢、卑鄙？"接着他又伤感地说："你知道吗，从某种意义上来说，在内心深处，世上所有的人都叫拉里。"

# 第十四章
拉里的生命组织1996

四十五岁时，拉里·韦勒失去了一些排泄"单位"，或者说肾单位——尽管他从来不是一个嗜酒如命的人。和大多数人一样，到四十岁时，他的肝已开始萎缩了。

当然，他的祖先已在他的血液和大脑里长眠。他们的DNA信息排列得整整齐齐，假装它们对他没有实际上那么重要。拉里二十多岁时发育成熟的骨架近年来也在衰弱，或者说他怀疑在衰弱。他一直想去试试他听说的那个检查。作为园林设计师，他大部分时候都是趴在绘图板上。他断定，他之所以早晨感到腰部僵硬，原因就在于他的脊椎骨老是弯曲、弯曲，又自然地随着年龄增长日益僵化。你也许会说这是职业病。（他有时候猜想，在他的骨架和瘦瘠的肌肉之间潜伏着一种秘密的笑料。）

第一个生日前不久，他那分开的片状的颅骨长合了，切断了有效通向原始的嘈杂宇宙的所有通道，阻止了一个更大、更慷慨的生命的诞生，也阻挡了可能性的进入——这是一个损失，但拉里只是偶尔能感觉到：在激情中，在出乎意料的美丽和神奇面前。当他用手掌抚摸整齐的绿色树篱顶部或女人的大腿之间时，那个狭小的外壳就会勇敢地打开，接受景物的戏剧性转换。

每天早晨用电动牙刷刷两分钟牙后，他就变成了一个更好、更勇敢的人。他的牙齿里有二十块填料，还有两个齿桥。迄今为止还没有假牙齿冠。牙齿略微有点变黄，尤其是大牙。他的左下牙床萎缩，所以牙根几乎暴露在外。上次他去洗牙，他的牙齿保健医师给了他一把儿童牙刷大小的微型牙刷，要他每天早晚用来清洁牙病区。这样，他每天用于身体保健的时间又得增加一分钟，至少增加三十秒。他不知道经常在他套房里过夜的夏洛特·安格斯看到洗澡间里他的大牙刷旁边并排挂着的微型牙刷时心里是怎么想的。也许她相信它代表着某种奇怪的性癖。正因为如此，迄今她对此避而不谈。而他本人则把它看作对他最终死亡的一种暗示，离开这个世界的又一个路标。

如果按照北美洲男子的正常情况来说，拉里的睾酮很可能从他三十多岁起就在减少——这很令他担忧，但并不是每时每刻都在担忧。他倾向于认为他偶尔的性交失败是由于心理障碍，彻底改变那种情况是可能的。他有多少次感到他的阴囊皮发紧呢？——一百万次？这种不受意志控制的机制最终产生疲劳难道不是合情合理的吗？自从一年前搬到多伦多并认识夏洛特·安格斯以来，他感到他正在为四个汽缸中的三个动手术。夏洛特和他的年龄一样大。假如她是二十五岁，情况可能就不同了。但怎么个不同法呢？他也不知道。

拉里头发的密度、颜色和光泽也处在危险之中。他知道，欧洲后裔的男子有大约百分之五十会有不同程度的谢顶。这对他来说本该是个安慰，但其实不然。夏洛特认为，男人对秃头怕得要命。其实，只要日益暴露的头颅是干干净净的，不是过分瘦骨嶙峋，没有满头的静脉血管，上面毛多毛少有什么关系呢？人家尤尔·伯连纳[1]怎么了？

和所有人一样，拉里的皮肤十几岁时就开始失去弹性。他一生的表情都可以从他脸上看出来，都刻在那里。他的左面颊中上部有一个褐色的小斑点，另一点是在脖子的一侧。这是不是太阳晒的呢？难道是黄褐斑？他记得听母亲说过黄褐斑，她说她三十多岁手背上就出现了。她说她学会了坐着时两手叠放在腿上，手掌向上，像抱一个篮子，以掩饰那令人讨厌的褐斑。拉里的第一个妻子多丽，皮肤相当粗糙，很健康，但同时也很扎手。导致皮肤粗糙的原因可能是曼尼托巴的极端气候，而不是遗传因素。他的第二个妻子贝思的皮肤非常柔软，像爱尔兰人一样。由于夜晚使用护肤油和护肤霜，她的脸、胳膊、腿和臀部更加柔软。夏洛特·安格斯每月到女王大街的一个美容厅给她四十五岁的身体做一次按摩，然后洗盐浴，进行"皮肤抛光"。每一个疗程收费七十五元，但她认为那是心理健康投资。

折磨拉里·韦勒的还有老花眼，用通俗的英语说，他的眼睛对近处物体的聚焦能力已经下降，看书时需要戴眼镜。蓝色、绿色和紫色他经常难以辨别。此外，走进黑暗房间时，他的眼睛调节得比以前慢了。上星期，他同麦科德基金董事会——加思·麦科德是多伦多的一位土地开发商——会谈到深夜。他回到圣帕特里克大街的住处时，差点被卧室里夏洛特的手提箱绊倒。（他忘记打电话告诉她他很晚才能回去。他怀疑这种忘性乃是他的年龄带来的最大麻烦。）

---

1. 尤尔·伯连纳（1920—1985），俄裔美国演员，曾主演多部百老汇舞台剧，是著名的"光头影帝"。

他几乎可以说他的听力还是稳定的。他感到幸运的是，他从来不是狂热的重金属爱好者，也无须像父亲一样在充满噪声的工厂里工作，蒙受无法弥补的听力损失。到不得已的时候他是否会戴助听器呢？很可能不会。啊，这要视耳朵失聪的程度而定。他到时候得考虑一下。他的生活，他的感觉，与其说是一个故事，不如说是一连串的声音——真正的声音，在他的内耳里反弹的声音。

假如医学统计的结果可靠的话，拉里的脑重量已经比他三十岁的时候减少了。他已无法再在头脑里同时权衡几个问题。事实上，他已拒绝在麦科德工程完工以前接待新的客户。这是他所设计过的规模最大的庭院迷宫，一个三维陈列品。其中的数学问题有时使他大伤脑筋，这情况是从未有过的，让他担忧不已。他的头脑到底出了什么问题？过去他可以轻松地把握视觉概念，可现在怎么了？从另一方面来说，他认为他从经验里积累了一些知识：那就是智慧。他最近读到，人脑的重量几乎正好等于人一只脚的重量。一想到这一短小精悍的谬论，他浑身直打哆嗦。

他的肺细胞已开始硬化——这种现象对于一个四十六岁的人来说是绝对正常的，因而他的肺活量现在已减少大约百分之二十。

拉里的动脉也已经开始硬化，但只是轻微硬化。这毫不奇怪，要知道，在他的一生中心肌已收缩了二十亿次。他试图宽慰自己不要过分担忧职业病，而且一直忌食油腻食物。他的姐姐米姬以及和她同居的男朋友伊恩现在对脂肪控制得近乎疯狂，已经把黄油、人造奶油和食用油统统从他们的食谱中删去了。这些日子他们都是用水将柠檬汁稀释滴在沙拉上。

他的父母年轻时都患有便秘和痔疮，但拉里没有这些病。每天早晨吃几勺全麦维，使得他生命的这一部分一直保持正常工作。

肠胃气胀是拉里的另一个毛病。他不知道当他放屁的时候夏洛特是怎么想的。难道女人就不放屁吗？他不记得他的两位妻子有谁曾经失去过控制，也许除了熟睡的时候。即使在那种时候，她们放屁也是噗的一声，轻轻地，轻轻地，充满柔情。关于这一点他想找个人请教请教，但又想不起来找谁。他最近每天夜里起来小便两次。（三十多岁时他起夜一次，到五十多岁时难道会起夜三次吗？）

他身上的肌肉组织和脂肪的比例略微有些变化。他在考虑参加某种认真的减肥锻炼。他听说多伦多运动员俱乐部有一个很好的午间锻炼项目，可他中午时分经常开会，要不就是在夏洛特当顾问的戒断中心赶时间吃个三明治——火鸡胸肉，从来不要奶酪。拉里决定死后将器官捐献给科研机构，并在他的汽车驾驶执照上标明了这一意愿。他觉得很可耻，因为这一毫无痛苦的微小举动竟使他感到自己很高尚。

总的来说，他的身材尚好，体形就像一个竖立的迷宫。他能感觉到它的奥妙所在。他的耳垂里有毛细血管与心脏相连，皮肤表面有十分敏感的神经，再微小的昆虫落到手背上，他的大脑也会立刻知道。

关于人体，有些事情他永远也不会了解，特别是离他很远，隐藏在黑暗中的世界的另一面：月经、生育、某些欢乐与悲哀，以及激素爆发，等等。有些人把拳头塞进别人的屁眼里——他永远也不会知道怎么塞得进去，也不会知道那是什么感觉。

在性格方面，他似乎已满足于欢乐的忧郁，一种纠结的困惑的精神状态。麻烦就在于，他不知道应该如何做他所变成的那个人。但这一点也许明天就会发生变化。此时此刻，他坐在自己面孔的背后。他穿好了衣服,他很准时。多么令人惊奇!又是多么令人难受的惊奇啊!过去他生活中那些貌似舒适的部分现在看起来越来越像是幻觉或困难。这就是拉里的朋友埃里克·艾斯纳所说的"足够"的悖论。看起来,一个人一旦有了足够的金钱、足够的名声、足够的爱情——虽然确切地说,他倒不爱夏洛特·安格斯,接下来他就没有什么东西可期盼,只能等着时间流逝。

拉里病了。是在夏天的时候。他正坐在圣克莱尔大街装有空调的办公室里通过电话同一位分包者谈话。他们正在就麦科德工程所需树苗的成本激烈地讨价还价,但气氛很友好。拉里觉得,这么大的一宗订货他有权得到更大的优惠。他试图把这一想法变成语言,然而他感到从他嘴里进出的净是废话,与其说是句子,不如说是曲调;与其说是认真的反向建议,不如说是笑话。即使他自己的耳朵听起来,他的声音也像是一个卡通人物鸭子般的叫声。这声音是从哪里来的呢?"您没事吧,韦勒先生?"他听到电话的另一头说。他感到一阵恶心,两眼发黑,接着便摔倒了。他新近雇用的兼职秘书听到他砰的一声摔在铺着地毯的地板上,赶紧跑了过来。

三周以后,他感到大脑里有一种像拖拉机驶过的隆隆声。(其实不是,那只是医院走廊里手推晚餐托盘车的声音。)他还经常产生其他瞬息即逝的幻觉。有一次他吃力地抬起胳膊,结果碰上了一个既熟悉又陌生的东西。长方形,薄纸板制,角尖尖的——事实上那是一个舒洁纸巾盒子,尽管他可能叫不出名字来。他扯出一张纸巾,纸巾擦着纸板的裂缝哧啦一声响,吓得他一阵痉挛。他任它落到地上,像一只翩飞的白鸟,十分美丽,他自己则冷漠而好奇地看着，心里知道那是什么，却又不知道。然后，他把纸巾一张一张地往外扯。纸巾与开口的摩擦声告诉他，他还活着。他感到他的手腕进入了一个循环节奏，就像舞蹈一样。每扯出一条纸巾，他都欣喜若狂，直到盒子里所装的一百张纸巾全部被扯出来，像柔软的积雪似的堆在他床边。他周围的空气中响起了嘈杂的声音——他会动了，他醒过来了，接着是一片沉默。

这些抽搐，这些梦魇——这就是他。

他睁开眼睛。他一个人仰面躺在医院的病床上，呈原始的僵硬状态。空气中弥漫着煮玉米似的苦涩味道。从窗户的方框射进的强光照着他的眼睛。他感到眼睛特别干。他试着在床单上活动身子，这才发现他的胳膊、鼻子和阴茎全都被套在塑料管里。这时，有人猛地将一块凉布放在他的脸上。

三个星期过去了。他简直无法相信。可这是真的，他的姐姐米姬说。一共二十二天。我们都认为你完了。我的小弟弟一直昏迷不醒。深度昏迷。

拉里摔倒之后大家决定不惊动在温尼伯的年迈的母亲。老太太自己还处于半昏迷状态，有一半时间连她儿子的名字都想不起来，何必再去烦扰她呢？当然，和拉里的两位前妻都取得了联系。拉里十七岁的儿子，正在宾夕法尼亚大学参加田径冠军夏令营的赖安飞回了多伦多。米姬眼含热泪地向拉里报告说，那孩子在父亲身边一连守了六天，不停地对他说话，想把他唤醒。

这个问题似乎不合时宜，但拉里一定要知道：在那单方面亲近的六天里赖安究竟对他说了些什么。鼓励的话语？小夜曲？回忆旧事？父子亲情？催眠曲？"啊，他做的是：每天给你从头到尾地读报，"米姬对他说，"读《多伦多星报》，除了祭礼通告以外什么都读。一份报一整天才能读完。"

赖安，他的儿子。这简直不可想象，甚至令人震惊。这个以往仅仅具有一些朦胧意识的孩子居然会在父亲的病床边被重铸得如此善良，结结巴巴地为他读社论、体育报道、股市行情。1983年拉里和多丽离婚时，他所舍弃的就是这个无辜的小孩子。如今，这孩子竟然真的——不，拉里不忍心想这些，至少不是现在，现在他身体还很虚弱。（一天之中，他发现自己好几次莫名其妙地想要落泪。）

究竟什么是昏迷？按照米姬的说法，就是病入膏肓，尽管病人有时会活过来。一种完全失去知觉的状态，原因是——但开始的时候谁也不知道原因，人们怀疑是脑炎，这一点后来得到了证实。很可能是蚊子传染的。那个周末他曾经和伊恩·斯托克去赖斯湖钓过鱼。需要做各种化验。大脑受到损害没有？情况还不清楚。要做更多的检查。

两位前妻并没有匆匆赶到他的病床前。当然，贝思在英国，但他认为多丽可能会从温尼伯赶来，特别是在近年来他们两人的关系一直很密切的情况下。然而来的只是妻子的慰问卡、鲜花、传真和便函。贝思通过国际花卉协会送来的十几朵玫瑰在拉里清醒前就已经开过又败了。多丽送的更为实际的盆栽菊花倒不错，1996年7月20日那个伟大的清醒日之后还放在米姬租来的电视机上。

伟大的清醒日——拉里是这样认为的。没有人能解释他为什么醒了，怎样醒的，当时，他麻木的大脑里一个开关突然打开：该清醒了，伙计。清醒后的头几天他头痛，神志迷糊。走廊里重新出现的那种拖拉机的声音曲曲弯弯地爬进他的中枢神经系统，发出狗一样的低吠声。在长期的睡眠之后,他感到他的身体无法言状地疲惫,关节像老年人一样疼痛。"难道你什么也不记得了吗?"探视者问他。他们的面部表情清楚地表明,他们无法理解拉里曾陷入真空状态这一事实。他到"另一个世界"旅行去了。他肯定带回来了某些东西。梦?灯光明亮的隧道?低沉的人声?他的大脑里一定有某种记忆在睡眠,就像白色的侏儒一样。

不,什么也没有。这证实了拉里的一贯信念:死亡并不附带任何最后的指令,连这种濒死经验也不附带。

"夏洛特几乎每天夜里都坐在这里守着你,"米姬对他说,"她就在那把椅子上睡觉,或者说打个盹。她怕你醒来时感到孤独。"

"可我是觉得孤独。"拉里说。他不知道他的话听起来是否像在闹脾气。

"她是个出色的女人。"

"是的。"

"一个非——常知道疼人的女人。"米姬的语调温柔亲切而又不容置辩。比拉里大两岁的她正在摆大姐姐的架子呢。

"我知道,我知道。"

"我只是给你提个醒。"

他活下来了,而且现在看来他的身体并没有受到永久性的损害。如何掩饰他那赤裸裸的如释重负的感觉呢?他生命中突然产生的裂缝已经合拢,被明亮的日益恢复的意识之线缝合得平平整整。他的食欲也已经恢复。一托盘又一托盘的马铃薯泥和一片又一片的洋葱味牛肉使他重新焕发了生机。食欲,饱足感。他的继续存在的自我。是的,他的大脑粒子加速室说:喂我吧。巨大的、气味浓重的报纸上满是惊人的消息,其中最惊人的消息是世界仍在以其固有的步伐继续前进。叶利钦坚持他的表演；爱尔兰的杀戮又重新开始；比尔和希拉里的微型剧院开始了新的一轮低级趣味的演出；鲍勃·多尔在电视屏幕上大发牢骚，表情悲伤，一脸无奈地面对着他的国家。这一切对拉里来说是那样新鲜，那样奇妙。所有人——包括那位神经病科医师——都对他说他能够得到及时的治疗是多么幸运；昏迷治疗小组的努力是多么值得称道；消炎药物和类固醇居然保住了他的生命组织，这是多大的奇迹啊。

他很感激，真的。但他感到，在探视时间前后那安静的几分钟里有什么东西在拉他，某种欲望的细丝。他知道那是什么，所以他不断反抗。他渴望回到安静中去，回到那个他已记不得而且无法到达的地方，将自己的意识安放在柔软的巢穴里。在那里他可以安全地、没有知觉地睡觉。他想把自己嵌入昏暗的隧道里。他愚蠢地认为那才是他真正的家。黑暗。不，不是黑暗，倒更像是雨天的天光。一座没有出口的迷宫。

不，他不愿意自己被这么容易地从生命上撕下来。

最后，还是佐治亚州亚特兰大播放的奥林匹克运动会节目拯救了他。来自南方的疯狂的喧嚣声点亮了他康复期的日日夜夜。跑、跳、搏击运动天天进行着，如一个肌肉与准确性的游艺场，粗野的敬礼与拥抱的教练。他一直仰面躺在枕头上呆若木鸡地、全神贯注地观看。他的老朋友比尔·赫舍尔乘飞机从温尼伯赶来陪了他几天。他们本该好好谈谈的。这些年来他们很少见面，要么就是匆匆一晤。他们有很多话要说，然而，在拉里的病房里他们只简单谈了几句，彩色电视的屏幕上就出现了狂热的戏剧性比赛场面：跳水、体操、举重、划船、排球、足球、摔跤。在拉里看来，这些人类的搏斗混合在一起，形成了一个庞大的运动会，一种由奔腾的空气、沙砾和水构成的，人类创造的超级体育竞技活动。这种活动有严格的运动规则和一系列稀奇古怪的障碍需要运动员克服：故意设置的栏架、圆环以及各种新奇而危险的设施。音乐与掌声此起彼伏，粗犷的笛声与发令枪声响彻云霄。那些运动的、冲刺的、拼搏的、跳跃的、汗流浃背的男男女女一直在送他，最后把他送回自己的肉体。

他和比尔不愿漏掉任何一个项目，于是就发疯似的变换频道。看到多诺万·贝利获得一百米短跑金牌，他们在病房里低声欢呼。比尔脱下T恤衫，像挥舞国旗似的在头顶上挥舞，扭动着二百磅肥肉在床脚边疯狂地跳起舞来。拉里因为身上还连着各种管子和导线而动弹不得，但他感到明亮的兴奋汁液从萎缩的身体组织中涌流而过。呼吸，开始。他母亲要是看见，肯定会说：他在好转。这一时刻充满了欢乐和完美。他眼前的空气变得柔和了。他又在皮肤和血液中复活了。眼下这就足够了。

他把公司从芝加哥迁到多伦多不久就认识了夏洛特·安格斯。他发现一个单身男子要找女人一点儿都不难，哪怕是四十多岁、离过两次婚、肚子上又长出了十磅肥肉的单身男子。世上可以弄到手的女人多的是。他认识的每个男人都有一份漂亮、聪明、急于找男伴的单身女人名单。然而，漂亮的单身男子，就算是不漂亮的中年单身汉，要到哪儿找呢？"他们要么变成了同性恋者，上帝保佑他们停不下来的阴茎，"拉里的姐姐米姬说，"要么就是被年轻女人钓去了，要么就是自私的蠢货，你绝不会愿意委身于他们的。"

米姬本人早年有一次伤心的婚姻，后来竟和一个名叫伊恩·斯托克的男子在多伦多北区同居。伊恩五十岁，是人行道木板墙设计师。他在他的地下办公室干活儿，起码在有活儿可干的时候是这样。现在他们已经同居了八年，关系一般。"我并不追求完美，"米姬曾经对拉里吐露说，"我知道，到了我这个年龄注定得将就。比如说，我从来没有真正喜欢过把我柔软的嘴唇贴在一片小胡子上。顺便说一句：我很高兴你也放弃了你的小胡子，拉里。去掉了它，你显得更年轻，更干净。事实上，这段时间我和伊恩之间的关系并不怎么密切，各种关系。我想他白天没有去找过别的人，但我不能排除这种可能性。要问我怎么能忍受不知道真相的感觉，因为我在店里忙得不可开交，就因为这个。我下班回到家时，伊恩已经在炉子上做好了饭，通常做得还可以。他已经摆好了餐桌，你知道，我就可以当甩手掌柜了。他不出去玩保龄球，也不出去喝酒，他的遗传基因里没这些爱好。他已经把沙发上我们两个坐的地方都拍打了一番。晚上我们就躺在那一小块地方里，进入一种电视催眠状态，不像你想象的那么坏。起码他不会不停地变换频道，这是他的优点。还有什么呢？让我想想。啊，天哪！还有什么呢？他有时候去钓鱼，整个家就成了我自己的。那可真是天堂！他每天早晨洗淋浴。我想让他晚上洗，可他就是不听。他不用气味浓的化妆品，这一点我得给他加十分。啊——他挣来钱就花。对我来说，一个手紧的男人就够了。你记得，保罗就是那种人，尽管我的确很爱那家伙，特别是到最后，还有开始的时候。天哪！另一方面，伊恩懂得一瓶好酒的价值。他知道什么巧克力好。他不爱吃花生和椒盐卷饼，一点儿都不吃。他一年看两次牙。这就足够我和他建立那种关系了，你说是不是？我认为他的活儿干得很好。他为史密斯赛特大楼设计的步道板比大楼本身有趣得多，活泼得多。大家都这么说。他不说前妻的坏话，只是偶尔提到她老是把面包烤煳，还怪单元里的供电线路不好。这一面包事件具有某种象征意义。好像他的前妻有个习惯：凡有小灾小难，她都要转嫁责任。她失去工作时埋怨闹钟，还真的把它扔进了垃圾堆。她流产时埋怨伊恩，她真说过胎儿'烦躁不安'肯定是伊恩的漠不关心造成的。我承认他绝对不是阿多尼斯[1]。瞧他的胸部，哟嗬。瞧他那圆滚滚的肩膀，没有任何可赞美之处。不过我一直在观察周围的人。我注意到好看的男人还真是越来越少。男人到大概——四十岁以上就不好看了。男人早早就走下坡路了。而女人呢，女人知道爱惜自己。瞧瞧人家夏洛特，四十多岁了还是个美人。瞧她的皮肤，她那指甲修的，听听她那逗人的笑声。她的态度非常非常乐观。对披巾的选择很有情趣，还有发色。我只希望你能珍惜你所得到的。我就是这个意思，拉里。"

夏洛特是个寡妇。她的丈夫德里克是会计师，四年前因患前列腺癌去世，给她留下了可观的遗产。她根本不需要工作，可不工作怎么打发时间呢？——她说。尤其是两个孩子都已长大，一个在阿尔伯塔省，另一个在沿海地区。再说，她本人还有咨询专业的毕业文凭，不用岂不是浪费？

夏洛特和拉里是在他们共同的熟人举行的一次晚餐会上认识的。桌子周围的其他人都是成双成对的。从人们强做出来的热情洋溢的谈话可以看出，他们是想把夏洛特和拉里撮合在一起：一个

---

[1]. 阿多尼斯是希腊神话中爱与美的女神阿弗洛狄忒（即罗马神话中的维纳斯）所钟爱的美少年。

是单身好女人，一个是罕见的、唾手可得的单身男子。他们两个人并排坐着，而且挨得非常近。拉里切烤鸡的时候，胳膊肘轻轻地蹭着夏洛特的衬衫袖子。"对不起。"她低头看着盘子笑笑，把粉红色袖子包裹着的胳膊向后缩了缩。（他后来得知，她喜欢穿粉红、玫瑰红和淡红色的衣服。）餐桌上的话题很一般，但拉里注意到，谈着谈着矛头却明显地指向了两位单身客人——他本人和夏洛特·安格斯。他喜不喜欢多伦多？和芝加哥比怎么样？夏洛特见过演艺船没有？没有？你呢，拉里？你们真不该错过机会，你们两人都是。

一星期之后两人就上了床。第一夜他们去了拉里的住处，而没有去迪尔帕克夏洛特的家。两人都羞得像童男童女似的。自从妻子贝思离开以后，拉里还没有过过一次性生活，而夏洛特则已经有好几年没过过了。事实上，后来她吐露说她只有过一个性伙伴，那就是她的丈夫。她和德里克很早就结婚了，在一夫一妻观念上，两人都很守旧。起码她自己是这样。

由于保养得好，她的皮肤像涂了粉似的柔软滑腻，但身体缺少活动。"噢，"她深深吸了口气说，似乎是被对往事的回忆刺痛了，"噢，噢。"

他在她的肉体中时与其说是兴奋，不如说是有一种回家般的安稳感，她的肌体主动对他做着情爱的表示，并不停地气喘吁吁地"噢噢"着鼓励他。她不愿意开着灯做爱，便指指灯说："请关掉。"

黑暗像一条凉丝丝的被单遮盖着他们。他喜欢这种黑暗，尽情享受着它。夏洛特则在哆嗦，胳膊、腿都在哆嗦，剧烈地颤抖。他搂住了她。

在他的一生中这样的事过去发生过，他清醒地躺在可爱的女人身边——在夜半时分,夏季习习的微风吹拂着幔帐,蟋蟀噻噻的叫声缝合着夜色,大街上偶尔传来车辆的隆隆声。每当这种时候,他的心里就会涌出一股感激的洪流,那样猛烈,那样突然,那样强大。它冲破了语言和手势的禁锢,甚至冲破了粗糙的、试探性的思维模式。这个天堂是什么?是抚摩,是被抚摩。那个如释重负的自我再一次朦胧地意识到了舞台以外的演奏的原始旋律。人类的手触碰到了他这人类的躯体,这是种不该得到的特权,一种心甘情愿的爱抚。那种迅猛增加的知识被锁在皮肤里。是的,啊,是的。此时此刻,他那窒息的、畸形的、不连贯的生命也许被拯救了,被一位名叫夏洛特·安格斯的女人拯救了。他一点都不配。

有时候他认为夏洛特爱他,尽管他所看到的可能仅仅是两人同样无聊的闪烁的影子。当然,他们还没有谈到过爱情,迄今为止还没有。

奇怪的是,她的举动充满了母性。为什么不呢?她从二十五岁起就是两个孩子的母亲了。(他满脑子想的都是二十五岁的夏洛特,她那羞涩的笑容,她那不戴珠宝的耳垂。)他对她絮絮叨叨的话有几天反对,有几天不反对。她建议说他应当服锌片,当初德里克要是服锌片就好了。她说他应当试试在鞋里垫泡沫塑料鞋垫,效果再好不过了。她说他睡眠不好的时候只需想象他正在一块光滑的黑板上写自己的名字:你用中指的指头肚慢慢写,脑子里想着字母的每一个圆环和短细线。写错了就擦了重写。

他觉得他必须回答,说一些气力充足、轻松活泼的话:"太棒了。""好极了。"

嗨,他想,四十五岁的老情人之间的情况可能都是这样。到这个年龄,身体需要得到各种鼓励,要注意饮食,加强锻炼,讲究放松的方法。看在上帝分上,四十五岁的人不会出去在秋天的落叶里滚来滚去。他们不会一时兴起到公园里堆雪人或通宵跳摇摆舞。他们把精力集中到改善家庭生活上。譬如说,拉里该去商店买一些舒适的家具了。他从芝加哥带来的餐桌和椅子漂亮极了,夏洛特从来没有见过那样的桌椅,可是,套房的其他部位也需要,啊,布置起来才是。关于窗帘她出过很好的点子。她还建议拉里把衣服送去去污和修补——拉里的那套灰色套装也真该送到街道服务社洗烫修补了。她说他工作得太辛苦,全身心地投入麦科德迷宫的设计和建造中,从而把自己向死亡线上驱赶。一旦到了死亡线上,他就完全身不由己了。

拉里一边听一边点头。忘记了你是在拿什么冒险,忘得一干二净——这就是中年人遇到的麻烦。

他们两人都本能地感觉到,现在还不到讨论共同生活的时候,但他们每星期有两三次在一起过夜,不是在拉里床上,就是在她床上。这些夜晚漫长而甜蜜。他醒来后看着她侧卧着睡在自己身边。他们两人都经常提到两人在一起睡得有多么香,多么解乏。有一个星期天下午,拉里居然在夏洛特起居室的长沙发上睡着了。那一天春寒料峭。夏洛特见他躺在那里,给他盖上了一条马海毛毯子。(她这个女人很讲究纺织品的质感,苛求小小的变化,以求舒服。)

毛毯围住他的肩膀时,他感觉到了绒毛的刺激。尽管还没有完全清醒,但他知道自己已处在深情厚谊的拥抱之中,这种情意不啻强烈的爱情。他的呼吸更深,脉搏更慢了——那是召唤梦境的昏暗的前桅灯。他被卷到了酣睡的海岸线上。

他亲爱的夏洛特。这是一种崭新的东西,从某种意义上来说,它要比充满谎言、像演戏一般排演着的、相互操纵的婚姻更甜蜜。但他的骨架无法钻进去。他进退两难,一边是巨石,一边是温柔乡。一想到夏洛特·安格斯,他就有这种感觉。她的憾事,同时也是她的好处,便在于她急于讨人喜欢,就像那轻轻放下的毛毯、她慷慨的唇舌,还有她毫无疑虑地踏入未知、坚持到底的方式。他想不出她有什么理由要伸手抚摩他的躯体并主动献出自己。

拉里的父亲1988年去世时留下遗嘱,要求将他的尸体火化。斯图·韦勒这个顽固的传统主义者居然会响应保护环境的号召做出这样一个进步的决定,这令每个人都大吃一惊。现在,1996年10月,拉里的母亲多特也随她的丈夫驾鹤西去。"一位了不起的老太太。"温尼伯的护理组组长说。"她早就准备好要走了。"米姬·韦勒说。"是的,过去这几个月真令人伤心。"拉里的前妻多丽说。"我猜想她也会要求火化?"拉里说,他把这作为一个问题提了出来。"绝对。"米姬回答。

米姬和拉里这一对中年姐弟乘飞机飞往温尼伯,座位是23排A座和B座。两人身上都带有死去父母的遗传基因组织以及死去父母终生迷茫的影响。他们突然间成了孤儿。米姬在翻看一本《维多利亚杂志》,不停地抽泣着,眼睛红红的。杂志上精致的餐具、古老的亚麻布照片,还有堇菜果子酱的做法,使她想到的不是母亲,而是母亲生前离这些东西是多么遥远。"她过得太平淡了,"米姬对拉里说,"她从不允许自己随便放松一下,不允许自己疯一把,犯个傻。"拉里正在看《新闻周刊》——中东更为复杂的局势。他觉得自己不配分享姐姐的这一见解。他爱母亲,这一点他能肯定。

事实上，他感到他对母亲不仅仅是爱。她是一个喜怒无常的女人，有时会突然发火，但不会轻易流泪。到了晚年，她在英国国教的礼拜仪式和对基督的热爱中找到了平静。多特·韦勒生了他，他在她的怀里吃过奶，是她身上掉下来的肉。但这些情景属于拉里生命的背景音乐——它们存在，但他并非离了它们就不行。

米姬和拉里决定，葬礼以后将多特的骨灰撒在西霍克湖里。他们父亲斯图的骨灰就撒在那个湖里。（拉里的儿子赖安在简单的宗教仪式上致了悼词；多特断气时多丽在她身边，一直拉着她的手；仪式结束后多丽还在她利普顿街的家里用咖啡和三明治招待大家。去撒骨灰时，又是多丽把自己的汽车借给了米姬和拉里。）他们驱车向东。那天有风，冬天的第一场雪还没有到来，湖面也没有结冰，田野和岩石看起来像一幅幅多层次的、暗淡的黑白图片。

"我们来得正是时候。"米姬说。

"你的意思是她死得正是时候。"拉里说。

汽车行驶在平坦的曼尼托巴高速公路上。树木被剥光了叶子。公路路肩沿线不时出现一捆捆防雪栅栏，这些栅栏不久就要被竖起来以阻挡冬天的大风雪。拉里小时候母亲对他说过一番话，至今他还能隐约记得那次讨论。母亲说人死后身体会变成灰尘。他记得当时他对这一说法的真实性持怀疑态度。灰尘就是他床下干燥的浮土，而人体应该腐烂变质。

然而，他和姐姐装在多丽的汽车后备厢里的正是灰尘，一盒子骨灰。拉里最近得知，人体需要高温烧几个小时才能变成粉末。即使烧几个小时，还会有一些小块不碎。那些坚硬的小块也许是骨头，也许是牙齿。人体微粒的耐火性之强实在令人惊讶。

米姬打开收音机和暖气，于是，汽车就变成了温暖宜人的山洞。拉里知道,他们两个人站在湖岸上,将双手插入母亲多特·韦勒干燥的骨灰里的那一刻,他一定会害怕——因为有一点他们两人都不清楚,即他们的行为是否合法。

那一时刻并没有到来,起码当天没有。汽车行驶两个小时后到达湖边。在一个废弃的旅游景点停下以后,拉里打开了后备厢,发现里面什么也没有。"我以为你把骨灰盒放进去了呢。"他对米姬说。"我以为你放了呢。"米姬说。她竟然哭了起来。然而面对冰冷的湖水,她又有点暗自庆幸。

"基督啊,她还在多丽家的前门廊里。"

"真叫人受不了。"

"我们不一定非要把她放进湖里去。那只是一个想法。我是说,爸的骨灰很久以前就——"

"看起来湖水也太冷了。"

"瞧那些浪涛。"

"要不我们——"

"把她带回多伦多?"

"坐飞机?"

"我不知道。"

"我们可以,你知道,把她放在后院里。牡丹花旁边那个地方就很好。是不是我们图省事,拉里,不想开车回温尼伯取骨灰,然后再返回来?"

"她真的很喜欢牡丹花。你知道她是多么——"

"我断定伊恩不会介意。不过把妈妈的遗体放在院子里,你是不是觉得骇人听闻?"

"不,我不会这样想。我是说,尽管我们不愿意承认,可她现在只不过是——"

"骨灰。"

"对，是灰尘。"

"不行。"一小时之后米姬说。当时他们离温尼伯还有六十英里。她啪的一声关掉了汽车上的收音机。"我们不能那样做，拉里。我们不能把她带回多伦多。那样做不合适。明天我们还得回到西霍克湖去，把她葬到湖里。"

"说得对。"拉里说。他真希望这个建议刚才是他提出来的。

去年夏天，拉里失去知觉，躺在那里昏迷不醒——有可能永远醒不过来了。连医生也不能断定结果会如何。他的身体接受了精心的治疗和几乎是不间断的监护。他就那样睡着，连梦也不会做。他绝不会知道、感觉到、意识到、注意到医生正在维护他的身体器官的健全。在他张口与吞咽的本能完全丧失期间，他一直靠静脉注射维持生命。为了除去他嘴里和喉咙里的分泌物，保证他的呼吸道畅通，必须经常使用吸管抽吸。当然，护士也很注意保持他的口腔卫生。他的牙床和牙齿每天要用柠檬甘油擦洗两次。

护士每两个小时给他翻一次身，以减轻身体对皮肤的压力，使肺部充气。要挪动像拉里这样重的身子需要一个男护士，或两个女护士一起动手。给他翻身时须小心轻放，使他的脊椎成一条直线，以避免将来变成畸形。护士每天给他做四肢活动练习，以保持关节的功能正常。一根留置导管处理他在无意识状态下不断排出的尿液。此外，护士还要每天定时用手指挖去他直肠里的大便。

电子监视仪记录着他的生命信号，并试图测试他的意识水平——尽管人们对昏迷及其所处的介于生死之间的奇怪位置所知甚少。一个昏迷的躯体会不会思考或做梦？它能否听到声音，感觉到周围的紧张气氛？他的下巴和两腮都刮过，他的手指甲和脚指甲都修剪过，他的脚被捆在一块L形塑料板上以增加支撑力。没有这块脚板，他的双脚就会"堕入"足底反射位置，踝关节后部的肌肉和肌腱的长度会永久性地缩短。那样的话，他就算活下来，以后也会站不直。

在他失去知觉的二十二天里，有几百只手触摸过他。那些恪尽职守的专业人员的手一项一项勾去他那张表格上的项目，保持他有血液流动的组织不致坏死并使之富有弹性。他身上那些最隐秘的孔洞——鼻孔和肛门——也都保持着畅通和清洁。处理这些事情的那些陌生人的面孔他一个也不认识。对他来说，这代表着世界上固有的不平衡。他两次失败的婚姻、他感受到的他和亡父母之间的距离、他在理解自己儿子时的无能为力，以及他想让自己对夏洛特·安格斯产生爱意这一事实——这一切失败都证明人类是分裂的，世上的每一个人都希望龟缩进自己的骨架里。

但这并不正确。一个人不可能封闭在复杂的肉体内过一辈子。迟早——有时候纯属偶然——会有人往这一片封闭的黑暗中伸出手、舌头或一部分生殖器来。这一行为可以看作一种珍贵的灾难或最成熟的乐趣。皮肤将会被冲破，或者说外壳将会被冲破。无论我们愿意与否，热乎乎的生命之液终将会从里面流出来，自由地流入世界的混合物质中，流入那波涛汹涌的人际关系的海洋里。拉里·韦勒对这一感知既感到不安又感到舒服，这可真是怪事。他正在康复。从某种意义上来说，他的一生都是在康复的状态下度过的。然而直到四十五岁时，他才开始预见他那至高无上的封闭的自我、那个豪华的装饰品，将来会变成什么。他曾希望那个自我能够更惹人喜爱，更光明；他曾希望能够拥有更敏锐的好奇心；最重要的是，他曾希望能有什么人，什么东西可供他爱。他离那个目标已经很近了。他感觉到了这一点。现在他已经清醒了一半，很快就会完全清醒。

第十五章
拉里的家宴1997

宴会之前

　　除非一个人活得舒心，否则他做梦也不会想到举办宴会；除非他从镜子里看到的是一个宽厚、慷慨、健康的人，否则他绝不会有好客的举动。拉里·韦勒之所以很长时间没有请客吃饭，原因就在于此。事实上，他已经记不得上一次请客是什么时候了。自从三年前他的第二个妻子贝思离开他以后，他一直很厌恶社交。

　　可是现在，贝思就要到多伦多来了。

　　凑巧的是，拉里的第一个妻子多丽也要出差来这里待几天。

　　两位前妻在同一个周末来多伦多，真是一种巧合。

　　贝思从英国给拉里发来传真说，这一次她无论如何想见见他。（"我们分别太久了。我有绝妙的消息要告诉你。"）多丽寄来一张明信片说："星期六我要开一上午会，其余时间自由安排。我们何不看在过去的情分上聚一聚呢？"

　　"这可是一个举办宴会的绝好机会，"拉里的朋友夏洛特·安格斯说，就像事情已经决定了似的，"我保证鼎力相助。"接着她又试探性地补充说："如果你愿意的话。"

　　"当然，我希望你能帮我。不过怎么弄呢？我们能——"这一复杂的社交活动来得太突然了，他不知道该如何是好。毕竟这么长时间没请过客了。"什么时候？什么形式？几点钟？"

"星期六晚上怎么样？晚餐。七点钟最好，早是早了点，但那样的话每一位客人都能在半夜之前离开。"

"你真的认为这是个好主意吗？似乎——"

似乎怎么样呢？他问自己。一个四十六岁的男子（到8月份四十七岁）举办家宴？这种事情可不常见。一个单身男子，离过两次婚，要偿还他的社交债，不是邀请他的朋友们到饭店吃饭，而是到他的住处参加一个晚上的宴饮交际会。桌子一摆，大家谈谈笑笑，然后上食品、饮料。像拉里这种地位的人大多数都是接受招待，而不是招待别人。这是夏洛特的看法。那些人除了吃请还是吃请，能够多年不变。从来没有人对这种不平等的社交提出过异议。迅速改变这种状况看来是不可避免的。

现在这种机会来了。两位前妻将在同一个周末到达，而且都预先发函要求见他。对此拉里不禁沾沾自喜，甚至有点受宠若惊。这是一种友好的举动。这充分表明在她们心目中他是个好人，是个好前夫，等等，等等。

"叫人难以相信的是，"夏洛特对拉里说，"她们俩过去从来没有见过面。我的意思是说，这些年来你想过没有，她们早就应该——"

"芝加哥离温尼伯很远。"拉里对她说。这一理由显然不能令人信服。"她们还真在电话上交谈过一两次。"

"我敢肯定她们谈得客客气气的。"

"非常客气。"

"我猜两人婚后的表现都是合乎礼仪的。"

这拉里可得想一想。他曾经看到了贝思妒忌的一面。有时候她毫无理性地诋毁他的第一个妻子，他也记得多丽粗俗的一面。不过他关于两位配偶性情的记忆毕竟是很久以前留下的。他和多丽结婚时二十多岁，和贝思结婚时三十多岁。他的两次婚姻现在离他似乎太遥远了。那是他另一个更年轻但不那么成熟的自我的荒唐事。这一点他现在看得比二十年前清楚得多，起码他喜欢这样想。数十亿比特的信息让他应接不暇。他对夏洛特说："我觉得，你可以相信她们两个人。"

"太好了，因为这的确很有可能——"

"我知道，我知道。"事实上，现在他正为这个举办家宴的机会而兴奋，为自己的兴奋而兴奋。

上述谈话是在一个星期三他和夏洛特一起吃午饭的时候进行的。拉里近来注意到，在饭店请客吃饭能够扩大他的自我意识，并且小小的公共餐桌也让他和夏洛特的关系得以拓展，许多平时避而不谈的禁忌话题，此时也更能敞开心扉。

那天早些时候，拉里曾就麦科德迷宫交付使用的问题举行过一个简短的新闻发布会。那项工程耗费了他两年的心血。整整五周之后迷宫就要对公众开放了。相对而言这是一件低调的作品，但拉里感到这是他一生中最富创造性和冒险性的得意之作。这一次他诡秘地、悄悄地打破了常规：这一迷宫的树篱栽植没有用传统迷宫的正规植物——冬青、黄杨和紫杉。他使用了数十种稠密的、非正规的树篱，都是缓缓蔓生的植物，如五叶楤木（能禁受住污染的空气）、茶条槭、忍冬、九层皮（抗风耐寒）、美洲冬青（黑叶，结晶亮的红浆果）、沙枣、沙伦蔷薇、锦鸡儿（轻如鸿毛）、翅卫矛以及连翘。（加思·麦科德曾依据资料说连翘这种灌木太

"乡村"，执意不让用，因为毕竟是花他的钱。但最后还是达成了妥协。）拉里希望——这也是他今天上午对新闻界发布的预先准备好的声明中阐述的观点——这座迷宫将既能包括常规迷宫最基本的失而复得的探索过程，又能让迷宫探索者认为那些灌木不是一种墙，而是梦幻般的生物世界的延伸，让迷宫与迷宫探索者融为一体，构成一个单一的有机体。

麦科德慷慨捐赠给城市公园系统的这块土地布满沟壑，它呈斜坡状延伸进一条小溪。进去时下坡、出来时上坡的迷宫通道意在反映人类进入无意识的睡眠状态，然后再慢慢苏醒的过程。（出席新闻发布会的只有三名记者。即使没有对夏洛特讲，拉里也暗自承认，他对到会记者人数之少颇感失望。而且每一位记者都只草草记下了那个短语。梦幻般的生物世界的延伸。）

拉里和夏洛特·安格斯坐在国王大街一家叫作"眨眼的鸭子"的咖啡馆外面的一张桌子边，一边分享一份海鲜沙拉，一边讨论拉里举办晚餐会这个依然没有实际进展的想法，还一边抬头观看着空旷得令人称奇的天空。这里是加拿大。这个国家冷到了极点，天气变幻无常。然而4月份的今天，天气却特别暖和。拉里错误地穿了件灰色毛呢上装，还打着领带。"怎么不把它脱了呢。"夏洛特关切地说。于是他就脱了。

一桌可以坐八个或十个人，夏洛特说。不过何不坐十个呢？一桌十个人好看。食品要简单精美。要上低度红葡萄酒，也许意大利酒合适。晚上早点儿开始。

微风从街面上吹过。4月份生气勃勃的微风把夏洛特围巾的两个尖角吹起一英寸高。凭着自己对女人的了解，拉里知道，她的生命已经到了靠在脖子上系围巾装饰自己以期产生奇妙效果的阶段。

"真的,"她用指头摆弄着围巾的边沿说,"晚餐会和一般的宴会不大一样。"

"为什么?"他感到他充满睡意的一笑吹动了粉红色的纸台布。他认识夏洛特已一年有余,两个人的关系也越来越随便了。这种随便起码有一部分来自半心半意戏弄的习惯,似乎两个人都制定了一项契约,要求从对方那里得到一块冷嘲热讽的领土。

"啊,这我倒说不好。不管怎么样,晚餐会总是更保险一些,更像是一次活动。"夏洛特的声音像唱歌一样,口气非常自信。她是个羞怯的女人,不过有时候也会突然发作。"一次刻意安排的活动。晚餐会你能控制得住。"

"你是说靠聊天吗?"

"啊,"她耸耸肩膀说,"要我说,谢天谢地,还是聊天吧。聊天比说大话好,令人惊恐的大话。吹美学,吹社会价值。有人冷不防提到一个作者,你却从未听说过,非把你窘死不可。比如说有人引用克尔凯郭尔[1]的话。"

拉里脸上的笑容扩散开来。他不是那种能在餐桌上引经据典的人,尽管有时候他也希望自己有这种能力。

关于这个话题夏洛特仍意犹未尽。"你想过没有,假如我们不能谈天气或房地产价格,不能谈后院里的松鼠多么讨人厌,这个世界该是多么寂寞呀!假如我们没有假期可以唠叨会怎么样呢?或者说我们连孩子们在干什么都不能谈呢?上帝呀!"

"就连那也不是个保险的话题。"拉里看着夏洛特表情丰富的

---

[1] 索伦·克尔凯郭尔(1813—1855),丹麦哲学家、神学家,存在主义的先驱。其思想对20世纪中叶的哲学、神学及西方文化有巨大影响。

嘴巴和摇荡着的耳环说，因为他想起来他的儿子赖安最近被指控在一次赛跑前服用了兴奋剂，事情正在调查之中。

"还有一件，"夏洛特接着说，"你也不能问别人干什么工作。如今那被认为是爱管闲事。假如他们正好失业呢？假如他们在为一家拍摄淫秽电影或做卫生巾或做其他什么东西的公司干活呢？你是无所谓，拉里，因为你的工作是和可爱的绿色植物打交道。"

"所以，"拉里说，"你认为从谈话的角度看还是晚宴安全？"

夏洛特扬了扬眉毛。"哦，控制场面还是很重要的，对不对？我是说，维持气氛。你要知道，可能会——"说着，她用手掌对着眼前的空气劈了一下。

接下来是沉默。拉里说不清是长时间的沉默还是短时间的沉默。他环顾四周，看到饭店里坐满一对对年轻人，大多数看起来像是情人。二十岁的，三十岁的，在桌子上面手拉着手，指头尖做着性感的小动作。

"我是个蹩脚的厨师。"拉里摇摇头说。他想起了他的朋友比尔·赫舍尔。赫舍尔会自己熏鳟鱼，还定期为自己家烤面包。"贝思过去总坚持和我轮流做饭——"

"真的？你可从来没说过。"

"那是她的点子之一。"

"你是说作为一个女权主义者的她。"

"不过我只会做意大利面。"

"意大利面？嗯。不，我认为不行。十个人呢。"

"那可就麻烦了。"

"我答应过要帮你的。"由于周围的噪音加大，夏洛特说话时也提高了嗓门，"不过，你看，你究竟如何，你知道，向你的两位前妻介绍我呢？我是说，你用什么词呢？"

"这——"拉里不安地打住了。他告诫自己一定要踩好安全刹车，因为他知道夏洛特在这个问题上是多么敏感。"我就说咱们是朋友。"

"咱们本来就是朋友，不是吗，拉里？"她的目光和他的相遇，仿佛意味着某种保证。要不就是，在他看来，她想得到他进一步的确认。

"咱们是好朋友。"他警惕地注视着她，唇舌轻而又轻地敲打在那个好字上。但他的话似乎使她很满意。

"也许，"她皱了皱眉头说，"我们应该八个人一桌，而不是十个。再不就九个人，那样更好。那样的话我们就可以围着桌子不对称地谈话了。不对称总能够使谈话内容更好地聚焦。"

这些事情她是怎么知道的呢？"你确定那是我们需要的吗？聚焦？"

"当然是。"

"而不需要不聚焦的模模糊糊的东西？就像我们看过的法国电影一样，不知道演的什么？"

"我们可以买些成品，"夏洛特急忙接下去，还从包里拿出一个小笔记本，"比如说甜点。如今大家都这样。对，一定要买甜点。巧克力味的什么东西。去达夫莱特买。"

"说起甜点——"

"我也是这样想的。我们何不再分吃一块乳酪蛋糕呢？那上面的杏仁看着挺不错。"

"可不是嘛。"

近几个月他们养成了分享食物的习惯——拉里认为这要么是

他们的胃口不够好,要么就是日渐衰老中下意识的互相依靠。他对她充满了柔情。瞧她那鲜艳醒目的口红、她的眼睛——和善而热切的眼睛。她是如何将这种热切的眼神保存下来的呢?(隐约的绿色眼影涂得恰到好处,她还有故意戏弄人似的眉毛,累的时候眼睑会下垂。)她那闪闪发光的丝绸围巾使人一下想起中美洲,但拉里知道她是去年夏天在普罗旺斯买的——抑或是在西班牙?他想,把那样的东西系在脖子上总不能不热。

夏洛特是个做什么事都"尽最大努力""全身心投入"的女人。他想,他对她的爱之所以不能像她对他的那样热烈,正是因为这一点。这似乎是有悖常理的。拉里认为,有某种东西——也许是五年前她丈夫的死,也许是她天生的性格——在迫使她用比别人更大的力气去咬生命这块饼干。咬了再咬,咬了再咬。

"如果你决定用羔羊肉,"晚宴前一周,夏洛特·安格斯对拉里说,"那你还真得上菜豆。"

"为什么要上菜豆呢?没有人喜欢吃。至少我认识的人里没有人喜欢。"

"法国人吃羔羊肉时都是这样,其他地方很少见。中间是粉红色的羊肉,周围是白色的菜豆。这是传统吃法。要不就用小利马豆。你可以买冷冻的。"

"菜豆不好消化。"

"菜豆吃多了不好消化,你说得绝对正确。我是说顺着肉摆少许菜豆,主要是做装饰,并非真的让人吃。"

"少许是多少?十二根?二十根?"

"你压住我的胳膊了,亲爱的。哎,这样好一些。"

"那我们就买些菜豆来装饰羊肉。这是不是说我们无须装饰菜豆呢?"

"撒上一点欧芹。要么撒点新鲜的鼠尾草。圣劳伦斯市场就有卖的。我想鼠尾草一定很好看。"

"用什么装饰鼠尾草呢?"

"你知道吗,拉里?你在难缠地打趣。这个时候男人打趣可不怎么——"

"恰当。"他接过去说。贝思也反对打趣。

"一点儿不错。"

"那什么时候男人打趣好呢?"他动动身子贴紧她,翘起一条腿圈住她柔软的臀部。

"什么时候也不行。现在有了新地方法规。我还以为你知道呢。噢,天哪,你看看都什么时间了。我明天还得一早起来上班呢,开会。创伤医疗队要搞展示。"

"你说我难缠是什么意思?"

"我说过你难缠吗?"

"说过。"

"因为你,你在引诱我像妻子一样放肆地说那些婆婆妈妈的琐事,好像我是你家里的恶霸。其实我只是一个想帮助你的女朋友。"

"我喜欢你的说法。是'女朋友',大写的'女朋友'。"

"更像是斜体的。我是说,到了四十六岁这个年龄,任何事情再和'姑娘'一词联系起来都是不适宜的,再说——天哪,瞧瞧我这条裙子。在你这儿过一夜我成什么样子了!在家的时候,我的衣服都是挂起来的。我很讲究。我得把裙子熨熨,快点。我想,你屋里大概没有蒸馏水吧?"

"今天我去买一点,去买利马豆的时候。"

"你大约得买三盒呢,九个人三盒才够用。"

"九个人?我忘了。"

"我们说过九个人,你很清楚。你为什么突然间想把这当成我的主意?拉里,假如你想上去骨羔羊肉——我建议你用去骨的,你现在就得去订货,我是说今天。奥利弗商店的服务很好。他们还把肉用盐水泡好。那里卖的橄榄油、柠檬和迷迭香都很好。"

"还买什么?"

"啊,你可以——不,作为女朋友,今天早上我提的建议够多了。尽管我转念一想还会提——"

"还会提什么?"

"没什么了。"

"今天夜里我可以见你吗?"

她看着他,迟疑了一会儿。那目光叫人捉摸不透。但他明白那目光里有某种惩罚的成分。"明天夜里怎么样,"她说,"到我那里去。"

贝思终于在1994年抛弃了拉里,将一柜子柔软的衣服和一个乱七八糟地放着高科技发刷和微型香水瓶的洗澡间留在了他们奥克帕克的家里。

换句话说,她小心地、巧妙地在心理上离开了他。她在南安普顿的一家饭店里第一次平静地和拉里面对面地宣布了她的决定。几天后她给他寄来了一封长信:

亲爱的拉里,

你可以想象生活是一本书,这本书有许多章,我们两人都必须单独写,这样你会更容易接受这件事。我想我们两人都知道,我们的那一章——你和我的那一章——包括很多页的狂热感情和相互促进……

信很长。他发现文句很难理解,似乎是在醉酒的状态下写的。但这不可能,因为贝思只喝矿泉水,什么酒也不喝——她对酒过敏,又怕增加体重。最后一段写道:

亲爱的拉里,你的精神照亮了我的。我认为,我们合写的那个章节从性和理智两个方面来说等于发射了一颗流星。这颗流星穿过我们装订在一起的那几页,点亮了这些即使我们分手后也将继续存在的真实。我的确感到现在是时候了。让我们再换一张白纸继续写下去吧,一直写到互相理解与原谅。

亲爱的、专横的、适合当教师的贝思。读这封信时他的心都要碎了,同时,他脸上的表情缓和了,他微笑起来。

等一等。先停下。心碎的微笑?肯定不是。也许他的微笑围绕着他的心碎。心碎之下的微笑,穿透心碎的微笑。

拉里越来越像是一位观察家和批评家。他向后退了退,看着自己拿起妻子的信,用手术刀似的红铅笔给它打分,给了它个C-。够慷慨的。

理解与原谅,哈——哈哈!这就是她开的药方?就这么轻巧?

当贝思离开他时——不是为了另一个男人,而是为了英国的一份教学工作,他的四十四岁生日已经临近。他已是一个成熟的男人,或者说一些浪漫的傻瓜使他相信他是一个成熟的男人。理解与原谅本该很容易,就像滚动一根原木一样容易,只要轻轻地耸耸瘦弱的肩膀就行了。什么地方写过爱情比新鲜的就业机会更强大呢？"可爱的拉里。"他的皮肤光滑的贝思在附言里用铅笔写道。这似乎是通过她自己的修辞学给她的信注入了新鲜氧气。"你是我无形灵魂的翻译，是我的肉体和意识的专心的读者；最后，你是我笨手笨脚的爱情的编辑和出版商。让你我共同翻过我们散乱的书页，继续往下读吧！"

那么好吧，除此之外还能怎样呢？

除非是一个男人抛弃了妻子，否则他就不可能"理解与原谅"。他会将这两个动词看作女人迷人的手镯上镌刻的两件小工具——铲与锄，花哨的装饰图案。他不会浪费哪怕一秒钟来考虑它们所要求的巨大宽容，同样也不会去考虑——亲爱的基督！——它们跷跷板一般弹入眼中的负疚感。

拉里离开第一个妻子多丽时，他们已结婚五年。五年，一个孩子，一所整修中的房子，一段忙忙碌碌的日子。然而，他已快想不起他们的时间是由什么构成的了。他一直认为，他们是在古诗的时代——1977年——走到一起的。当时世界的韵律是和谐悦耳的，天花板也比现在高，即使不比现在高，也能使人感觉到它们很高。

"她什么样？"有一次夏洛特·安格斯问拉里。那是他们在拉里乳白色的卧室里做爱之后。

"谁？"

"多丽，第一个。"

"也许你不相信，我记不得了。"

"她的床上功夫棒不棒？"

"嗯——很难用语言表达。"

"你的意思是你不想说,这跟我没关系。"

"对不起。"

"该说对不起的是我。谁叫我多嘴呢。"

"她有时候很滑稽。她会模仿她在本田车行的老板,还会模仿我爸。她很善于模仿。那是在一切都破裂之前。"

"真的一切都破裂了吗?"

"一切。啊,一切都破裂了,除了多丽。"

"你为什么不去找一找婚姻顾问呢?"

"当时我还不知道有这么个词。"

"你是不是觉得这种事不光彩?"

"不是不光彩,不是的。这真的是一个词汇量的问题。"

"假如我和德里克之间发生了问题,我们肯定会去寻求专业人员帮助的。这是再自然不过的事情了。"

夏洛特一提起死去的丈夫德里克,拉里就觉得有点恶心。"也许你和德里克知道那个词。"他小心地说。

"你能肯定你说的是词汇量的问题?你真的不知道什么是婚姻顾问?"

"这一点我们很清楚。大家都很清楚。"

"那是怎么回事?"

他想起了他的母亲。她一生中长期郁郁寡欢,可她做梦也没有想到去咨询心理医生。"我连那两个词都不知道,怎么去找呢。"他对夏洛特说。

"拉里,有时候你说的话我根本弄不明白是什么意思。"

"有时候连我自己也弄不明白。"他咽了口唾沫说。

他觉得他咽下的是他本人苦涩的精髓。他没能成为他原本想成为的人。现在他更有钱了,也更可悲了。他丧失了理解自我的诀窍。

"哎?你觉得怎么样?"

"好看。台布是个好主意。"

"它能把一切都衬托得好看起来,对吧?我很高兴你能想到用深绿色的蜡烛,拉里。点白色的蜡烛看起来像教堂似的。"

"谢谢你把花也带来了。"

"我记得有一次你说过,"夏洛特说,"餐桌上不能摆玫瑰花,它的气味会跑到汤里。"

"那还是我在花店的时候!"他叹了口气说,"我们肯定是在第一个试用期里学到的。这些东西会一直跟着你。"他看看摆好的桌子,闪光的刀叉、明亮的玻璃杯、摆得整整齐齐的椅子。"它们会永远跟着你,对吧。一切的一切。"

"你不会伤感起来了吧,拉里?"

"有可能。我开始怀疑整个——"

"是紧张,不是怀疑。这绝对正常。过去我和德里克举办家宴时,我总是在最后一刻感到惊慌。害怕把主菜烧煳了,害怕没有人来,反正是这一类的事情。每个人都回话了,是不是?"

"两位前妻都发来了传真。"

"真怪。"

"我也是这么想的。米姬打来了电话。她和伊恩要晚到一会儿。萨姆·阿尔韦罗留过条子,他可能早来几分钟,说是要到汽车修理厂取他的车。"

"麦科德夫妇呢?"

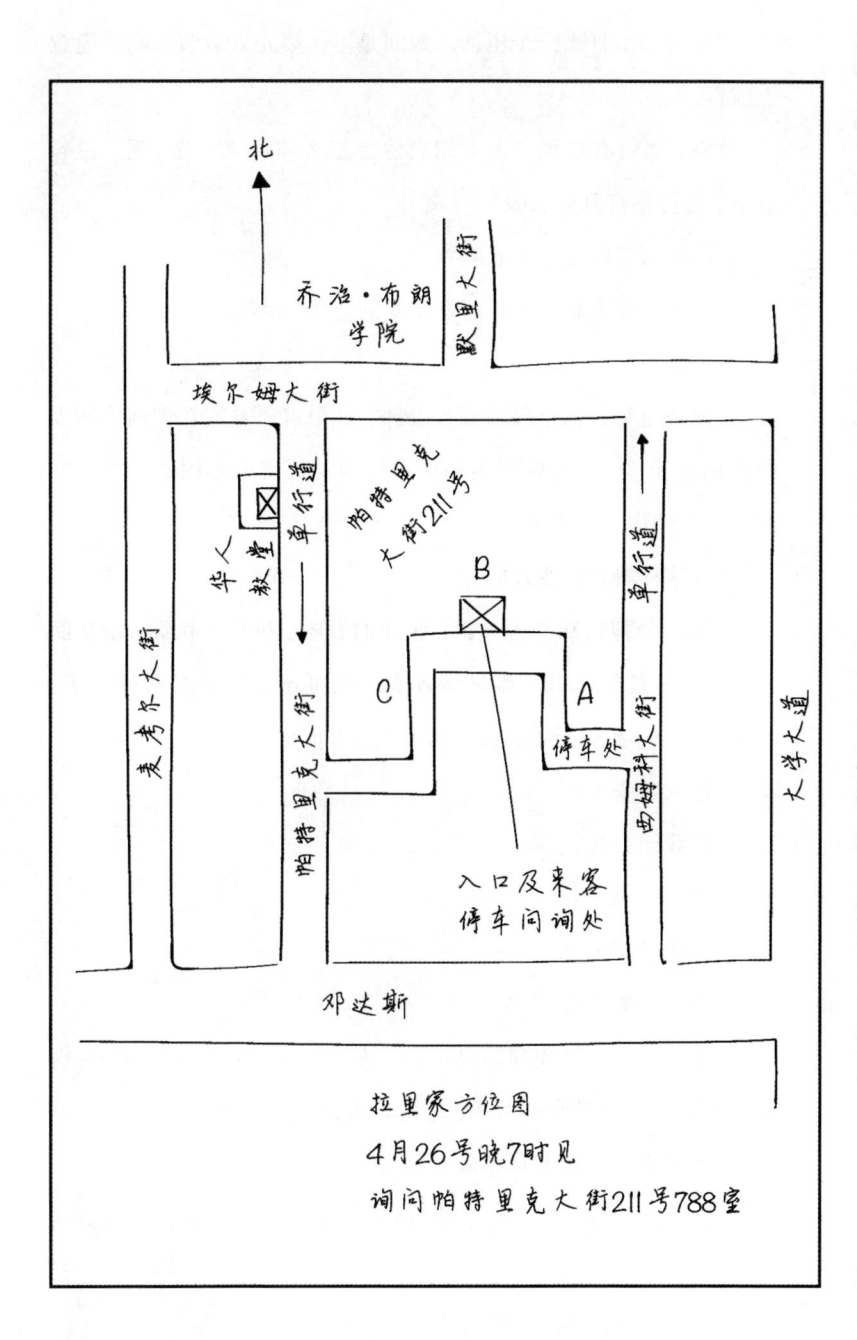

拉里家方位图
4月26号晚7时见
询问帕特里克大街211号788室

"他的秘书打来一个电话。她问是不是要正式着装。我说随意点就行。"

"啊,那就有意思了。不知道他会怎么理解'随意'呢。说起这个,你打不打算换衣服?"

"你不喜欢我这件毛衣吗?"

"喜欢。你看起来裹得严严实实的,挺安全的。"

"那就对了。"

"而我觉得我的这件衣服太暴露,会把自己暴露在你两位前妻的炯炯目光之下,暴露在她们梭镖似的、好奇的小眼睛之下。我想系一条围巾,不过——"

"你这样看起来蛮好的。"

"不过分神秘和吓人?嗨,伙计们看呀,拉里·韦勒的新女朋友。嗯——她算老几?她来做什么?她可不是什么二八少女了,对不对?噢,我的天哪!我在胡说些什么呀。"

"你太紧张了。"

"扶我一会儿。"

"嗯。"

"好些了。"

"会一切顺利的。"

"事实上我已经闻到羊肉味了。你能不能闻到?特别香,特别香的蒜味。我希望他们都喜欢吃蒜。否则可就苦了他们了。"

"我怎么什么味也闻不到?"

"那是因为你在这儿待了整整一下午。我看见你已经准备好胡萝卜了。"

"汤也好了。你最好先尝尝。"

"还有半个钟头。我们可以做座位卡。"

"我不知道该不该做。听起来简直——"

"显得太正规了,是不是?也许你是对的。好吧,那至少我们也得先拟好座次,记在心里。"

"谁想坐哪儿就坐哪儿不好吗?"

"那不行,拉里!要是你的两位前妻正好挨着坐呢?我的意思是,尽管我们想让这次宴会不那么正规,但是让她们两个挨着坐很可能会——"她停了停又说,"惹麻烦。"

"惹什么麻烦?她们俩不会把对方的头发拽掉的。她们又不是情敌。"

"哦,拉里!"

"你什么意思?'哦,拉里'?"

"不知道。不过有时候你非常幼稚。"

"她们俩各自完全占有我一段时间,根本没有重叠。我不明白她们怎么会是情敌。事实上——我不知道该怎么说——她们俩同是逃脱者。"

"哦,拉里,"夏洛特摇摇头又说了一遍,"你——你真不懂,是不是?"

"我想是的。"尽管他多少懂一点。

"不管怎么说,她们马上就来了。我们真应该考虑一下座次策略。"

"好吧,"拉里说,"两位妻子一头一个——让她们尽量离远点儿。"

她居然认真考虑起他的建议来,这有点出乎他的意料。"嗯——也许太明显了,再说也不太恰当。你记住,她们可是你的贵客。"

"我和你当然不愿意坐在桌子两头扮演爹妈的角色,起码我不愿意。"

"不行。我已经放弃了这种想法。那样太难为情,太等级森严了。好像我们两个想控制这个晚上似的。"

"那怎么办?"

"我想,你姐姐和伊恩可以坐在两头,创造一种类似家庭的气氛。事实上——希望你不要介意,拉里——今天上班的时候我画了一张草图,一个座次计划。"说着,她从包里拿出一张折叠着的纸,把它展开放在桌子上,"你看看我把米姬和伊恩摆在哪儿了。这种男男女女的事情恐怕很难弄得十全十美,不过——"

"这样行。"

"你在这儿,坐在一侧的中央,在塞缪尔和马西娅·麦科德之间。从你对我谈到的萨姆(塞缪尔)的情况来看,我猜他们没有多少共同之处。他刚来这个国家吧?他的英语如何?等等。你看,多丽坐在这儿,紧挨着米姬——你说过她们俩的关系很好。"

"过去不怎么样,可现在还真——"

"加思·麦科德坐在你的对面。他的左边是贝思。我琢磨着他们在精神方面有共同之处。"

"你真是费了好大心思想这个,是不是?"

"我是不是太像女主人了?太像管理人了?要是,请告诉我。"

"等一等——你坐在哪儿呀,夏?"他并不常叫她夏,"这计划上没有你。"

"我?没有我?噢,天哪。"

"你只安排了八个座位,可我们是九个人。"

座次安排

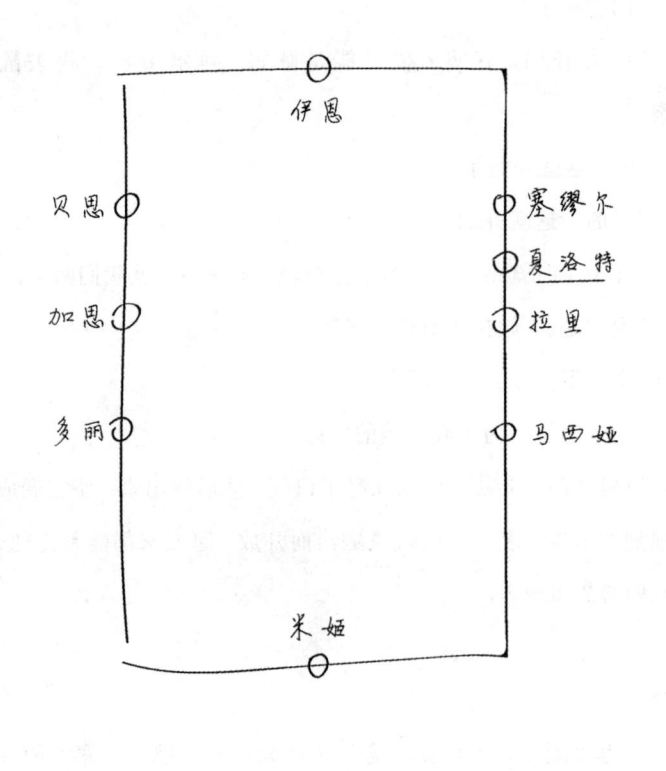

```
            伊恩
             ○

贝思 ○              ○ 塞缪尔
                    ○ 夏洛特
加思 ○              ○ 拉里

多丽 ○              ○ 马西娅


             ○
            米娅
```

"我怎么会这样粗心。我不相信。"

"你何不坐在这里呢?"拉里指着草图说,"我和萨姆之间。"

"要不就坐在加思和多丽之间。"

"你自己选吧。"

"你认为这意味着什么?"夏洛特说。她的声音变成了呜咽。"我认为我漏掉自己是潜意识的作用。我假装自己不在这儿。"

"门铃响了!"

"你去开门,好吗?很可能是萨姆·阿尔韦罗。我去翻翻羊肉。"

"啊,这就开始了。"

"是的。这就开始了。"

"几个小时就结束了。很快就会轻松起来的,就我们两个。"

"说的是。"她抬头对他笑了笑。

"亲一下,为了运气。"

"为了运气。为了我们俩的好运。"

拉里朝门口走去,他深深吸了口气,然后呼出来,使它变成一股强烈的渴望:愿今晚的气氛融洽而开放,愿大家都能善待他人,愿我们心想事成。

宴会

贝思很漂亮。他原先已忘记了她究竟有多漂亮。寒冷的春夜把她的脸冻得红扑扑的。当她穿过门道时,她钉着银扣子的绿天鹅绒上衣像戏装似的摆动着。"拉里。"她喊了一声,伸出冰凉的双手捧住了拉里的脸。

啊,旧情人的香灰!

"今晚你第一个到。"他傻乎乎地说。接下来他觉得她的两臂搂住了他的脖子,双唇贴上了他的嘴唇,贴得跟他记忆中一样紧,不过今夜由于天冷,贴得比原先还紧。他感到自己的心在剧烈地跳动。他预先想到了这种情况:问候、拥抱,做一切能做的事。

贝思笑笑,突然放开拉里,用娇滴滴的声音亲切地说:"可是拉里,你真不简单,居然办起晚餐会来!真是妙极了。"

"我有帮手。"说着,他朝厨房的方向努努嘴。厨房里传来勺子碰锅的叮当声。然后,他想了想又补充说:"我的一位朋友。"

他感到那个词从他的舌头上吐出来时是那样怯弱,那样虚假:朋友。

她慢慢解开上衣的扣子,然后突然把上衣敞开。拉里觉得那动作很富戏剧性。即便是在光线昏暗的走道里,拉里也能看到她的肚子大大的,显然是怀孕了。八个月了?九个月了?不,孕妇怀孕后期是不准坐飞机的,是不是?"七个月。"她看出了拉里的心思。说着,她侧过身子,把整个侧面给了拉里。"我跟你说过我有绝好的消息要告诉你。"

他张大嘴巴。这是什么?谁的?什么时候?然而门铃又响了,紧接着厨房里哗啦一声。

他刚刚进入宴会五分钟就已经迷糊了。

"塞缪尔·阿尔韦罗,这位是贝思·普赖尔。萨姆一直在和我一起搞多伦多的一项工程。他是一位园艺家,刚从西班牙来。塞维利亚,对不对,萨姆?贝思刚从伦敦来。她正要告诉我她——"

"认识你太高兴了。"

"我也很高兴。"

"你好！我是夏洛特·安格斯。刚才你进来时我正在厨房里忙活呢。你一定是贝思。哎呀呀！能看到你太好了。我是说你能来真是太棒了。你是塞缪尔。拉里经常提到你。你真了不起，忙活了好几个星期，日夜都在为对公众开放做准备。是不是门铃又响了，拉里，你去接一接好吗？我得再到厨房里看看。"

"让我介绍一下加思·麦科德和马西娅·麦科德。你已经认识萨姆了，加思。你们两位上一周才在工地上认识，对不对？这位是贝思·普赖尔，从英国来，刚下飞机。在其他客人到来之前，我想解释一下：我和贝思曾经是——啊，那已经是几年前的事了，不过曾经有过那么一段——对了，这位是夏洛特·安格斯。夏洛特，我想你已经认识加思了，但不认识马西娅。马西娅原籍是纽约，如果我没有弄错的话。"

"弗吉尼亚。弗吉尼亚的里士满。"

"啊，对了。弗吉尼亚。"

"可我的确在纽约住过。"

"噢，是这样。"

"一年多一点儿，事实上是十八个月，或许是十七个月。怪不得你认为我——"

"我给你们拿点酒来吧？"

"我爱纽约，可是这些日子我对它的爱是悲剧式的。"

"什么样的？"

"我帮你上酒吧。"

"我想我自己能行，夏洛特。你何不——"

"又响了，门铃。肯定是——"

"我去开门。"

"多丽!"

"你好,拉里!"

"这地方不难找吧?"

"我坐出租车来的。"

"进来,进来。我来给你脱掉上衣。都4月了,今天晚上还这么冷。"

"有一点风。"

"昨天可是绝对——"

"见到你太高兴了。不过——"

"不过什么?"

"感到有点奇怪。"

"在这儿?"

"是的,在这儿。我也不知道为什么。"

"你看起来——很可爱。"这话不假。她看起来有些紧张,一脸期待的表情,目光炯炯有神。

"你也是。"

"老喽。"

"露西·沃肯坦向你问好。"

"露西。她当市政委员后有何感想?"

"她从来没有这么痛快这么高兴过。她让我告诉你的。"

"明天我给她打电话。"

"听起来你要办个很大的宴会。"

"实际上只有几个人。一共九个。不过在我们进去以前,有件事我可能得告诉你,多丽。我信里应该跟你说的。"

"什么事?"

"贝思在这。从英国来的。"

"贝思。哦。"

"这是一种巧合,你们俩同时来了。"

"哦。"

"我希望这不会使你感到难堪,多丽。这不过是个在一起聚一聚的机会——"

"啊,不。根本不会难堪,一点儿都不,拉里。确实不会。"

"这位是多丽·肖-韦勒。让我给你介绍介绍。加思和马西娅。"

"你们好。"

"你的耳环真好看。我原来有一副几乎跟你的一样,只不过是银的。可能稍小一点儿。我绝对不能戴大耳环,脸受不了。"

"谢谢。"

"这位是塞缪尔·阿尔韦罗,和我一起搞一个迷宫工程。"

"啊,原来你也叫韦勒?一家人。真有意思。没想到我出席的是一个家庭宴会。"

"认识你太好了,塞缪尔。"

"这是我的好朋友夏洛特·安格斯。"

"你好,夏洛特。"

"你能来多伦多我们非常高兴。"

"这位是贝思·普赖尔。"

"噢,噢,你就是多丽呀。"

"你就是贝思呀。"

"这真是，我不知道该怎么说，真是不可思议。"

"可不是嘛。咱们俩总算见面了。"

"我拥抱你一下你不会介意吧，多丽？"

"我喜欢，不过——不过——"

"他在那边有个游泳池。那里安全极了。"

"现在人差不多都到齐了，也许我可以建议大家喝香槟了。"

"香槟！"

"啊，今晚是个特殊的聚会。"

"咱们是不是等等米姬和伊恩，拉里？"

"他们俩随到随参加。"

"恐怕我得免了，拉里。不能用香槟浇胎儿。当然，我从来不——"

"我很乐于接受一杯香槟。"

"请相信我，加思的确很喜欢香槟。有一次我们参加一个最奇妙的宴会，那是在一艘停泊在好望角的船上，他们弄来一个十分可人的小矮人，穿着红靴子，蹦蹦跳跳地为客人倒——"

"倒吧，拉里。嗯，漂亮。"

"瞧这颜色。"

"像丝绸一样顺。"

"哦，自然，我们都喝得晕晕乎乎的。宴会上有一个女人，如果我告诉你她的名字，你肯定知道。这些日子到处都能见着她。她对加思说他的耳垂可爱极了，她从来没有见过男人有那么漂亮的耳垂。加思的脸红得像红萝卜似的，他说——"

"自从四个月前告别好友以来我还没有喝过香槟呢。我看这是加拿大产的。真是令人惊讶。"

"你会发现它的水果味更浓一些,比——"

"是不是门铃声,拉里?这一次何不让我去开门呢?"

"米姬,伊恩!你们俩真准时。"

"我们自己进来了。"

"拉里正准备敬酒呢。"

"你美极了,夏洛特。"

"你也是。"

"喝一杯。还有你,伊恩。"

"这不算真正的敬酒。我只想对你们大家表示热烈的欢迎,祝各位健康,幸福。"

"这一杯祝麦科德迷宫开放。"

"对,不能忘了那一条。"

"哪一条?"

"一会儿我告诉你们所有人。"

"这一杯敬我们大家。"

"干!"

"天天快乐。"

"步步高升!"

"现在,让我先把你们的杯子满上,然后再就座。"

"这汤好极了。是不是有姜呀?"

"还有一点酸橙味。"

"我们祝贺谁呢?这汤是谁做的?"

"说起酸橙,加思答应我等我过生日时给我做酸橙蛋奶酥。要是没吃过四季酒店的酸橙蛋奶酥，那可真是白活了。啊，我们曾经订过位，可临到吃的时候才发现坏了。"

"事实上，这汤是拉里做的。"

"拉里！"

"这有什么可大惊小怪的？"

"他觉得伤自尊了。"

"我只是难以想象拉里竟然会做汤。我只记得他很会开罐头，可是——"

"我想起来了，那是坎贝尔番茄汤罐头。"

"一点儿不错。那是他的专长。我差点忘了。"

"当然，后来他就学会了在坎贝尔番茄汤上面撒一层帕尔马干酪，烹调水平又进步了。"

"我说你们女人今天夜里干吗老跟拉里过不去呢？"

"我想解释一下，我们今晚的客人多丽和贝思——"

"我最不能吃的东西就是蛤蜊。我的过敏专科医生说它有可能致命。它会导致惊厥，使血压突然降低。每当月亮到现在这个位置时，我的血压就已经够低了。他还说——"

"时代不同了，如今男人说自己会做汤已经不丢人了。伊恩做的奶油花椰菜汤好喝极了——"

"事实上那是一个吃菜梗的好办法。"

"不嫌丢人，伊恩。听着跟你多讲究似的。"

"天哪。确实是这样，对吧？"

"自命环保。"

"'比你环保比你绿'。"

"即便是在西班牙，情况也变了。西班牙人喜欢汤。大多数男人,我是说青年男子,都会弄一点卷心菜剁碎煮煮。"

"啊,要是这么说的话这事也没什么大不了的,对不对?"

"问题是,迄今我们仍然不敢相信,一个男人真的会用削皮刀。"

"他竟然想起来用削皮刀!"

"我的丈夫德里克从来不——"

"还有我父亲,我应该说我和米姬的父亲——"

"啊,我不明白。米姬是你的姊妹,拉里?你可没有告诉过我。"

"他的姐姐,我补充一下。桌子另一头的伊恩是我的伴侣。"

"我明白了。你的丈夫。"

"也可以这么说。"

"我看这可真是一个家庭宴会了。我是有幸应邀参加。"

"几乎是一次家庭团聚,塞缪尔。不过我想说,我爸偶尔也煮茶。"

"你敢断定,拉里?我可记得你爸从来没在厨房里伸过一个指头。"

"不过他的确只会煮茶。"

"于是你就成了第一代会做汤的男人。"

"加思从来没有做过汤。"

"你也没做过。"

"你什么意思?"

"我只是说——"

"你甚至不喜欢喝汤。还记得在圣巴巴拉的时候吧。汤端上来你又让人端回去了。你说你宁可等也不当傻瓜,喝这种农民的泔水。"

"马西娅的意思是说——"

"我记得在田纳西州喝过一回最好的酢浆草汤。记得吧,拉里？在我们度蜜月的时候。"

"你们的蜜月？啊，在西班牙我们叫 luna de miel，直译。我发现直译的词语时总是很高兴。你们知道，luna 是月亮，而 miel 是——"

"我跟德里克结婚时，我们说我们的蜜月要推迟到——"

"我发现直译的词语时，我感到世界变得更小了。"

"正确，正确。"

"萨斯卡通有一家饭店供应柠檬蛋白汤！"

"什么？哪里？"

"我听说，贝思，你住在英国。我和马西娅每年都要去伦敦两次。我们就是在那里喜欢上园林迷宫的。我们看到了三四座——"

"至少四座！我对细节的记忆准到不行，不信你去问问。我敢肯定我们至少参观过四座，或许是五座——"

"从理论上来说，迷宫毫无道理。它们什么用处也没有，却享受着特殊的待遇——"

"我们为它们的神秘所折服。所有迷宫都像符号一样耸立在那里，那样超然，所以我们努力想把这种传统带回多伦多，带回家里。"

"迷宫没有什么文化特性，加思相信这一点。"

"这就是你刚才提到的麦科德迷宫喽？"

"几天后正式开放。"

"迷宫就像是——就像是按在这个星球上的拇指印。"

"指纹涡排列得越紧，血压越高。这你知不知道？"

"什么越紧？什么越高？"

"迷宫就是我们的文化抛掉的烙饼之一，一点儿用处也没有，除了——"

"市长要来剪彩。"

"她还要带领第一拨人穿过迷宫呢。"

"据我们看,一个游人要在迷宫的中央与自己相遇。到了中央就要返回。一个新的开端,一种——"

"再生感。在迷宫的转弯处你是与世隔绝的,接着又复活了。"

"这正好印证了人类同时承受着得与失的折磨。"

"你们看,加思改信教了。"

"等你们看到那七条路的交点时就明白了——那里有一棵木兰树——"

"迷宫里可以只有一条路,也可以有很多条路。如果从象征层面去想的话,那就意味着我们的生命是开放的——"

"大多数市政委员都要出席开放仪式,还有官员,等等。我和马西娅当然要出席。塞缪尔将向大家解释树篱的品种。拉里将陪同我们穿过迷宫,以免我们真的迷路了走不出来。"

"我们一直赞同这样的观点:历史是在前进的,在向着某种更好的方向前进,最最起码也是在更新。但拉里的这个迷宫却暗示历史是在绕圈圈。要是停下来想一想——"

"埃德蒙·卡彭特说迷宫——"

"采取奥尔算法——"

"有节制的混乱,人为的恐慌。"

"对极了,多丽。说得好。可你是——"

"我读过一篇论述迷宫的文章,事实上是一整本书。"

"啊!斯佩尔曼那本吗?"

"看来你很吃惊。"

"你的确叫我吃惊,多丽。你总是这样。"

"我整天和迷宫生活在一起,记得吧?迷宫就在我的窗户外面。哦，尽管只是半个迷宫。"

"你一直培育着它。我一直纳闷，为什么——"

"我这样做不是什么悔过行为，假如你那样认为的话。我猜……我已经习惯那个迷宫了。我喜欢它，如果你想了解真正的原因的话。"

"你们俩在小声嘀咕什么？"

"再给你们来一点拉里的汤吧？多丽？加思？"

"只要smidgen[1]。"

"英语这种语言好奇怪。Smidgen。"

"真有人在迷宫里迷失过方向吗？"

"拉里就迷失过，我们度蜜月的时候。"

"那座不幸被毁的凡尔赛迷宫有三十个交叉点、四十三条分支，而且——"

"你们的蜜月？我不明白。你不是说——"

"我并没有真的迷失方向。"

"你没有，拉里？在汉普顿宫？我还记得我们等你等得多么焦急。你没有随大伙儿一起出来，我们就开始担心。"

"破解一座迷宫不需要什么专业知识。人生来就具有必要的导航能力。"

"这么说这次是另一个蜜月喽。"

"啊！"

"我还没来得及解释呢。多丽和贝思，啊，她们碰巧都——"

"碰巧都来多伦多了，于是我和拉里就决定邀几位朋友到拉里

---

[1]. Smidgen，美国口语，意即"一点点"。

这里来吃顿饭——"

"德里克怎么没来？他——？"

"几年前死了，癌症。"

"对不起，我不该——"

"很对不起。"

"癌症，天谴。"

"我的心理医生相信，大多数癌症都是由愤怒引起的，都是因为没能认识和接受愤怒。他说我的情况就是这样，不是说我得了癌症，还没有得，他是说我真应该努力——"

"你在西班牙还有家吗，塞缪尔？"

"有兄弟、姐妹——"

"可你结婚没有？"

"我妻子她一年前死了。她患上了抑郁症，吃了一些安眠药。"

"我的心理医生说——"

"这也是我来加拿大干这项工程的原因之一。在我和悲伤之间留出一点空间。"

"拉开一点距离。"

"对，说得非常准确！拉开一点距离。"

"是谁说过'只是离群索居'来着？"

"福斯特，对不对？不过我记得他的原话是——"

"如果没有人要汤了——"

"我来帮帮你，夏洛特。"

"不，拉里，还是让我来帮夏洛特吧。再坐一会儿我孩子的脖子非落下永久性抽筋不可。"

"啊哈！看着好像是羔羊腿。"

"我一进门就闻到羊肉味了。"

"我最爱吃羊肉了！"

"拉里，今天晚上令人惊讶的事一件接一件。"

"他买的，他做的，他切的。"

"桌子摆得不怎么样。"

"不，真的。我——"

"还着实给自己挣来了一番过分的褒扬。"

"男人啊！"

"我们又爱他们，又看不起他们，这可不是他们的错。"

"天哪，我才注意到！这是我们用过的那张旧桌子。这是我和拉里在芝加哥买的，在一个拍卖市场。"

"漂亮。"

"男人啊！只要是个男人，就能得到多少表扬！"

"这年头当个男人是什么感觉呢？"

"是呀，什么感觉？在这二十世纪最后的日子里？"

"给我们讲讲。"

拉里正把粉红色的羊肉切成片，往仍然热乎着的各个盘子里分第二份，突然想到的一件事令他大吃一惊：他过去从来没有举办过宴会。在他成长的那所房子里除家庭聚餐以外，一次也没有响起过出席宴会的客人们嘈杂的说笑声，没有出现过喜庆的场面，没有为孩子们举办过生日宴会。新年之夜除了看电视转播的纽约市时代广场的欢庆活动，半夜时分喝一杯甜雪利酒以外，什么事也没有发生过。他的父母是不是原本就缺少好客的基因呢？要不就是因为他们太羞怯了——这一点很有可能,抑或他们不知道如何将举办宴会的冲动变成现实?几个朋友聚在一起,吃吃饭,喝喝酒,说说笑笑,扯些奇闻逸事,偶尔谈谈某事即将发生的危险信号,这本来是很简单、很自然的事。

然而,当他扫视一遍被柔和的灯光照亮的桌子,他的朋友,这一桌的外人与亲属,还有他了如指掌的三个女人时,他发现事情一点都不简单——他现在意识到了这一点。他感受着他的第一次也是唯一的一次家宴,它正在缓缓偏移方向,崩塌,变得僵硬。宴会难道不是应该让人类的正常联系变得更轻松吗?问得好。

此刻,拉里感到答案是相反的:人们之间的隔膜要比他想象的牢固。他想象中的人格的耀眼光点在哪里呢?也许他应该再开一瓶酒。酒是伟大的松弛剂。是的。

"是呀,"他的第一个妻子多丽在桌子的一头问道,"给我们讲讲,这年头作为一个男人是什么感觉。"她的嘴要比他记忆中的利索。此刻她咧咧嘴想笑,也许是想再提一个问题。

多丽过去曾想举办家宴,邀请另一对夫妇来家里吃比萨饼、看电视。他还记得七十年代末的那些晚上,多丽穿着牛仔裤和毛线衫,小脑袋上浓密的头发梳得光光的,往咖啡桌上放一碗薯条和蘸酱、一碗花生,嘴里自言自语地咕哝着地毯是否需要用吸尘器迅速打扫一下,然后给比萨饼解冻以备加热,再看看电冰箱里是否还有一瓶酒,还担心孩子会醒来。那时候有多少个这样的晚上呢?——拉里想,也许只有很少几个。他是到哪里去为那种索然无趣、死气沉沉的两对夫妇的聚会做准备的呢?哪里也没去,当时似乎不能指望他干任何事。

他不知道现在多丽都是举办什么样的宴会。她仍住在原来的房子里,但房子和她本人都发生了戏剧性的变化。她现在的身体比以前健壮了,脾气也比以前温和了。他猜想有些人会把她的这种变化叫作成熟,但事实上远不止是成熟。他从她切羊肉的方法、下刀的干脆利落以及脸上聚精会神的快乐表情可以看出,她比以前活得更自在了。然而,吸引他注意力的倒不是她操刀的技巧,不是的,而是她的眼睛,是他记忆中那双大大的灰眼睛。那双眼睛似乎想把房间里所有人的目光都吸引过去。她身穿深色连衣裙,脖子从领口伸出来,脖子上戴着一条宽宽的银项链——她知道她自己是什么样吗?

"咱们是在说青年男子?"贝思问,"还是那些确信自己长大以后会属于支配阶层的男人?"

"我想,"米姬说,"我们是在谈论这张桌子上的男人。"

贝思满面春风地靠在椅背上。她已经把盘子里的菜吃光了。"那样的话,谁先说?"

"这个问题嘛,你能不能——我的英语很差,你能不能把你刚才提的问题再说一遍?"

贝思把两手搨在肚子上,一副心满意足的样子:"我们是想知道坚持自我是什么感受,在我们这个时代。"

她今天夜里很高兴。拉里记得她一向喜欢参加宴会,因为她的父母每一两周就要举办一次家宴。他和贝思结婚的时候,她理所当然地认为家里应该有一箱子银器餐具,足够请十二个人吃饭。另外还得有几套瓷器,每位客人得有一个盐碟,每个盐碟配一把小勺子。她步入婚姻生活时就曾暗暗指望能吃上烹制地道的传统食品,比如大量切成厚片的烤肉,看餐桌上的人们传递着银质船形碗里的酱汁。她和拉里住在奥克帕克时她一直说要举办的就是这样的家宴。他们之所以要买房子，买带有十把漂亮椅子的桌子，原因就在于此。此刻，她手指抚摸着那张桌子厚桌布之下的边沿，也许是在回忆它的纹理和光泽。

然而，这样的家宴却几乎从未举办过。她太忙了，忙于写博士论文，忙于准备讲座。她事情太多，腾不出精力来做各种安排，比如打电话或者写邀请函、定菜单、在厨房里忙活。此外，她已经放弃了肉食，而且一想到要请客就得给十来个人做鱼吃她就害怕。"我们欠了大家的情，"她经常说，但声音里有一种打趣的味道，"我们永远也还不清。"

"利马豆！"加思·麦科德高兴地说，"打从上学的时候起我就没有吃过利马豆了。"

"法国人——"

"我们家从来不吃菜豆。说来话长。"

"还要酒吗，马西娅？"

"这酒很好。它使我想起我跟加思——"

"这张桌子如果你并不真正需要，拉里，我不介意把它再运回去。"

"这年头身为一个男人意味着——"

"说下去，伊恩。意味着什么？"

"意味着——你真想听？"

"是的！"

"啊，当然，我们已经不再需要养家糊口，当保护者了。那是很多年前的事了。"

"大多数人是这样，不是所有人。"

"我们也不再属于男性兄弟会了。过去那是男性支持系统的一部分，麋鹿会啦，驼鹿会啦，雄狮会啦，扶轮社啦。"

"我想象不出你属于——"

"打猎？钓鱼？——算了吧。女人们听见男人说打猎钓鱼就会讥讽你。"

"这话可不对，伊恩。你去钓鱼我可高兴了。"

"因为你想一个人在家。承认不承认？"

"好吧，我承认。"

"现在的男人不过是一个长着一个阴茎和一对睾丸的架子。"

"这话不对。你得承认这话不对。"

"对我们的要求不过如此。我们的身体仅仅是一个会行走会说话的皮囊，专门用来盛毫无价值的遗传基因。"

"谁说我们变成那样了？"

"啊，"贝思有点文不对题地说，"一个苹果不过是一层厚厚的子房壁——"

"下一次我咬苹果的时候可得记住这一点。"

"如今的男人——"

"我们所有人真正想要做的是嫁给我们那样的男人，如果我们是男人的话。"

"你说什么？"

"严肃点儿，伊恩。"米姬说。她把两手交叉起来，合成一个篮子状，一个没有放东西的篮子。"你可以看出来我们是真的想知道。"她把身子向前倾了倾，明亮的烛光照亮了她的半个脸。拉里记得他的姐姐已经快五十了。她的声调只是略带一点嘲弄的成分。

"那么好吧，我严肃点儿。但我要先告诉你，我不会自称是典型的男人。"

"我当然也不是。"

"我不会说我是——"

"典型？绝不会。"

"依我来看，您做了太多的抗——[1]"

"我们在等待，伊恩。"

"那好，那好。今天，我想你会同意，男人已经完全陷入了被动的处境。我们必须看女人的眼色行事，不然日子就不好过。"

"胡扯！不过请说下去。"

"身为一个1997年的男人就意味着踩着鸡蛋壳走路，得时时小心翼翼。我再不敢对一个女人说她漂亮、我喜欢她裙子的颜色或她的新发型了。她们会控告我性骚扰。"

"不管她们是谁。"

"可问题不在这方面，对不对？赞美，礼貌。要不要为女人开门。"

"哦，我不知道。也许一部分问题倒真在这方面。"

"这是个烟幕。"

"我发现了一个非凡的高级理发师，最可爱，最聪明的小矮人儿。我很乐意告诉你们他的名字——"

"男人总是小丑，"伊恩说，"我都有点儿听烦了。电视上他们是小丑，电影里他们是小丑，书里他们还是小丑——他们是傻瓜，他们是胆小鬼，他们是所有笑话里的笑柄。"

"可也许他们真的是呢，我是说小丑。"

---

1. 这句话出自莎士比亚剧作《哈姆雷特》，原句为："依我来看，这位女士做了太多的抗议。"在谈话时引用这句话，一般暗指对话者异议过多，态度太具有攻击性。

"怎么不说那些高尚的、有胆量的男人呢？"

"啊，那种男人现在还有，不过他们——他们有点儿——"

"老套？"

"是的，正是如此。"

"这就是为什么，"伊恩接着说，"1980年以来我一直在踩着鸡蛋壳走路。"

"可是，"多丽往前探探身子说，"你对踩着鸡蛋壳走路很在乎吗？"

"问得好。"

"我同意多丽的看法。你根本不必在乎。"

"我不是这个意思。我的意思是——"

"是什么？"

"啊，踩着鸡蛋壳走路仅仅意味着惯常的善意。"

"还有尊重！"

"对女人——"

"也对男人。"

"你是说到处都是鸡蛋壳。"

"是那么回事。"

"也许现在就该轮到男人学会踩着鸡蛋壳走路了。"

"男性的敏感。噢——"

"我弄不清自己是不是赞同你的话，贝思。难道你不是也有一点儿霸道吗？"

"我要说的就是这个意思。"

"我也是。"

"还有我。"

"也许你误解了。这不是在乎不在乎的问题,而是困惑的问题。我有一半时间心里都七上八下。"

"你认为呢,加思?"

"说实话,我没有认真想过。"

"我知道你准会那么说,加思。我相信你绝对没有认真想过。我告诉你们加思想的是什么吧。他早晨起床,然后开始——"

"悠着点,马西娅。"

"不过,这也是意料之中的,"贝思固执地说,"困惑是自然气候——后女权主义时代唯一的气候。"

"不知道为什么人们老是讲后女权主义时代,"夏洛特若有所思地说,"好像我们已经是在那个时代似的,好像我们已经到了那个时代似的——"

"说得好,夏琳。"

"是夏洛特。"

"对,很抱歉,夏洛特。不过,我的观点是——啊,其实也算不上是什么观点——"

"我很想听听你的观点。在西班牙,我们——"

"我的观点是:我们——无论男女——都应该珍惜这一困惑时期。我们现在这个挫败时期——啊——是一件令人心醉神迷的贵重礼物。我们已经有了五千个世纪长的完美的阴茎崇拜史。大家都知道这一套剧本。男人们把自己紧紧地扣进他们权力的衣服里——"

"不过,起码我们知道我们是谁,能够干什么。"

"看在上帝分上,请你闭上嘴吧,加思。你知道你在说些什么?"

"态度和蔼点好不好,马西娅?"

"我要是不想呢?"

"——二十世纪上半叶充斥着邪恶,下半叶空空如也——"

"于是男人们都以挺直的姿态站立着——"

"硬竖着!"

"哈哈。"

"——而——"

"而女人们呢?女人怎么样?"

"女人们围绕着边缘行走。"

"悄悄地,悄悄地。"

"那还用说吗。加思总是——"

"女人们踮着脚尖在鸡蛋壳上走。"

"哎哟。"

"你只会说'哎哟'吗,拉里?"

"我的意思只是——"

"你们知道我和拉里结婚以前我妈是怎么对我说的吗?她说:'如果你想拴住他不让他乱跑,'——我是二号妻子,记得吗——'在你的整个婚姻生活时期,你挣的钱不要超过十镑。十是最大的数额。'"

"我的天哪。我已经——"

"我妈说——那是在我和德里克结婚以前,她说一个妻子应当每天给丈夫一块她亲自洗好熨好的干净的白手帕,打发他去上班。那是他闯荡世界的名片,也是妻子为他的成功所做出的贡献。"

"你给过吗?给过丈夫手帕吗?"

"给过。喔,天哪,这些催眠的话我都信了。直到德里克去世，我们家的手帕还有一大沓呢，那个该死的家伙，还有那些该死的手帕。要是现在，我非举行个仪式，把它们一把火烧掉不可——"

"催眠！这个词玩拼字游戏的时候用得上。"

"你知不知道？如果把全世界拼字游戏的字母块排成一排，能绕地球两周呢。"

"我妈对我说，有一件事丈夫不能容忍，那就是搭在淋浴器横杆上的连袜裤吧嗒吧嗒地滴水。所以，1978年我和拉里结婚，买下利普顿街上的房子时，我每天夜晚睡觉以前都要到黑暗的地下室去一趟，把我的连袜裤搭在晾衣绳上。"

"移到看不见的地方！"

"这我可从来也不知道，多丽，我根本不会注意到你是否——"

"也许她没有意识到，但多丽的妈妈知道那些东西会怎样郁结成——"

"还会加深心里原有的怨恨，像是无情的加法计算器。"

"是什么怨恨呢？"

"是啊。"

"女人一旦尽到了她们的繁殖职责，男人就会对女人产生天然的仇恨。这是达尔文主义的观点。"

"我喜欢女人。"

"我也是。我和马西娅——"

"可你们注意到没有？在飞机上男人老是霸占座位的扶手。很抱歉，我心胸太狭窄了。可那就好像女人根本没有手，所以根本不需要扶一下一样。"

"假如诸位允许的话,我想说,我觉得看见女人的,你们叫它什么?连袜裤?我觉得看见那种东西的感觉相当,啊,很——"

"色情?"

"啊,对,的确是,色——情——"

"所以我的弟弟真够幸运的,他那双纯洁的眼睛一次也没有被庸俗下流、不堪入目的连袜裤滴水的景象玷污过——"

"我和加思结婚前,我妈只给我提过一条忠告:不要在公共场合让你的丈夫难堪。哪个丈夫都不能容忍妻子那样做。"

"哦。"

"所以我说我们正在接受治疗。"

"马西娅,看在上帝分上——"

"看来我可能无法停止让他难堪。就像有毒瘾一样,我必须那样做。"

"我们人人都有某种形式的毒瘾。我工作的地方——"

"可你还没听到最糟糕的部分呢。最糟糕的部分是:他喜欢我在公共场合让他难堪。你知道,他似乎巴不得我让他难堪。你很可能已经注意到了,他喜欢这样。那是他的毒瘾。"

"这不是真的。"

"啊,我结婚前妈妈没有给我任何忠告——"

"那你太幸运了,米姬。"

"哦,我不知道。假如我妈给我一个明智的、有的放矢的小小忠告,后来的一切也许我会干得更好些。"

"再来点儿羊肉吧?"

"味道美极了。"

"这是用腌泡汁浸泡的肉。"

"我想要说的是,二十世纪末的男男女女都应把这个不确定的时期看作一次实验。我们可以摸索着干。男人如果愿意也可以做做汤,而不必放弃他们的阴茎。"

"他们甚至可以用阴茎搅拌汤。"

"哎哟。"

"我不相信!我们的话题又回到汤上来了。"

"还有阴茎。"

"我只是拿它打个比方。"

"我们要是能倒着活该多好啊,那样就可以利用所积累的知识了。克尔凯郭尔不是说过吗——"

"谁?"

"是的。"

"我拿不准,得查一查。"

"我同意贝思的意见。在我工作的那家公司里——我们生产贺卡——"

"多丽真够谦虚的。本来她是公司的头儿——"

"我们正试着生产性别色彩不那么强的贺卡,比如婴儿贺卡。旧式的粉红色和蓝色贺卡已被黄色和绿色的取代。婴儿是一个人,不论男女。至于说情人节贺卡,我们正试图扩大市场,生产女人送给男人的贺卡或同性恋者互赠的贺卡。"

"谁?"

"再来点儿酒吧,马西娅?"

"一点点,半杯。我得小心别——"

"当然,等这孩子生下来,我就打算这么把它带大。我希望从一开始就能像对待一个人一样对待它。顺便告诉诸位,是个男孩儿。我检查过了。一个将来注定要长成男人的男孩儿,不管那意味着什么。他已经被打上了男性粗野和狂暴的侵略性标记——"

"我不知道对不对,男人——"

"啊,我记得清清楚楚,我们刚结婚的时候,拉里对我说他有很长一段时间一直只想朝谁的鼻子上揍一拳。"

"很长一段?我那样说过吗?可能是时不时地,而不是——"

"作为一个男人,我可不认为我想过要打人——"

"那是你自己说的,伊恩。可是,当你遇到红灯变绿灯的时候,你非要第一个冲过停车线不可。这究竟是为什么呢?"

"这跟揍别人的鼻子不是一码事。"

"我可说不准。"

"在我国,我们从不——"

"这仅仅是因为睾酮,还是别的什么更加内在的东西呢?我是说——"

"哦,天哪,男人对女人保守秘密。女人也对男人保守秘密。"

"听了叫人心碎。"

"真的吗?我是说真能叫人心碎吗?"

"或许这样更好。"

"不,不,不会的。"

"男人的人生旅途和女人的不一样——"

"不管怎么说,我的这个孩子首先要是一个人,其次才是男人。"

"祝你好运。不过我要告诫你,这就像试图爬上一片草叶去得到你向往的东西一样。"

"我们的社会是一个忧心忡忡的社会。对政治忧心忡忡,对性别角色忧心忡忡，对——"

"给我们说说——说说你的——你的婴儿，贝思。"

"你想问孩子的父亲是谁？"

"啊，是的。"

"精子银行。拉里知道，我想要孩子想了多年了，可就是怀不上。所以，去年我决定申请，申请技术帮助。"

"现代技术能做到的事情真令人吃惊。可是，你怎么，怎么去选择呢？"

"你可以弄一份目录，上面有所有精液提供者的名单，记述着他们的种族背景、身高、受教育程度、一两项特殊兴趣，等等。"

"想想看，假如我们能用这种办法申请一个婚姻伴侣该多好啊。"

"接着说，贝思。"

"我申请的第一位没有了。"

"没有了？"

"库存精液没有了。"

"哦。"

"我得在桌子上趴几分钟，希望大家不要介意。我头痛得厉害。"

"马西娅这一周过得很糟。"

"别那么乜斜着眼看我，好——不——好——？"

"要不你躺一躺吧，到卧室里。"

"不，不，桌子这儿挺好。"

"起码让我把盘子挪挪，给你腾个地方。"

"你说库存精液没有了。"

"于是我又找到另一位我几乎同样喜欢的提供者。"

"可你将来会不会老是想,要是用另一个提供者的精液会生出什么样的孩子来呢?"

"不会。我会忙得没工夫想。大家都这么告诉我。"

"一个人带孩子,啊,那可不容易。在我国,我们——"

"开始我想我能对付。我的性格是不屈不挠的。后来我开始怀疑。"

"打退堂鼓。当然可以理解。"

"可我真的不能允许自己打退堂鼓,对不对?我需要考虑的是有效的策略,以应付做母亲后的情况。"

"拉里说你是来开会的。"

"可以这样说,不过星期一上午我有一次面试,在多伦多大学。"

"真的?"

"他们正在寻找妇女学方面的人才。"

"你是说,你是说事实上你正在考虑离开英国到多伦多来?"

"这是个美丽的城市。"

"好得不得了。"

"你为什么来这里,拉里?"

"为我姐姐米姬。"

"我还不知道,拉里。你搬到这里来是为了我?"

"那你呢?"

"我想开一家自己的戏装店。这似乎是一个绝好的地方。"

"每个人都穿着戏装游荡。这一点可以肯定。"

"我出生在这里。我父亲出生在这里。"

"可是，贝思，一个人来到一座新城市，你不会感到孤独吗？"

"还有拉里在这儿呢。"

"噢。"

拉里对那一声"噢"的声音之响亮大吃一惊，也对那一声"噢"竟是从自己嘴里发出来的大吃一惊。它像一颗小石子划破餐桌上突然的沉默，落在散乱的盘子和面包屑中间，落在深褐色卤汁里吃了一半的羊腿旁边，然后弹起来，打在低着头睡觉的马西娅·麦科德的头上。马西娅那细长而优美的脖子侧面有一条化妆品留下的印迹。

拉里想，这个宴会已经毁了。他绝对不该有这种想法。如果说这次宴会是一出戏，那么大幕就要落下了。如果说它是一部电影，它的画面很快就要淡出了。就在这一会儿，就是现在。

然而，不。他知道今晚的事还没有完，还会发生别的情况。

整整一个晚上他都在等待那个"别的情况"，尽管他不知道会是什么事。但此刻，他向桌子对面望去，看见多丽正对着他笑。她那熟悉而聪明的笑容，她那心照不宣的放肆表情在说什么呢？

虽然难以理解，但他还是报以一笑，一个意味深长的微笑：我们都在这儿，我们俩。

房间里出了变故，这他理解。两团迷雾出现了，一个套着一个悬浮在那里。桌子周围被柔和的烛光照亮的空气碎成闪闪发光的一缕缕热量。也许这只是一个感性事故或一幕蜃景，但他们确实突然就在这里了：拉里和多丽，韦勒夫妇。这是他们的宴会。在现实的又一个版本里，他们是一对长久的伴侣，一对早已平复的争吵的幸存者。他们的人生旅途看起来似乎是各走各的，实际上却是并肩前进的。毕竟如此，毕竟如此。这就是所发生的情况。他们的父母都已过世，时光荏苒，他们自己也成了一个正处于麻烦之中的亲爱的儿子的父母。是他们，拉里和多丽，使今天晚上的宴会变成了现实。在这里，全息图像一般排列在他们周围的是他们的朋友和家人。他们热情地邀请他们，鼓励他们交谈，用酒食款待他们，爱他们，拥抱他们。

时间在一分一秒地过去。他们的老朋友很快就要离去，很快就会只剩下他们两个。晚宴即将结束，一场梦幻就要消失。这是一场幻象，是他们所应得的一切的模糊虚景。

巧克力蛋糕好极了。这是夏洛特的看法——好极了。她要是知道她的上嘴唇左角上黏着一点儿巧克力，使她显得有些错乱——事实上很邪恶——的话，非把她窘死不可。

塞缪尔·阿尔韦罗先生刚刚宣布他不会代表男性说话，不会陈述男性对于他们自己的定义。"我毕竟是一位'石头客人'。你们知不知道这个短语？*Invatado de piedra*[1]。来自 *Convidado de Piedra*[2]。也许这句话只对西班牙人有用。石头客人就是应邀前来吃饭、填补餐桌空缺的人。人们不希望他多说话或多做什么。他只不过是——"

"待在那儿而已。"

"精辟。"

"一块石头。"

"我感到自己就是一块石头。"贝思说，"我吃了这么多东西。"

"蛋糕好极了。"马西娅·麦科德说。她又恢复了精力，此刻正

---

1. 西班牙语，意为"请来的石头"。
2. 西班牙语，意为"石头客人"。

用手轻轻地拍着头发。"这使我想起了我和加思在维也纳赴宴那一次。午餐时我吃了三块巧克力蛋糕,让我自己兴奋起来,好壮胆去扎耳洞。"

"在西班牙我们总是——"

"你知道,我从来没有扎过耳洞。"贝思颇为惊叹地宣布说。

"因为你的政治原则?"

"因为我特别胆小。所以我要么将耳坠夹在耳垂上,要么不戴。"

"夹在耳垂上很不舒服。"

"你们说,一个智慧的女人为什么要残害自己的——"

米姬·韦勒开始滔滔不绝地讲起她的故事来:十四岁那年她偷偷溜出来,来到温尼伯一家免费为妇女扎耳洞的商场。当天夜里,她用洗澡巾包住头,她的耳垂一直流血不止。

"我扎耳洞那年四十岁,"夏洛特插话说,她的声音滑稽可笑,"真是太晚,太晚,太晚了。不过我想,管它呢。不管怎么说,我得庆祝庆祝。"

"女性的一个小刺孔。"

"两个小刺孔。"

"哈哈!"

"我的耳洞是我妈在家扎的,"多丽接着说,"那一年我大概是十二岁。她让我躺在长沙发上,开始用一根烧热的针扎。扎完第一个孔后我昏过去了。我醒来以后她又开始扎第二个。"

"你原谅她了吗?"

"当然。不过我现在这个年纪可以原谅任何人,也许除了我自己。"

"我国的习惯是——"

"我们为什么总不能原谅自己呢？"

拉里抬头看看。这话是谁说的？——谁？啊，是马西娅·麦科德。此刻她正两眼直勾勾地盯着她的第二片蛋糕。拉里发现她的两眼泪汪汪的。

大家都知道，他这个人有几个配件是松动的。比如他的大脑就有一个铰链，轻轻一翻转就可以打开。此刻他想：啊，这些女人，这些美丽的女人。他对她们感到迷惑不解。这些女人是分开的个体，但又是拉里本人的一部分。她们似乎是一个团体，围着这张简单的长方形桌子，突然试图用她们慷慨的嘴和打着不同手势的手使这个晚上再次浮起。他爱她们所有人——他的确爱她们！他的专横、忠诚、苦命、令人捉摸不定、说话尖刻的姐姐，他的两位动人的妻子——你瞧她们俩！她们在闪烁的烛光下显得特别活泼。他从未想到她们会是那样优雅，那样健谈，那样诚恳，那样善良。对了，还有他温柔的夏洛特。他甚至喜欢上了马西娅·麦科德。此刻她正轻启咬着朱唇，开始描述加思对奥地利宾馆的真实看法——矮小狭窄，空气沉闷，价格昂贵，格调呆板，弥漫着烧煳的牛奶味。

这些女人的声音在桌子上方构成了一块明亮的云彩。她们一会儿讨论未经巴氏消毒的进口奶酪问题，一会儿又把话题转向了坐火车旅游相对乘飞机旅游的优越性上，转向了全国开展的乳腺癌防治运动，转向了大卫·柯南伯格[1]的电影、卡伦·卡因[2]的退休。

---

1. 大卫·柯南伯格（1943— ），加拿大电影导演及影视剧本作家，主要代表作有《死亡地带》《苍蝇》《审视者》等。
2. 卡伦·卡因（1951— ），加拿大舞蹈家，该国最受欢迎的芭蕾舞女演员。

这是她们正在表演的一种复杂的舞蹈，要不就是一个蜘蛛网。没有女人相伴，哪有什么生活可言呢？他只是他自己宴会上的一位石头客人，用来填塞缝隙的。这就是事实真相。

桌子周围的男人们沉默了一会儿。拉里觉得，那些人就像是被管理不善的摄像机监视的人物，或在消化油腻的蛋糕，或在聆听别人的谈话，或在思索问题——思索那些他们小心翼翼避免谈及的、无法回答的问题：在我们的千禧年之末，作为男同胞的一员他们有什么感觉呢？一旦他们的名字被印在生命之书上，他们还想要什么呢？啊，等一等——世上根本就没有生命之书。

男人啊，这些用骨头装配起来的稀奇古怪的东西，还有那伴随着他们的可怕的死亡、杂乱无章的好运与厄运、愚蠢的选择，那些他们都曾经种下的男孩子的种子——即使在他们开始脱发、肌肉松弛之际，那些种子也依然不合时宜地发芽了，并努力在这个世界上争得一席之地，希求别人一点点微不足道的关注。立起来，泄出去。这种状况何时能够停止呢？它会停止吗？

拉里想起了他很小的时候有人为他拍的一张照片。他被放在一把相当精致的高脚椅里，两眼向前直视，一张婴儿脸上充满痛苦与理解。这就是他作为男人的未来吗？那个磕磕绊绊的小人儿现在已经明白，每一天他都会失去某种东西，总有一天他会受不了，是这样吗？

大约二十年前，情况可不是这样。是的，几乎是二十年前了，4月底，也是这样一个寒夜，二十六岁的他独自走在温尼伯的大街上。那也许是他第一次看到，他可能会成为什么样的人。他感到了风的力量。他一时冲动，脱下了花呢上衣，把自己奉献给了他刚刚发现的那一时刻，让戏弄人的大风吹着自己向前走。爱情正等待着他，还有转变、美德、工作和理解，语言的魅力和自由。他发现了自己身体的笨拙，但他也发现他的身体多么渴望与人们接触。此外，如果走运的话，他还会有孩子。他认为自己会走运，这一点已无可怀疑。吹拂着他裸露的身子的风告诉他，他会有好运。他需要做的就是一动不动地站在那里，等待好运的降临。

"我为你妻子的情况感到遗憾。"夏洛特对塞缪尔说。他们俩已端着咖啡来到起居室里，坐在凸窗旁边两张相当硬的椅子上。"我的丈夫德里克也是这样，老得服安眠药，过量地服。"

"也许是偶然——"

"他留下了一封短信。"

"可我记得你——你不是说是癌症——"

"当时他正在接受治疗，效果不错。但他太伤感了。或者说他对这个世界非常恼火。也许是对我。这件事我没有对多少人说过。"

"我很遗憾。"

"我对拉里只字未提。我不想让他知道。"

"你可以相信我。"

"我从你的眼睛看出我能够相信你。"

"我也从你的眼睛看出——"

"拉里对你说过我非常喜欢西班牙吗？"

"原来如此！你访问过我们的国家！"

"我们是从马德里开始的，在那里度过了愉快的三天，然后——"

"当时天气好吗？"

"一天晚上下雨了，我从未见过那么大的雨点。下得不多，只滴了几滴,但每一滴都是那么饱满。雨滴打在我裸露的胳膊上。从某种意义上说,马德里真是天堂。"

"我的心理医生有他自己的理论,"马西娅·麦科德对伊恩说,"他认为我之所以要发泄,是因为我感到我命中注定得发泄出来。"

"你是说就像是一种自我实现的预言?"

"我知道没有人喜欢我。事实上,人们不能容忍我。这就是事实。因而我就要确保他们真的不能容忍我。"

"我喜欢你。"

"你只是嘴上说说而已。男人都爱说谎,对不对?他们总爱让女人为他们把感情的小碎片黏合起来。"

"要放松。你为什么不放松一点儿呢?"

"好吧,我会的。噢,耶稣啊!"

"你哭了。"

"没有,是烟熏的。"

"这儿没人抽烟。"

"哦。"

"让我握一会儿你的手。来。"

"谢谢。"

"你在发抖。"

"我知道。"

"说我没有难堪过这不是事实。"加思·麦科德对贝思说。他使劲儿地搅咖啡,尽管他喝的是清咖啡。"我一直处于十分难堪的境地。"

"可你为什么——"

"我爱她。她……很难相处。她一生都没断过毛病。我们结婚的时候我就知道。她需要大量的，大量的……照顾。可我爱她。"

"那是你的运气好。"

"看来你的运气也不错。"

"你是说——这个？婴儿？"

"你做出了一个真正的选择。这种事不是随随便便发生的。"

"是的。"

"现在你在考虑搬到多伦多来？"

"是在考虑。不过，有很多事情需要斟酌。比如说，如果我和婴儿跟拉里生活在同一个城市里，拉里会不会感到别扭？"

"嗯——"

"我想，你知道，也许我们之间能够达成新的谅解。我们俩？可是，当然了，我原先不知道夏琳的存在——"

"是夏洛特。"

"而且我对他们的感情究竟有多认真一无所知。你瞧我有多少困难。"

"伤害一个人太容易了。记住我的话。"

"你说什么？"

"伤害。"

"我也是这么想的。"

拉里在房间里来回走着给客人添咖啡。他弯着腰，倒咖啡，听客人们谈话。米姬和多丽挤在假壁炉旁边的一只小沙发上。多丽正在解释她周末为什么到多伦多来。

"我在到处找公寓住。"她对着米姬的耳朵说,不过,正弯着腰的拉里也听见了。

米姬放下杯子:"我真不敢相信你要离开温尼伯。"

"我也不想放弃那个家,以及所有那些美好的记忆。"

"那你为什么还想离开?"拉里问道。

他是怎么回事?他给多丽倒咖啡倒得漫了出来。

"公司一直想让我搬家,但赖安高中毕业之前我一直不想搬。那里有他的朋友,他的一切。"

"你真让他扎了根。"

"真是太让我吃惊了。仅此而已。"

"我的那个侄子哟!他特别招人喜欢。"

"是个可爱的好孩子。兴奋剂事件似乎全是他教练的主意。"

"影响太大了!"

"这么说,他转会倒真是一件好事。"

"谢天谢地,事情总算过去了。"拉里说。是的,事情过去了。他的儿子虽然只卷入了技术性问题,但他的生活还是受到了沉重的打击。不管怎么说,他的名声还是受到了玷污。一时间世人都在诋毁他。新闻媒体称他为"弄虚作假的赖安"。真像一把刀子插在胸口上。

米姬突然改变了话题:"也许我和伊恩能帮你找找公寓,多丽。"

"那就拜托了。"

"或许我也能帮你。"拉里说。

"嗨,你坐下,拉里,"米姬说,"让我来添咖啡。"

"真的?"

"我是你姐姐,我说了算。记得吧?"

"拉里,你看起来昏头昏脑的,"多丽说,"怎么了?"

"我没有昏头昏脑,只不过是——"

"只不过是什么?"

"不知道。我高兴。你们都来多伦多了。我们总算有了个逮住对方的机会。"

"你认为我们想互相逮住吗?逮住了吗?"

"很可能没有。不过我们总可以说说话吧。"

"你现在别看。马西娅在哭呢。她和伊恩在那边角落里,眼里泪汪汪的。"

"我刚才就觉得她是在哭,但不敢肯定。"

"我们该不该做些什么呢?"

"我想不必。"

"我过去也挺爱哭,拉里。你走以后我哭了两年。"

"我很抱歉。那是——"

"你用不着抱歉。那时候我根本不知道结婚是怎么回事。等我明白过来,已经太晚了。"

"打那以后你就再也不结婚了。"

"我有几个……朋友。男朋友,但不是很多。作为母亲,我一直很忙。而且大部分时间——"

"大部分时间干什么?"

"大部分时间在考虑怎么做一个人。我需要待在家里想这件事。"

"我也哭过。"

"是吗?"

"也许和你哭得不一样。"

"怎么个不一样法?"

"没有多大区别。事实上根本就没有区别。"

"夏洛特……她是……"

"一个朋友,一个好朋友。"

"你今晚在餐桌上说的是真话吗?你说我们在参观汉普顿迷宫时你并没有真的迷路?"

"确切地说没有。我迷了路,可那是我想迷路。"

"那你为什么不早告诉我?"

"我不知道你能不能理解。"

"我会理解的,但我不知道如何告诉你我理解了。"

"这就是我们俩之间的问题吗?我们的词汇量不够?"

"或者说我们不知道说些什么才合适。"

"我们可以随便说点什么。我们应该学着说。"

"学说话有两种渠道。通过词汇本身和——"

"和言外之意。"

"告诉我,拉里,你现在还想迷路吗?"

"不,不再想了。我想——"

"想什么?"

"想找到……自己。"他这话不太真实,可他还不太能相信真实的东西。

"我刚才在想,拉里,在我们吃甜点的时候,现在一切都不同了。然而一切又都是——怎么说呢——"

"原来的样子。"

"对。"

宴会之后

"我爱你。我一直都爱你。"

"我也爱你。我一直在等待。我只是不知道自己是在等待。"

拉里睡着了,但一夜醒来好几回。他梦见了——也许不是在做梦——这个世界上所提供的慰藉:幽默、宿命论、变化、容忍、对统计学真相的理解。我们很可能会死于心脏病;我们很可能会碰上失败的婚姻或患上性无能;我们会在儿童时代做噩梦;我们会每年读4.3本书;我们的孩子会进急诊病房,脸上满是伤疤,门牙乌黑;我们会到处流浪,观察我们要往哪里去,曾去过哪里。

亲爱的拉里:

今天上午我不得不去上班。那些该死的官僚们不赞成安息日休息。我想我不妨将这封短信从你的门下塞进去。我感到很抱歉,昨天夜里没有留下来帮你收拾东西,尽管,实话告诉你,拉里,我有一种预感:也许多丽会留下来帮帮你。

我想我们都累了。当萨姆提出要开车送我回家时——原来他就住在不远的拐角处,我实在无法拒绝。他有一些非常好的西班牙音乐光盘,是古典吉他曲,他说他想请我听听。你记得我对西班牙音乐是多么着迷!

顺便说一声,昨天的宴会太棒了。我们做到了!不管做到的是什么。

夏洛特

嗨,亲爱的弟弟,我是米姬,现在正把我的一些凌乱的想法丢进你的答录机里。现在是星期天上午十点三十分。我宿醉得厉害,伊恩也一样。不过没关系。我猜你睡得很香,听不见电话铃声,或者说不想听到电话铃声。我就是想我应该谢谢你美好的宴会。马西娅·麦科德是个非常调皮的姑娘,对不对?事实上她一团糟。可怜的加思。男人们为什么都是这样的窝囊废?顺便说一句,这个问题不需要你回答。我和伊恩认为你的汤做得极为成功——他自然想了解那道汤的做法。你的烤羔羊肉和甜点也不错。我敢断定不是韦勒大厨做出来的。一个有趣的夜晚。你的石头客人——嗯——还真有点冷冰冰的,端着外宾的架子,吻女人的手。但不知怎么的,我最后对他有了好感。也许是因为他对夏洛特很好,弄得她有点……不知所措。或许你也注意到了?女人真是大傻瓜!包括我。贝思她——我该怎么说呢?——还是那个样子。一心只想着她自己,她自己和她的婴儿。一个浓缩的自我指认的肉体。她会好起来的。但愿你已经琢磨出了这一点。还有多丽。我一直在想象假如你和多丽破镜重圆的话会是个什么情况。啊,我有一种预感:她正在等待再骑一回旋转木马,即便她自己并没有意识到。再见,小伙子。以后再谈。

发自:samero@mccordworks.com

朋友们好。现在是星期天下午,向大家问好。我一定要感谢昨天夜里的晚餐。我很满足。一桌子好朋友,一桌子好酒菜,云天雾地的谈话。你们大家都很亲切,夏洛特也是。你们的朋友萨姆我是加思。现在是星期天下午。你不在家很遗憾，不过我要在你的磁带上留下简短的几句话。现在大约是两点二十分。宴会太棒了。我和马西娅玩得痛快极了。太好了。食物好，伙伴也好。马西娅睡了整整一夜——没有服镇静药或别的任何药物。多年来第一次。好兆头。对不起，打扰了。但很痛快。马西娅说谢谢。她说这是一次真正的经历。她让你不要挂念她。我也对你表示感谢。

传真：贝思·普赖尔发自多伦多大学哈特豪斯
致：拉里·韦勒
亲爱的拉里：

谢谢你美妙的晚宴。我要特别感谢米姬和伊恩宴会后把我送回住处。我很想说我睡得很好，但事实上我一夜未眠，浮想联翩，另外还得对付胃灼热的难受劲——不是你的可口晚餐的过错，而是肚子里的"小宝宝"在对我饮食过量与寻欢作乐的行为表示不满。

从某种意义上说，这个传真是向你问好，也是向你告别，因为我刚刚改变了我的旅行安排。明天上午我将返回伦敦。现在看来，此次多伦多之行完全是一种傻瓜之举（我当然是傻瓜，我不是谁呢？），我急于在激素之神用早产惩罚我之前赶到家里。

亲爱的拉里，我始终知道你是爱她的，她也是爱你的。我知道！我是从你的沉默中，从你四十岁时她送给你的含糊其词的贺卡上得知这一点的。我注意到你一直保存着它，就在你内衣抽屉的下面。在我看来，你们所需要的只是正确的时间、心情和环境。换句话说，只需在适当的时候转一个适当的弯就行了——就像你那美丽的迷宫一样。

爱你的贝思

附言：谢谢你邀请我出席你的晚宴。假如你住得离我近的话，我会为你举办一次宴会的。我说话算话，随时准备着。请答复。谨请告知。

在一片剪得低低的草地上，
有人在牧羊人赛道上奔跑——老一套。
那草地宽阔得足够你驰骋；
这古朴的迷宫小路，
令你头脑迷惘，双脚累得生疼，
然而你却感到心旷神怡，其乐无穷；
它和我们的人生不无相似之处，
从哪里开始，还在哪里了却一生。
（布拉德菲尔德：《森坦泉》，1854）[1]

---

[1].引自威廉·布拉德菲尔德诗集《旧日图景》（1864），原诗名为《圣安妮泉》。